Un Noël mémorable

Attirée par son rival

W0244485

MELISSA SENATE

Un Noël mémorable

Traduction française de
NATALIA DELYS

PASSIONS

HARLEQUIN

Collection : PASSIONS

Titre original :
A WYOMING CHRISTMAS TO REMEMBER

© 2019, Melissa Senate.
© 2023, HarperCollins France pour la traduction française.

Ce livre est publié avec l'autorisation de HARLEQUIN BOOKS S.A.

Tous droits réservés, y compris le droit de reproduction de tout ou partie de l'ouvrage, sous quelque forme que ce soit.
Toute représentation ou reproduction, par quelque procédé que ce soit, constituerait une contrefaçon sanctionnée par les articles 425 et suivants du Code pénal.

Si vous achetez ce livre privé de tout ou partie de sa couverture, nous vous signalons qu'il est en vente irrégulière. Il est considéré comme « invendu » et l'éditeur comme l'auteur n'ont reçu aucun paiement pour ce livre « détérioré ».

Cette œuvre est une œuvre de fiction. Les noms propres, les personnages, les lieux, les intrigues sont soit le fruit de l'imagination de l'auteur, soit utilisés dans le cadre d'une œuvre de fiction. Toute ressemblance avec des personnes réelles, vivantes ou décédées, des entreprises, des événements ou des lieux serait une pure coïncidence.

Le visuel de couverture est reproduit avec l'autorisation de :
© 2021 MARIA MOROZ/SHUTTERSTOCK/ROYALTY FREE

Tous droits réservés.

HARPERCOLLINS FRANCE
83-85, boulevard Vincent-Auriol, 75646 PARIS CEDEX 13
Service Lectrices — Tél. : 01 45 82 47 47 - www.harlequin.fr
ISBN 978-2-2804-8810-5 — ISSN 1950-2761

Composé et édité par HarperCollins France.
Imprimé en novembre 2023 par CPI Black Print (Barcelone)
en utilisant 100% d'électricité renouvelable.
Dépôt légal : décembre 2023.

FSC www.fsc.org MIXTE Papier issu de sources responsables FSC® C159065

Pour limiter l'empreinte environnementale de ses livres, HarperCollins France s'engage à n'utiliser que du papier fabriqué à partir de bois provenant de forêts gérées durablement et de manière responsable.

1

— Vous êtes mon *mari* ? dit Maddie Wolfe.

Elle tenta de se concentrer, de s'accrocher à quelque chose lui permettant d'associer le mot *mari* à ce parfait inconnu assis à côté de son lit. Il pressait sa main entre les siennes et l'observait avec des yeux verts empreints d'inquiétude.

— Je m'appelle Sawyer Wolfe, déclara-t-il. Nous sommes mariés depuis sept ans.

— Sawyer Wolfe… Sept ans…, répéta-t-elle. Et moi, je suis Maddie Wolfe ?

Elle n'en avait pas la moindre idée avant qu'il ne le lui dise, après qu'elle s'était réveillée quelques minutes plus tôt, sans se rappeler qui elle était, ni qui était cet homme ! Son esprit, qui était censé détenir la connaissance sur son identité et ses souvenirs, lui paraissait totalement vide.

Elle jeta un coup d'œil circulaire dans la chambre : des appareils médicaux émettant des bips réguliers, un support de perfusion… Un écran de télévision accroché au mur jaunâtre… Un sapin de Noël miniature enguirlandé sur le rebord de la fenêtre et un nombre incalculable de poinsettias et de bouquets de fleurs.

Je suis dans un hôpital, comprit-elle en levant la main pour tâter la grosse bosse sur son front. Voilà pourquoi elle avait tellement mal à la tête et se sentait aussi nauséeuse… Cette sensation de vide… *Je suis…*, pensa-t-elle, cherchant à se rappeler son nom. *Maddie Wolfe* ? Ça ne lui disait vraiment rien. Son âge ? Pas plus. Où elle vivait ? Rien encore. Juste le néant.

Sawyer Wolfe hocha la tête. Ses yeux embués exprimaient à la fois le soulagement et l'inquiétude. Lorsqu'elle avait ouvert les yeux, la première chose qu'elle avait vue, c'était cet homme. Il avait sauté sur ses pieds en criant : « Ma femme s'est réveillée ! Maddie s'est réveillée ! »

Il s'était saisi du bouton d'appel accroché au lit et l'avait actionné avant de se rasseoir, de lui prendre la main et de l'embrasser à plusieurs reprises.

— Votre femme ? avait-elle prononcé.

Il l'avait observé, perplexe.

— Maddie ?

— Maddie ? avait-elle répété, clairement désorientée.

Il s'était redressé.

— Maddie… tu sais bien qui tu es, n'est-ce pas ? Et qui je suis !

Elle l'avait regardé fixement pendant de longues secondes. Il avait beau être canon, rien chez cet homme ne lui était familier.

Elle avait secoué la tête, ce qui lui avait fait à nouveau porter la main à sa bosse et à la profonde entaille à côté.

— Tu t'appelles Maddie Wolfe, reprit-il. Je suis Sawyer Wolfe, ton mari. Tu as eu un accident de voiture. Il neigeait et tu as heurté une glissière de sécurité.

Avant qu'il ait pu poursuivre, deux femmes arrivèrent précipitamment, l'une en blouse bleue, l'autre en blouse blanche, dont le badge mentionnait « Dr Louisa Addison ».

L'infirmière prit ses constantes.

— Maddie semble ne pas se souvenir de son nom, pas plus que de qui je suis, expliqua Sawyer au médecin.

Le Dr Addison lui posa plusieurs questions auxquelles elle fut bien incapable de répondre. *Quel est votre prénom ? En quelle année sommes-nous ? Qui est le président des États-Unis ?*

Pendant que le médecin prenait des notes dans son dossier, Maddie se demanda comment elle pouvait savoir ce qu'était un dossier médical, alors qu'elle ne pouvait pas dire en quelle année on était… Elle jeta un coup d'œil aux poinsettias sur le rebord de la fenêtre… Elle savait aussi que c'étaient des poinsettias ! Accrochée au petit sapin de Noël, elle distingua une décoration à l'effigie de Woodstock, le meilleur ami de Snoopy… Ça aussi, elle le savait… En revanche, s'il n'y avait pas eu ce sapin, elle n'aurait pas eu la moindre idée qu'on était en pleine période de Noël.

Oh ! ma tête, gémit-elle intérieurement en laissant les questionnements s'éloigner. La sensation de vide revint, et elle se sentit mieux.

Elle observa l'homme de haute taille à ses côtés, avec ses cheveux noirs et sa cicatrice au-dessus du sourcil gauche. Son expression affichait une inquiétude non dissimulée.

— Je ne me souviens de rien, dit-elle au médecin. Pourquoi est-ce que je ne me souviens de rien ?

Elle tenta de trouver quel jour on était… sans succès.

Elle se redressa brusquement.

— Pourquoi est-ce que je ne me rappelle pas mon nom ? Sawyer a dit que j'avais eu un accident de voiture…

Le Dr Addison hocha la tête affirmativement.

— En effet. Vous avez été blessée à la tête, ce qui semble avoir affecté votre mémoire. Ne vous inquiétez pas, vous êtes entre de bonnes mains. Vous êtes Maddie Wolfe et vous avez trente-deux ans. Voici votre mari, Sawyer Wolfe, qui est le commissaire de police de Wedlock Creek. Vous vous trouvez à l'hôpital de Brewer County, dans le Wyoming, après avoir été transférée depuis la clinique de Wedlock Creek.

Aucun souvenir… Une profonde amnésie ! se dit Maddie. C'était cela dont elle souffrait. Elle s'accrocha à ce qu'on venait de lui dire : *Mon nom est Maddie Wolfe. Mon mari est Sawyer Wolfe. Commissaire de police. Wedlock Creek.*

Rien. Son propre nom ne lui disait absolument rien.

Quant à son mari, c'était pour elle un parfait inconnu !

Elle déglutit et se focalisa sur Woodstock, le petit oiseau jaune, qui, pour une raison qui lui échappait, lui apportait du réconfort.

— Maddie, reprit le Dr Addison, Sawyer ne vous a pas quittée depuis deux jours. Quant à vos parents et à votre sœur, ils étaient présents ce matin et reviendront cet après-midi.

Maddie ouvrit des yeux ronds. Des parents et une sœur ? Elle ne se souvenait même pas de sa propre famille !

— Je vais les prévenir que tu t'es réveillée, intervint Sawyer en sortant son portable de sa poche.

Pendant que le médecin tapait des données sur un ordinateur et que l'infirmière vérifiait sa perfusion, Maddie observa Sawyer. Franchement... si cet homme était son mari, elle devrait bien se souvenir de quelque chose ! Une expression familière... Un souvenir du jour de leurs noces... Leur foyer... Quelque chose... N'importe quoi !

— Est-ce que je vais retrouver la mémoire ? demanda-t-elle soudain.

Le Dr Addison se tourna vers elle.

— L'amnésie est un trouble complexe et il en existe plusieurs sortes. La vôtre a été causée par un traumatisme. Il faut vous montrer patiente... J'ai eu un patient, il y a quelques années, qui a souffert d'une amnésie temporaire après une mauvaise chute. Il a retrouvé complètement la mémoire au bout de trois semaines.

— Trois semaines ? répéta Maddie. Cela risque de durer encore trois semaines ?

Le Dr Addison lui adressa un sourire rassurant.

— Cela pourrait revenir plus tôt. Nous allons procéder à quelques tests, mais au vu de votre état physique, je pense que rien ne s'oppose à ce que vous puissiez sortir ce soir.

Sortir ? Mais pour aller où ? Où vivait-elle ?

Avec ton mari, se souvint-elle.

Celui-ci glissa son portable dans sa poche et revint s'asseoir à son chevet. Il prit sa main entre les siennes.

— Est-ce que... euh, avons-nous des enfants ? lui demanda Maddie.

Elle ne pouvait pas oublier ses propres enfants... Non, ce n'était pas possible.

— Non, répondit Sawyer en détournant le regard une fraction de seconde. Tes parents et Jenna seront là dans un quart d'heure. Ils sont tellement heureux que tu aies repris conscience. Je leur ai expliqué que tu ne les reconnaîtrais peut-être pas tout de suite...

— Qui est Jenna ?

— Ta sœur jumelle. Vous êtes très proches toutes les deux. Et tu es proche de tes parents aussi. Ta famille est formidable ! Très aimante et chaleureuse.

C'était une bonne chose...

Maddie prit une grande inspiration et fixa sa main gauche entre celles de Sawyer. Elle ne portait pas d'alliance. Lui, en portait une. Un anneau en or. Mais où était donc la sienne ?

— Pourquoi est-ce que je ne porte pas d'alliance ?

L'expression de Sawyer se transforma instantanément. Il la regarda avant de fixer le bout de ses chaussures. Des bottes de cow-boy marron foncé.

Tiens, tiens..., songea Maddie. *On dirait qu'il me cache quelque chose. De quoi s'agit-il ?*

Deux aides-soignantes pénétrèrent dans la chambre pour emmener Maddie passer un scanner.

— Je t'attends ici, murmura Sawyer en posant gentiment sa main sur sa joue.

Tandis que les aides-soignantes l'installaient dans un fauteuil roulant et la poussaient hors de la chambre, elle réalisa que Sawyer lui manquait déjà.

C'était un bon signe, non ?

Et ce, même si elle ne portait pas d'alliance...

La famille de Maddie arriva au moment où les aides-soignantes ramenaient la jeune femme dans sa chambre.

Sawyer avait espéré pouvoir passer du temps seul avec elle, mais il lui faudrait attendre d'être de retour chez eux... Sa famille avait besoin de la voir, ce qui était normal.

Les MacLeods se précipitèrent autour d'elle avec force exclamations.

— Maddie ! s'écria April MacLeod en se jetant au cou de sa fille. Oh ! j'espère que je ne t'ai pas fait mal ! Laisse-moi te regarder... Eh bien, quelle énorme bosse ! Elle va sans doute vite dégonfler... Nous t'avons apporté de la soupe de poulet aux vermicelles de chez Brewer. Tu adores ça !

Elle fixa Maddie un instant avant de reprendre :

— T'ai-je au moins dit qui j'étais ? Je suis ta maman ! Toi et ta sœur représentez tout pour moi... Quant à celui-là...

Elle passa un bras autour des épaules de son mari, un homme élancé aux cheveux gris.

— ... ton père et moi fêterons samedi prochain nos trente-quatre ans de mariage !

— Tellement heureux que tu aies repris conscience, ma chérie, renchérit Ace MacLeod en serrant sa fille doucement dans ses bras. Tu nous as fait tellement peur !

Jenna MacLeod Spinner se pencha à son tour pour enlacer sa sœur, tout du moins autant que le lui permettait son ventre arrondi par six mois de grossesse.

— On nous a dit que tu ne te souvenais pas de grand-chose, déclara Jenna, mais rassure-toi, nous sommes une famille inoubliable ! La mémoire te reviendra très vite.

Maddie esquissa un sourire timide.

— Je l'espère. Vous m'avez l'air d'être des gens que j'aimerais connaître...

April éclata d'un rire rauque de fumeuse.

— Tu nous adores, je peux te l'assurer ! Sois patiente, néanmoins, et écoute ce que te disent les médecins. Je sais que tu vas vouloir retourner au travail, mais il n'en est pas question pour le moment.

— Le travail ? répéta Maddie en penchant la tête. Quel est mon travail ?

— Tu diriges l'entreprise familiale... MacLeod's Multiples Emporium.

— Euh... de quoi s'agit-il ?

— Wedlock Creek, la ville où nous vivons, est célèbre pour les grossesses multiples de ses habitantes, expliqua April. Une légende dit que les personnes qui se marient à la chapelle des mariages de Wedlock Creek auront des jumeaux, des triplés ou plus encore, soit par chance, soit grâce à l'aide de la science.

— Qu'en est-il pour Jenna et moi ? s'enquit Maddie.

— La chance ! répondit sa mère. Les grossesses gémellaires sont courantes dans la famille. Nous avons créé notre magasin dédié aux jumeaux, triplés, quadruplés et quintuplés il y a trente-cinq ans. Nous vendons de la layette, des cadeaux personnalisés, des accessoires pour les fêtes prénatales...

Elle jeta un coup d'œil à Sawyer avant de sourire à nouveau à Maddie.

— Bon, ma belle, nous allons te laisser tranquille pour que tu puisses rentrer chez toi avec Sawyer. Nous nous reverrons très vite.

Maddie hocha brièvement la tête.

Sawyer trouvait étrange de ne plus être capable de déchiffrer son expression. Il la connaissait pourtant tellement bien...

Oui, mais voilà... Depuis que Maddie ne savait plus qui elle était, toutes ses réactions paraissaient étrangères à Sawyer.

Une heure plus tard, après avoir vérifié une dernière fois ses constantes, le Dr Addison lui donna l'autorisation de quitter l'hôpital.

— Tiens, ta mère t'a apporté des vêtements, lui apprit Sawyer en lui tendant un sac de voyage. Ainsi que tes bottines préférées...

— Ah, merci... je n'en ai pas pour longtemps, dit-elle en s'engouffrant dans la salle de bains.

« Pourquoi est-ce que je ne porte pas d'alliance ? », avait demandé Maddie... Sawyer n'avait pas répondu à cette question, mais il était certain qu'elle la lui reposerait.

Il n'avait absolument pas envie de lui répondre sur ce sujet.

Il ne voulait plus parler de ça !

Sawyer était presque soulagé que Maddie ait oublié pourquoi elle l'avait quitté précipitamment, ce matin où elle avait eu son accident de voiture... Il ne pouvait plus retirer les paroles qu'il avait dites, même si elles avaient été proférées sous le coup de la colère et de la frustration.

Il les avait dites... mais Maddie ne s'en souvenait pas !

Il faudrait bien qu'il lui dise la vérité un jour ou l'autre...

Son téléphone vibra. Il avait reçu un texto de Justin Mobley, l'un de ses adjoints.

Bonjour, chef. Le beagle d'Annie Potterowski a arraché un bretzel tout chaud de la main d'un gamin à côté de la chapelle. Les parents veulent porter plainte. Apparemment, c'est la deuxième fois que cela arrive ce mois-ci. Je m'en occupe...

Sawyer répondit immédiatement.

Merci de prendre ce problème en charge.

C'était un peu la routine à Wedlock Creek, où les méfaits des beagles représentaient la moitié des délits. L'autre moitié englobait les actes de vandalisme, les défauts de permis de conduire, les cambriolages et les bagarres de rue. Sawyer avait vécu toute sa vie à Wedlock Creek et il était réputé pour son flegme et sa capacité à tout prendre avec sang-froid.

Quelle ironie ! Car il n'avait fait preuve d'aucun sang-froid lorsque ces mots terribles s'étaient échappés de sa bouche, le matin où Maddie avait eu son accident.

L'accident... La perte de mémoire de sa femme... Tout cela le bouleversait littéralement.

Maddie ne se souvenait ni de ce qui s'était passé ce matin-là, ni des mois précédents... À quel point ceux-ci avaient été difficiles... Chaque soir, elle prenait son oreiller et allait dormir sur le canapé du salon. Quant à leurs conversations, elles finissaient invariablement en disputes.

C'est comme si nous pouvions prendre un nouveau départ, songeait Sawyer. De façon totalement déloyale, certes. Néanmoins, Maddie était qui elle était, et elle retrouverait la mémoire d'ici quelques semaines. Alors, ils seraient à nouveau exactement là où ils en étaient avant qu'elle ne percute cette glissière de sécurité...

Maddie sortit de la salle de bains. Elle avait retrouvé son allure habituelle avec ses longs cheveux châtains dénoués, son jean et son pull écru préféré. Sans oublier ses boots de cow-boy rouges !

— Je me suis observée dans le miroir un bon moment, dit-elle avec un sourire. Je ressemble beaucoup à ma jumelle, à l'exception du ventre rond !

Une bouffée de panique s'empara de Sawyer. Il s'imagina que Maddie avait retrouvé la mémoire et qu'elle allait déclarer qu'elle n'irait nulle part avec lui ! Mais il n'en fut rien. À en juger par son expression chaleureuse et ouverte, Maddie n'avait aucun souvenir du fait que Jenna et elle avaient toujours parlé d'être enceintes en même temps pour devenir mères en même temps..., ainsi que tante du bébé de l'autre.

Non, elle ne se rappelait vraiment rien...

Sawyer prit son sac qu'il jeta par-dessus son épaule.

— Tu es prête à partir ?

— Prête.

Il se fit la réflexion qu'il devait être très étrange pour elle de faire confiance à un homme qu'elle ne reconnaissait pas.

Il reposa le sac et planta ses yeux dans les siens.

— Maddie... Je veux que tu saches que je t'aime profondément. Je t'aime depuis que nous avons tous les deux cinq ans et je t'aimerai encore quand nous en aurons quatre-vingt-douze ! Je ferai tout ce qui est en mon pouvoir pour que tu te sentes bien... Tu n'as qu'à demander.

Maddie parut prise au dépourvu, puis son expression s'adoucit.

— Merci pour ces mots... Depuis que nous avons cinq ans, as-tu dit ?

— C'est l'âge auquel nous nous sommes rencontrés. Ta famille a emménagé à côté de la mienne.

— Eh bien... nous nous connaissons depuis une éternité ! J'aimerais pouvoir m'en souvenir.

— Tu y arriveras. Il faut laisser le temps au temps.

Une fois qu'ils furent installés dans le SUV de Sawyer, celui-ci prit la route de Wedlock Creek, qui se trouvait à une demi-heure de Brewer. En chemin, Maddie lui posa plusieurs questions… S'ils allaient souvent à Brewer (la réponse était non). S'ils avaient un restaurant favori (oui, un restaurant mexicain à Brewer, et plusieurs à Wedlock Creek). Quel genre de musique ils aimaient (celle des années 1970 pour Maddie, les Beatles et la country pour Sawyer).

Quand ils pénétrèrent dans le centre de Wedlock Creek, Maddie regarda par la fenêtre avec un air émerveillé.

— Comme cette ville est belle avec toutes ces décorations de Noël ! s'extasia-t-elle. On dirait une carte postale ! Oh ! regarde !

Sawyer tourna la tête dans la direction qu'elle lui indiquait. La chapelle des mariages de Wedlock Creek, construite une centaine d'années plus tôt, était, même en ce jour de semaine, assaillie par les touristes et par des mariées en robe blanche. Annie Potterowski, la femme qui officiait à la chapelle, promenait son beagle voleur de bretzels. Les habitants de Wedlock Creek aimaient la mascotte canine de la chapelle, mais sa fâcheuse habitude de chiper la nourriture des mains des gens, bien qu'amusante la première fois, finissait par agacer. Le beagle portait un gilet de Noël rouge et vert, ce qui le rendait encore plus craquant.

— C'est la chapelle dont ta mère t'a parlé, expliqua Sawyer. Celle de la légende sur les jumeaux, les triplés, etc.

— Nous nous sommes mariés ici ?

Sawyer hocha la tête.

S'il te plaît ne me demande pas ce que je sais que tu vas me demander maintenant, supplia-t-il intérieurement.

— Mais nous n'avons pas nous-mêmes de jumeaux, reprit-elle.

Et voilà !

— Non. Ah ! Nous sommes arrivés !

Il s'était empressé d'ajouter ces derniers mots en tournant

dans Woods Road. Il engagea son SUV dans l'allée de la dernière maison de l'impasse, une belle demeure ancienne de couleur blanche.

Maddie descendit de voiture pour observer la maison.

— Ouah ! Nous vivons ici ? Cette maison est magnifique ! Et les guirlandes lumineuses accrochées un peu partout la rendent encore plus féerique.

Sawyer se rembrunit. Le jour où il avait mis les guirlandes en place, tous deux ne se parlaient plus. Il avait ressenti le besoin de faire quelque chose... quelque chose pour eux, alors il avait passé une heure à décorer la véranda et les arbres autour de la maison. Maddie avait brisé le silence pour le remercier. « C'est Noël, avait-elle dit. Nous devons surmonter nos différends pour passer de joyeuses fêtes. » Sa voix était néanmoins pleine de doutes, car cela faisait plusieurs Noël qu'ils s'efforçaient de faire ça...

— Tu es tombée amoureuse de cette maison quand tu étais enfant, lui apprit Sawyer en lui tendant son trousseau de clés. Elle a été construite au tout début du XXe siècle. Tu l'avais repérée dans ce quartier et tu m'avais dit : « Sawyer, un jour, je vivrai dans cette maison ! ». Et c'est le cas.

Elle sourit, paraissant un peu perdue dans ses pensées.

— Depuis combien de temps vivons-nous ici ?

— J'ai acheté cette maison pour te faire une surprise, le jour même où je t'ai demandée en mariage, expliqua-t-il. Lorsque j'ai appris que mon offre pour la maison avait été acceptée, j'ai couru jusqu'à ton appartement pour te supplier de m'épouser. Cette offre-là, aussi, a été acceptée...

Il sourit au souvenir de Maddie se jetant dans ses bras et embrassant frénétiquement son visage, oubliant, ce faisant, de dire oui ! Sawyer lui avait ensuite révélé qu'il avait une autre surprise pour elle et l'avait conduite en voiture jusqu'à la maison au portail duquel était accroché un panneau « À vendre ». C'était là qu'il lui avait rappelé qu'elle n'avait pas accepté sa demande en mariage... En larmes et incapable de parler pendant plusieurs minutes, la jeune femme avait fini par prendre son visage entre ses mains...

— Oui, Sawyer ! Oui ! Oui, toujours...

Oui, toujours... Et pourtant, ces derniers temps, il y avait eu tant de *non* entre eux ! Leur histoire commune avait été impuissante à les protéger.

Maddie fixa le trousseau entre ses mains.

— Je remarque qu'il y a un petit Woodstock en céramique accroché à ce porte-clés, tout comme il y avait des décorations à l'effigie de Woodstock sur le sapin de Noël dans ma chambre d'hôpital...

— Tu aimes les oiseaux, lui apprit Sawyer. Et tu adores Woodstock ! Tu l'as toujours aimé. Quand nous étions enfants, à chacun de tes anniversaires, je t'offrais quelque chose à l'effigie de Woodstock. Des chaussettes... Des porte-clés... Celui que tu tiens dans ta main, je te l'ai offert pour tes quatorze ans.

— Vraiment ? s'étonna-t-elle en souriant.

— Absolument ! On gèle dehors... rentrons vite.

Il lui fit signe de passer devant, pour qu'elle sente qu'il s'agissait de *sa* maison, même si elle ne s'en souvenait pas.

Maddie utilisa sa clé pour ouvrir la porte avant d'entrer lentement à l'intérieur.

— J'adore la déco ! s'exclama-t-elle en découvrant le tapis rond aux couleurs vives et le poster vintage *Le Chat Noir* qui ornait l'un des murs. Oh... mais qu'est-ce que c'est que ça ?

Un berger allemand s'était précipité vers elle en émettant des gémissements éplorés. Le chien s'assit à ses pieds.

— Voici Moose, retraité de l'unité cynophile. Nous avons travaillé ensemble pendant des années lorsque j'étais détective, mais depuis trois ans, il se repose. Il a onze ans et il t'adore.

— Eh, fit-elle en s'accroupissant pour caresser l'animal. Salut, Moose...

— Tu lui as beaucoup manqué ces derniers jours.

À moi aussi, tu m'as beaucoup manqué, songea Sawyer. *J'ai tellement prié pour que tu te réveilles. Pour que tout aille bien... J'ai même fait un marché avec le ciel !*

— Donne-moi ton manteau, dit-il en retirant le sien et en le suspendant dans le placard.

Maddie fit glisser la fermeture Éclair du sien et le lui tendit. Il le rangea avec l'écharpe rouge et rose qu'avait tricotée sa jumelle. Il regarda ensuite la jeune femme déambuler dans le salon, examinant les divers objets qui s'y trouvaient, observant les photos avec encore plus d'attention.

Elle s'attarda sur une photo de leur mariage qui se trouvait sur le manteau de la cheminée. L'une de ses préférées, car elle les montrait s'embrassant sur les marches de la chapelle, au moment où le facétieux beagle s'était incrusté sur le cliché !

Les épaules de Maddie s'affaissèrent soudainement. Elle reposa la photo.

— Je n'arrive pas à me souvenir de ma vie, murmura-t-elle en secouant la tête. Elle a pourtant l'air idéale. Une famille aimante… Un mari séduisant et dévoué… Une superbe maison… Sans oublier un chien attachant du nom de Moose.

Des larmes brillèrent dans ses yeux et elle se laissa tomber sur le canapé. Moose trottina vers elle et vint poser son museau sur ses genoux. Maddie se pencha alors pour enfouir sa tête dans son pelage et serrer le chien contre elle.

Si cela peut t'aider à te sentir mieux, songea Sawyer, *sache que ta vie n'était pas si rose…*

Il prit place à ses côtés, et sans se laisser le temps de réfléchir, laissa échapper les mots suivants :

— C'est ma faute si tu as eu un accident, Maddie. J'ai dit quelque chose qui t'a contrariée, alors tu es montée précipitamment dans ta voiture et tu es partie à toute allure.

Elle se tourna vers lui, manifestement choquée.

— Que m'avais-tu dit ? voulut-elle savoir.

— Que peut-être nous devrions, effectivement, nous séparer.

Il ferma les yeux quelques instants et laissa échapper un soupir.

— Tu dis *effectivement*… Quelqu'un l'avait donc déjà suggéré ?

— Avant l'accident, nous avions eu notre rendez-vous hebdomadaire avec une conseillère conjugale. Nous la consultions pour qu'elle nous aide à sortir de l'impasse dans laquelle nous nous trouvions. Ce jour-là, elle a déclaré qu'il lui semblait que ni toi, ni moi, n'étions prêts à céder à l'autre et qu'il nous faudrait peut-être envisager de nous séparer. Cela m'a terriblement contrarié et je suis sorti en furie du cabinet. Tu m'as suivi et nous nous sommes disputés à l'extérieur. Et c'est là que je l'ai dit… Que peut-être, nous *devrions* nous séparer…

— Que se passait-il entre nous pour que nous en arrivions à une telle extrémité ?

Sawyer prit une brusque inspiration.

— Nous nous querellions sur l'éventualité de fonder ou non une famille, lâcha-t-il d'un coup.

— Ah, fit-elle en fixant sa main gauche. Je comprends mieux maintenant. Et avant que je m'engouffre dans ma voiture, est-ce que j'ai arraché mon alliance de colère parce que tu avais prononcé ces mots ?

— C'est exactement cela. Tu l'as enlevée et tu me l'as donnée. Elle est dans mon portefeuille.

Jamais il n'oublierait ce qu'il avait ressenti à cet instant précis. C'était comme si tout son monde s'écroulait sans qu'il ne puisse rien y faire.

— Je suppose que c'est moi qui veux des enfants, devina-t-elle.

Sawyer hocha la tête affirmativement.

— Alors que toi, tu te contentes de ta vie telle qu'elle est… Une femme, un chien… Un bon boulot.

À nouveau, il opina du chef.

— Mariés depuis sept ans… j'ai trente-deux ans… Cela me semble être le bon moment pour fonder une famille, non ?

Sawyer sentit un brin de provocation dans cette déclaration.

— Je n'ai jamais voulu d'enfants, asséna-t-il. Toi, tu en as toujours souhaité, et tu espérais que je changerais d'avis. Tu n'avais aucun doute sur le fait que mon opinion évoluerait, même si je t'avais mise en garde dès le début. Tu n'as jamais cru que je ne voudrais pas un jour un petit Wolfe, un petit *nous*... comme tu avais l'habitude de dire...

— Et tu ne veux toujours pas ? fit-elle en penchant la tête.

Sawyer se leva et marcha jusqu'à la fenêtre où il s'absorba dans la contemplation des branchages alourdis par la neige.

— Ces deux derniers jours, pendant que tu étais sur ce lit d'hôpital... je ne savais pas si tu allais t'en sortir, alors j'ai fait un marché avec le ciel. J'ai promis que si tu reprenais conscience, je serais d'accord pour avoir autant d'enfants que tu en voudrais ! Même si tu en veux dix !

— Alors nous allons avoir dix enfants ?

Sawyer se tourna pour lui faire face.

— Si c'est ce que tu souhaites.

— Parce que tu as fait un marché avec le ciel ?

Il acquiesça.

— Le plus important pour moi, c'était que tu sortes du coma. Maintenant que tu es avec moi, alors oui, nous aurons dix enfants, si c'est ce que tu souhaites.

Il avait été à deux doigts de la perdre. Il s'était dit qu'il était prêt à tout pour la récupérer, et il avait bien l'intention de tenir parole.

Maddie l'observa en relevant le menton.

Sawyer n'avait aucune idée de ce qu'elle pouvait bien penser. Il n'arrivait plus à déchiffrer son expression... Tout paraissait nouveau chez elle.

— Tout ce que je souhaite pour le moment, c'est retrouver la mémoire. Peut-être que revivre ici, chez nous, va déclencher quelque chose en moi...

Sawyer l'espérait. Ces dernières heures, ils avaient eu cette chance rare d'être ensemble sans que le passé ne menace leur mariage. Il avait l'avantage injuste de tout savoir sur eux, alors que Maddie ne savait plus rien, mais il avait à cœur de ne pas en profiter. Il se montrerait toujours honnête avec elle.

Une chose était sûre : il aimait Maddie à la folie et était prêt à tout pour elle.

Y compris à avoir dix enfants. Et pourquoi pas vingt !

Tout ce qui importait, c'était qu'elle ait survécu et soit de retour à la maison.

2

Ressentant le besoin de laisser son esprit assimiler toutes ces nouvelles informations, Maddie suggéra que Sawyer lui fasse visiter la maison. Celui-ci parut soulagé par cette demande.

Elle le suivit donc au premier étage, tout en prenant le temps d'étudier les photos qui décoraient les murs de la cage d'escalier. Des photos d'eux, à différentes périodes de leur vie. Sawyer et elle à l'âge de cinq ou six ans, brandissant des cannes à pêche au bord d'une rivière... Sawyer et elle adolescents, endimanchés pour le bal de promo. Sawyer et elle, dans la vingtaine... lui, arborant un T-shirt de la police de Wedlock Creek, et elle, juchée sur ses épaules.

Un couple partageant une longue histoire commune...

Au premier étage, un palier desservait quatre pièces. Sawyer ouvrit les portes une à une... D'abord, une chambre d'invités, puis une grande salle de bains. La troisième porte révéla une pièce totalement vide.

— Nous n'avons pas trouvé d'utilité à cette pièce ? demanda Maddie en haussant un sourcil.

— C'est la pièce que tu voulais transformer en chambre d'enfant, expliqua Sawyer en détournant le regard.

— Ah.

Elle examina la pièce. Des murs gris pâle, un parquet de bois clair, des placards, quatre grandes fenêtres. Oui, cela ferait, à n'en pas douter, une belle nurserie... Elle s'imagina faire les cent pas quotidiennement dans cette pièce vide.

Comme cela avait dû être douloureux ! Un rappel incessant de l'impasse dans laquelle ils se trouvaient.

— Et voici notre chambre, annonça Sawyer en ouvrant la dernière porte.

Il s'agissait d'une grande pièce douillette avec un lit à baldaquin recouvert d'un édredon duveteux. De chaque côté du lit, une table de chevet avec des lampes assorties et sur chacune, un livre. Un polar et un livre sur l'histoire du Wyoming... Maddie se demanda de quel côté elle dormait et lequel était son livre ! Elle se demanda aussi ce que cela lui ferait de se glisser sous cet édredon, à côté d'un homme qu'elle savait être son mari, mais qui lui semblait être un parfait inconnu.

Comme s'il avait le pouvoir de lire dans ses pensées, Sawyer se tourna vers elle :

— Je peux dormir dans la chambre d'invités jusqu'à ce que la mémoire te revienne, proposa-t-il. Je ne veux pas que tu te sentes mal à l'aise...

— Euh... Nous ne savons pas ce qui m'aidera à retrouver la mémoire, mais il paraît que reprendre une certaine routine peut aider. Je pense donc qu'il faut faire comme nous avons l'habitude de faire. Tu es mon mari... Intellectuellement, je le conçois, alors je suis prête à dormir à tes côtés.

Sawyer acquiesça, et Maddie eut l'impression qu'il était soulagé.

Elle dormirait donc avec lui ce soir... Cette pensée l'incita à l'examiner d'un point de vue strictement physique. Sawyer était tellement séduisant qu'une légère excitation se manifesta dans son bas-ventre. Elle aimait la façon dont il la fixait, avec ses yeux verts si sérieux, comme s'il tenait infiniment à elle, en dépit de leurs divergences.

Son physique avantageux mis à part, il y avait aussi chez Sawyer Wolfe quelque chose qui inspirait confiance à Maddie « l'amnésique ».

Elle marcha vers un grand placard qu'elle ouvrit. Ils avaient chacun leur côté... Le sien était à gauche, rangé de façon très organisée. Beaucoup de jeans et de pulls… beaucoup de chaussures aussi ! Elle alla ensuite ouvrir le premier tiroir de la commode. Ooh… Des parures en dentelle… des chemises de nuit sexy… Une vague de chaleur inonda son ventre et elle eut une conscience aiguë de la présence du jeune homme qui, assis sur le lit, ne la quittait pas des yeux.

Sur la commode, des flacons de parfum et une boîte à bijoux en velours. À l'intérieur : des boucles d'oreilles, des bracelets, des colliers. Une bague avec un diamant serti dans une monture en or… La jeune femme songea à son alliance… Pourquoi Sawyer l'avait-il gardée, plutôt que de la remettre dans cette boîte ?

Elle se mordilla la lèvre inférieure et se tourna vers lui.

— J'imagine que je ne vais pas te mettre dans une position facile si je te demande pourquoi tu n'as jamais voulu d'enfants, même après une union de sept années…

— J'ai toujours eu une vie professionnelle très prenante, répondit-il en se levant.

Il marcha vers la fenêtre et enfouit ses mains dans ses poches.

— Je suis le commissaire de police de Wedlock Creek depuis presque un an, et depuis que j'ai obtenu cette promotion, je ressens le besoin de faire mes preuves. Et avant ça, j'avais mis les bouchées doubles pour devenir commissaire… Le timing ne m'a jamais paru être le bon pour envisager de fonder une famille. J'ai tellement de responsabilités au travail, pour cette ville, pour mes hommes… que je ne me vois pas avoir aussi des responsabilités à la maison. Un bébé a besoin de plus que ce que je pourrais lui donner.

Une vie professionnelle très chargée… Un bébé ayant besoin de davantage que ce qu'il pourrait donner… Tout cela sonnait comme des excuses aux oreilles de Maddie. Elle avait l'intuition que la Maddie qu'elle avait été connaissait les véritables raisons de ce non-désir d'enfants…

— Tu as faim ? s'enquit-il avec un sourire un peu raide. Je peux faire réchauffer le chili de ta mère… Elle m'a apporté des tonnes de plats depuis ton accident, mais je n'ai pas pu avaler grand-chose.

Quelle habileté à changer de sujet ! remarqua Maddie.

— J'ai mangé un peu à l'hôpital, je n'ai pas faim, répondit-elle. C'est une belle journée... J'aimerais me rendre en ville pour visiter le magasin de ma famille.

Sawyer haussa un sourcil surpris.

— Tu te sens suffisamment d'attaque ? Le Dr Addison t'a conseillé de ne pas brusquer les choses.

— Je ne me sens pas du tout dans le cirage, le rassura-t-elle. C'est la curiosité qui l'emporte pour le moment.

En outre, elle avait envie d'assaillir Sawyer de questions mais sentait qu'il n'était pas prêt pour ça...

— MacLeod's Multiples Emporium n'est pas loin d'ici, n'est-ce pas ? insista-t-elle.

Leur maison était toute proche de la principale artère de la ville, qui alignait boutiques charmantes et restaurants.

— En effet. Tu peux y aller à pied. La boutique est à quelques minutes de marche de la chapelle des mariages. Tu ne peux pas la manquer ! Il y a une enseigne en bois avec du matériel de puériculture dessus. Quant à la vitrine, elle a revêtu ses plus beaux atours de Noël.

J'aime Noël. Cette pensée prit Maddie au dépourvu jusqu'à ce qu'elle réalise que c'était une déduction de la réaction émerveillée qu'elle avait eue en découvrant l'arbre de Noël miniature de sa chambre d'hôpital, ainsi que les décorations scintillantes dans les rues de la ville. Elle n'avait aucun doute là-dessus... elle avait toujours aimé Noël !

— J'aimerais aller y faire un tour, dit-elle. Comme je travaillais là-bas, cela va peut-être réveiller quelque chose chez moi.

— Appelle-moi si c'est trop dur pour toi et que tu souhaites rentrer. Je viendrai te chercher.

Maddie hocha la tête tout en faisant défiler ses contacts sur l'écran de son téléphone.

— Ah, te voilà, Sawyer... Numéro de portable et numéro professionnel...

Les numéros des membres de sa famille figuraient aussi dans son répertoire, ainsi que ceux de tout un tas de personnes dont les noms ne lui disaient strictement rien.

— Je vais t'accompagner, proposa Sawyer, puis j'irai au poste. Nous nous retrouverons quand tu seras prête à rentrer à la maison.

— C'est parfait...

Ils descendirent au rez-de-chaussée. Sawyer tendit à Maddie sa doudoune et son écharpe avant d'enfiler sa lourde veste en cuir. Il resta un instant immobile devant la porte, ce qui donna l'impression à Maddie qu'il n'avait pas envie de la laisser partir... Qu'il avait plutôt envie de la garder à la maison. Dans leur maison.

Elle se demanda s'il s'inquiétait de la pérennité de leur mariage. Leurs différends s'étaient-ils avérés plus lourds que leur passé commun et leur amour ?

Elle se demanda si, quand la mémoire lui reviendrait, ils se retrouveraient au même point qu'à la sortie de leur dernier rendez-vous chez la conseillère conjugale...

Wedlock Creek grouillait d'agitation et de badauds effectuant leurs courses de Noël, les bras chargés de sacs multicolores desquels dépassaient des présents enveloppés.

Dès que Maddie et Sawyer atteignirent Main Street, plusieurs passants les hélèrent.

— Quel plaisir de te voir en bonne santé ! s'exclama une femme en serrant la main gantée de Maddie. Nous étions tous tellement inquiets. Enfin... certainement pas autant que Sawyer, évidemment...

— Tu as raison, Brenna, commenta ce dernier en souriant, appuyant sur le prénom à l'intention de Maddie.

Au bout de la troisième rencontre, la jeune femme comprit ce que Sawyer faisait... Il cherchait à compenser sa mémoire défaillante.

— Est-ce que je connais tout le monde ? s'enquit-elle alors qu'ils arrivaient devant MacLeod's Multiples Emporium.

— Oui ! Nous connaissons tout le monde. Wedlock Creek est une petite ville et nous vivons ici depuis toujours. Et comme je suis le commissaire, tout le monde sait qui je suis.

Maddie hocha la tête. Elle observait une famille avec des petites jumelles aux cheveux roux. Sur le trottoir opposé, une femme poussait une poussette pour triplés.

Elle étudia ensuite l'enseigne de la boutique peinte à la main dans des coloris pastel.

— Ton père a fabriqué lui-même cette enseigne, expliqua Sawyer. C'est un véritable artisan. C'est lui qui fabrique de ses mains les meubles vendus ici. Les berceaux, les couffins et autres objets en bois… Il a énormément de talent.

— C'est magnifique, s'extasia Maddie en admirant l'enseigne et le chevalet listant avec une écriture manuscrite tous les articles proposés par MacLeod's. Je pense rester environ une demi-heure. Je vais me contenter de visiter la boutique et de saluer ma famille car je ne me sens pas encore prête à déambuler seule dans les rues. Je crains de rencontrer des personnes que je ne reconnaîtrai pas. C'est tellement difficile d'expliquer ce qui m'arrive.

— Je te comprends, approuva Sawyer en hochant la tête. Je reviendrai te chercher dans trente minutes.

Il se pencha un peu maladroitement et déposa un baiser sur sa joue. Il parut hésiter avant de se redresser, et Maddie eut l'impression qu'il avait failli la prendre dans ses bras…

À vrai dire, elle aurait bien eu besoin que quelqu'un l'étreigne et la serre très fort !

— À tout à l'heure…, souffla-t-elle avant d'entrer dans la boutique.

À la fois élégante et rustique, la boutique était organisée en plusieurs zones consacrées aux vêtements, aux meubles et au matériel de puériculture. Plusieurs clients déambulaient dans les rayons, assistés dans leurs emplettes par deux vendeuses.

— Maddie !

Jenna s'était précipitée vers elle, l'air ravi.

Celle-ci lui ressemblait vraiment beaucoup. Elles avaient toutes deux les mêmes yeux bleus, un nez un peu long et des cheveux châtains ondulés tombant jusqu'aux épaules. Jenna portait une robe de grossesse violette et des bottes en daim gris qui lui montaient jusqu'aux genoux. Plusieurs bracelets dorés cliquetaient à ses poignets.

— Je suis surprise de te voir ! Comment te sens-tu ?

— Je me sens plutôt bien. Bien sûr, c'est un peu étrange de ne pas se souvenir de qui l'on est... Euh, c'est très étrange, en fait ! Je me suis dit que venir ici m'aiderait peut-être... Tu travailles ici, toi aussi ?

— Oui, c'est moi qui accueille les clients et je peux te dire que mon gros ventre m'aide beaucoup. Tout à l'heure, j'ai vendu trois berceaux personnalisés, et la mère et la grand-mère sont revenues quelques minutes plus tard pour acheter également les trois couffins qu'elles avaient aussi repérés ! Et puis la grand-mère a également fait l'acquisition de ça...

Elle montra du doigt trois petites chaises en forme d'ours en peluche, avec des nœuds roses ou bleus autour du cou.

— Tu m'as l'air d'être une bonne vendeuse, commenta Maddie. Est-ce que je travaillais à tes côtés ?

— Non... Tu étais plutôt dans la gestion administrative et comptable. Tu n'as pas l'esprit commercial comme moi !

Maddie hocha la tête pensivement.

— Jenna, est-ce que je peux te demander quelque chose ?

— Bien sûr !

Maddie se pencha un peu en avant.

— Est-ce que je cherchais à convaincre Sawyer d'avoir un bébé ? murmura-t-elle.

Le sourire de Jenna se fana.

— Écoute, Maddie, je t'aime profondément... Tu es ma sœur jumelle... Mais si tu ne te souviens de rien, je ne pense pas qu'il m'appartienne de te révéler des détails de ta vie privée avec ton mari.

Maddie parut songeuse, puis elle hocha la tête.

— Je comprends. Peut-être que tu peux, en revanche, me donner quelques informations sur mon mari ? Il dit que nous étions voisins quand nous étions enfants…

— On peut même dire que Sawyer a grandi dans notre maison ! Il est un membre honoraire de la famille MacLeod depuis ses cinq ans, c'est-à-dire quand son père et lui ont emménagé dans un studio qui se trouvait sur la propriété de nos voisins… C'est comme ça que Sawyer et toi êtes devenus amis. Apparemment, moi, je ne m'intéressais pas aux garçons à l'époque, mais toi, tu as adoré Sawyer dès le départ ! Nos voisins connaissaient la mère de Sawyer et ils ont été tellement bouleversés par la situation qu'ils ont proposé au père de Sawyer d'emménager dans ce studio pour un loyer modeste.

— Mais de quelle situation parles-tu ?

Une cliente s'approcha d'elles.

— Excusez-moi… Est-il possible de personnaliser ces petits chapeaux de cow-boys pour mes futurs triplés ?

— La personnalisation des objets est une spécialité de MacLeod's, répondit Jenna avec enthousiasme. J'ai moi-même mis de côté deux de ces chapeaux pour mes futurs jumeaux – un garçon et une fille ! Cela dit, mon mari et moi ne sommes toujours pas d'accord sur les prénoms, alors la personnalisation devra attendre.

— Le choix des prénoms est la seule chose sur laquelle mon mari et moi sommes d'accord ! répliqua la cliente en s'esclaffant.

Elle déposa trois chapeaux miniatures dans son panier et poursuivit ses emplettes dans le rayon des peluches.

Jenna entraîna Maddie vers la caisse, à l'écart de la clientèle.

— La mère de Sawyer est morte des complications de son accouchement. C'est donc son père qui l'a élevé seul… Enfin, disons qu'il a essayé… mais il n'était pas très doué pour ça. C'est plutôt notre famille et les voisins qui ont veillé à ce que Sawyer ne manque de rien.

Maddie s'était rembrunie.

— Cela a dû être difficile pour lui…

— Certainement. Pas de maman… Un papa qui n'était pas très présent et qui changeait sans cesse de petite amie ! Tu sais, je pense que s'il n'avait pas vécu aussi souvent chez nous, il aurait été retiré à son père et confié à l'aide sociale à l'enfance.

Maddie se remémorait Sawyer lui expliquant qu'il avait toujours su qu'il ne voudrait pas d'enfants… C'était compréhensible, maintenant qu'elle connaissait son passé.

Elle s'imagina le petit Sawyer à l'âge de trois ans, cinq ans, huit ans… sans parent fiable vers qui se tourner. Dormant chez les voisins pour trouver de la chaleur humaine. Elle était heureuse que sa famille ait été là pour lui.

Qu'elle-même ait été là pour lui.

Ils étaient les meilleurs amis du monde depuis toujours…

Oui, mais voilà… Elle comprenait aussi pourquoi elle-même avait envie de fonder une famille. À trente-deux ans, son horloge biologique commençait probablement à la rappeler à l'ordre…

— J'ai dû croire qu'il finirait par changer d'avis, sur le sujet des enfants, dit-elle d'un ton rêveur. Mais il n'a jamais changé d'avis, n'est-ce pas ?

Jenna se mordilla la lèvre. Elle paraissait se demander ce qu'elle était ou non habilitée à dire.

— Non, souffla-t-elle. Et il a retardé le moment de te demander en mariage à cause de ça. Car il savait pertinemment que tu voulais une flopée d'enfants, alors que lui ne désirait que toi, et éventuellement un chien !

— Mais il a fini par me demander en mariage, non ? Il m'a dit qu'il avait acheté notre maison au moment où il a fait sa demande…

— Il a demandé conseil à papa et maman, raconta Jenna en souriant. Il leur a expliqué qu'il t'aimait plus que tout, mais qu'il ne voulait pas d'enfants, contrairement à toi… Nos parents lui ont dit qu'il finirait par changer d'avis… Et toi aussi, tu en étais persuadée ! Et alors, Sawyer a sans doute pensé que oui, peut-être, un jour, il en arriverait à changer d'avis. Néanmoins, il t'a prévenue qu'il ne pouvait pas te le promettre.

— Je me sens terriblement mal, murmura Maddie, tandis que des larmes lui montaient aux yeux. Il s'est montré tellement honnête... Ce n'est pas juste pour lui.

— Mais ce n'est pas juste pour toi non plus, protesta doucement Jenna. Vous avez toujours été honnêtes l'un envers l'autre... Et puis soudain, le temps a joué contre toi. Et je peux te dire qu'avoir une sœur jumelle enceinte n'a rien arrangé !

Le regard de Maddie se posa sur le ventre rebondi de sa sœur.

— J'imagine...

Elle prit une brusque inspiration.

— Tout ce que je souhaite aujourd'hui, c'est retrouver la mémoire. Retrouver ma vie ! Je ne me souviens même pas avoir voulu un bébé. Je n'imagine même pas ce qu'on ressent, quand on veut un enfant...

— Peut-être que Sawyer et toi pouvez mettre à profit ce temps pour refaire connaissance, sans que ce problème ne s'élève entre vous. Ce différend vous oppose depuis des années, mais l'année dernière a été particulièrement difficile. Là, vous pouvez redevenir juste Maddie et Sawyer ! Au moins pour quelque temps...

— Oui... car ma mémoire va revenir, affirma Maddie en hochant la tête. Selon le médecin, cela peut durer une semaine, trois semaines, peut-être plus...

— Mais oui, ça va te revenir ! renchérit sa sœur.

— Crois-tu que nous étions sur le point de nous séparer ?

Jenna fronça les sourcils.

— J'ai du mal à l'imaginer. Vous vous côtoyez depuis tant d'années ! Vous vous surnommiez même MadSaw ! Vous vous aimez tellement !

— Sawyer m'a expliqué qu'il s'était fait toutes sortes de promesses pendant que j'étais inconsciente. Et même, que si je me réveillais, il me ferait une dizaine d'enfants...

— Il a vraiment dit ça ? s'étonna Jenna.

— Oui... Mais ce n'est pas comme ça que je veux fonder

ma famille. Je veux avoir un bébé avec un homme qui en veut vraiment !

— Oh ! Maddie... c'est si compliqué ! Pour le moment, refais connaissance avec ton mari. Et réapprends à te connaître toi-même...

— Excusez-moi, les interrompit une femme enceinte. Avez-vous des lecteurs de berceuses programmables ?

— Absolument ! Jenna. Suivez-moi...

Le visage de la femme s'illumina.

C'est à cet instant que Maddie réalisa qu'elle avait effectivement dû préférer rester dans l'arrière-boutique, plutôt que de côtoyer toutes ces futures mamans rayonnantes.

La clochette de la porte d'entrée tinta et Sawyer se profila dans l'embrasure.

Maddie serra sa sœur contre elle.

— Merci, lui chuchota-t-elle. Notre discussion m'a beaucoup aidée...

— Je serai toujours là pour toi.

Maddie sourit et laissa sa sœur s'occuper de sa cliente. Elle se sentait mieux tout à coup, bien qu'inquiète par rapport à l'avenir.

Alors qu'elle marchait vers Sawyer, ce bel homme aux yeux verts ravageurs, elle eut envie de se jeter dans ses bras pour qu'il la serre fort contre lui.

Ça, c'était la seule chose dont elle était sûre.

3

Ils retournèrent chez eux d'un pas tranquille. Maddie avait noué son bras à celui de Sawyer, ce qui remplit celui-ci de joie. Il y avait de l'affection dans ce geste, mais aussi de la confiance. Cela avait beaucoup d'importance pour lui, car la confiance de sa femme, il l'avait perdue au cours des derniers mois. Maddie avait longtemps cru qu'il ne la blesserait jamais, mais quand il avait persisté à lui refuser ce qu'elle désirait le plus, leur lien avait commencé à s'effilocher.

Là, de façon simple, elle semblait lui redonner sa confiance.

— Que dirais-tu de manger des lasagnes au dîner ? lui demanda-t-il. Ta mère a rempli le congélateur de petits plats après ton accident. Elle disait que cuisiner lui permettait de s'occuper l'esprit, sinon, elle serait devenue folle !

Le jeune homme s'en voulait de ne pas faire davantage que de réchauffer les petits plats de la mère de Maddie. Oui, mais voilà… April MacLeod était un véritable cordon-bleu, alors que lui-même était un piètre cuisinier ! Lasagnes, hachis parmentier, fettucine à la carbonara, pain de maïs – que Sawyer aimait particulièrement – la mère de Maddie n'avait pas lésiné.

— Est-ce que j'aime les lasagnes ? s'enquit Maddie.

— C'est ton plat préféré, tout comme le mien ! Nous en confectionnions quand nous étions ados. Je faisais une couche… tu en faisais une autre… et on s'empiffrait sans pouvoir s'arrêter !

Maddie sourit, amusée.

— Qu'est-ce que j'aime d'autre ?

— Tout ce qui est grillé. Les tacos au poisson... La salade César. Les cheeseburgers. La glace avec des grains de café.

— Et qu'est-ce que je n'aime pas ? De façon générale, pas seulement en matière d'alimentation...

— Tu n'aimes pas le maïs... Tu détestes le yoga ! Et aussi les films d'horreur.

— Et à quoi est-ce que j'occupe mon temps quand je ne travaille pas ?

— Au cours des derniers mois, tu as commencé à faire du bénévolat pour le programme Holiday Happymakers. Tu t'y consacres plusieurs heures par jour...

— Holiday Happymakers ? De quoi s'agit-il ?

— C'est un groupe qui cherche à aider les personnes qui ne peuvent fêter Noël parce qu'elles ont des problèmes financiers ou de santé... Tu as initié un programme appelé « Adopte une famille » pour offrir des cadeaux à chacun des membres d'une famille. Il y a un grand sapin au centre social... N'importe qui peut y accrocher une lettre au Père Noël avec des idées de cadeaux pour chaque membre d'une famille.

— Vraiment ? Je suis quelqu'un de gentil alors ?

— Tu l'es ! Vraiment.

— À quoi ressemblait Noël quand tu étais enfant ?

Sawyer grimaça.

— Je passais tous mes Noël chez toi. En général, mon père n'était pas en forme, ou bien il partait chez une copine. Tes parents accrochaient toujours un bas de Noël pour moi et le remplissaient... Et il y avait des cadeaux pour moi au pied du sapin. Je leur faisais un cadeau, moi aussi, mais me désolais de ne pas avoir les moyens de leur acheter autre chose que l'éternelle bougie parfumée que je leur offrais tous les ans !

— Hum... je suis sûre que ça leur faisait plaisir.

— Ta mère l'allumait à chaque fois pour la poser sur le manteau de la cheminée...

Jamais Sawyer n'oublierait la gentillesse de la mère de Maddie. Jamais !

— Ma sœur m'a parlé un peu de ton enfance, murmura Maddie. J'espère que cela ne t'ennuie pas. Elle s'est dit que c'était quelque chose que nous étions toutes censées connaître, et qu'elle ne trahissait donc pas de grand secret. Elle n'a, en revanche, pas voulu parler de notre intimité...

— Cela ne me dérange pas que ta famille t'aide à combler les vides, répondit Sawyer. La vérité est la vérité, et je n'ai aucune envie de te cacher quoi que ce soit. Notre mariage était précaire quand tu as eu cet accident, il y a deux jours. Il était même très précaire depuis plusieurs mois.

— Je suis heureuse de ne pas m'en souvenir, souffla Maddie tandis que des larmes lui montaient aux yeux. J'imagine que ce n'est pas bien... Mais tout ce que je sais pour l'heure, c'est que je ne me sens ni malheureuse, ni triste ou inquiète de quoi que ce soit... Je ne sais pas qui je suis, mais je me sens en sécurité avec toi et les MacLeod. Alors si je suis dans le flou, au moins, c'est un flou agréable. Un flou de Noël !

— C'est une jolie façon de voir les choses, commenta Sawyer en souriant.

Elle serra son bras plus fort, et à nouveau, Sawyer eut la sensation que leur couple avait une nouvelle chance... En cet instant, Maddie était à nouveau sa femme.

Lorsqu'ils furent rentrés, Sawyer laissa Moose sortir dans le jardin encore recouvert de neige. Maddie lança à une vingtaine de reprises la balle favorite de l'animal qu'il chassa et ramena à chaque fois avec la même énergie.

— Ça suffit, Moose, désolée, souffla-t-elle. Je n'en peux plus.

Elle s'agenouilla pour caresser le berger allemand.

Lorsqu'ils entendirent le téléphone sonner, Sawyer et Maddie rentrèrent à intérieur, escortés par Moose qui se dirigea tout droit vers son panier installé devant la cheminée du salon. Ils arrivèrent trop tard pour prendre l'appel, mais ils écoutèrent la dizaine de messages laissés sur le répondeur par les membres de la famille de Maddie, des amis et des bénévoles de Holiday Happymakers.

— C'est vraiment touchant, commenta Maddie après avoir écouté tous les messages.

— Tout le monde t'aime, tu sais, renchérit Sawyer. Bon... je vais préparer le dîner. Veux-tu un verre de vin ?

— J'ai très envie de lait de poule... Est-ce qu'on en a ?

— Bien sûr ! Tu adores ça !

Il revint quelques secondes plus tard avec deux verres de lait de poule. Il lui en tendit un et fit cliqueter son verre contre le sien.

— Miam, commenta-t-elle après avoir bu une gorgée. Veux-tu de l'aide pour le dîner ?

— C'est inutile, j'ai juste à faire réchauffer un plat de ta mère. Détends-toi, je n'en ai que pour une dizaine de minutes...

Maddie lui sourit avant de s'installer sur le sofa. Moose trottina vers elle et posa sa tête sur ses genoux. Sawyer vit la jeune femme serrer l'animal contre elle et ressentit une pointe d'envie... Il avait lui aussi tellement envie de la serrer contre lui, mais il craignait de lui mettre la pression. Il avait le sentiment que mieux valait la laisser prendre l'initiative...

Pendant le dîner, ils discutèrent encore de leurs goûts et rirent davantage pendant les vingt minutes que dura leur repas que pendant leurs trois derniers mois de vie commune ! Ensuite, ils rangèrent la cuisine de concert et s'emmitouflèrent pour emmener Moose faire un tour dans le quartier et admirer les décorations lumineuses de Noël. De retour à la maison, ils regardèrent un concours de chant à la télé. Maddie était assise très près de Sawyer sur le canapé, sans pour autant le toucher. Quand elle bâilla à s'en décrocher la mâchoire, tous deux réalisèrent qu'il était temps pour elle d'aller prendre du repos. La journée avait été longue et chargée d'émotions.

Sawyer suivit Maddie dans l'escalier. Dans leur chambre, la jeune femme fouilla dans les tiroirs de la commode et en sortit un pantalon de pyjama en flanelle et un T-shirt rose à manches longues.

— Euh... je vais me changer dans la salle de bains, annonça-t-elle. Ça te paraît bizarre ?

— Pas du tout ! Nous nous sommes rencontrés ce matin.

— Moi, j'ai vraiment cette impression-là, expliqua-t-elle en souriant.

Pour Sawyer, il n'en était rien. Toute leur histoire était bel et bien là, pesant lourdement dans sa tête et dans son cœur.

Il prenait à son tour un pyjama dans le placard quand Maddie ressortit de la salle de bains. Elle avait attaché ses cheveux en une queue-de-cheval basse, ce qui rendait sa bosse encore plus visible, ainsi que l'égratignure en dessous.

— De quel côté est-ce que je dors ? s'enquit-elle.

— Du côté de la fenêtre... Et moi du côté de la porte.

— Ah... pour que les voleurs tombent sur toi d'abord ?

— Exactement. Et pour que je puisse sauter du lit et partir au plus vite en cas d'appel d'urgence.

Maddie prit le livre policier sur sa table de chevet et en examina la couverture.

— Je suis en train de lire ce livre ?

— Je pense que ce livre est plutôt là pour que tu puisses feindre de lire quand je rentre dans la chambre... C'est pour éviter de me parler. Quand tu ne fais pas semblant de dormir...

— Hum... Nous en sommes donc là ?

Sawyer fixa sa femme. Sa belle Maddie. Il aurait tellement voulu pouvoir la contredire.

— Oui, nous en sommes là, soupira-t-il. Il y a eu des exceptions, cependant... Comme cette fois où Moose a avalé un bâton, ce qui a nécessité une visite en urgence chez le vétérinaire. Nous étions tous les deux tellement inquiets que nous nous sommes tenu la main dans la salle d'attente, ce que nous n'avions pas fait depuis une éternité !

— Ça n'a vraiment pas l'air d'aller entre nous, commenta Maddie, l'air songeuse. Sawyer... je ne suis vraiment pas certaine de vouloir me souvenir de tout ça !

— Ne t'inquiète pas... Comme je te l'ai dit, je suis prêt maintenant à te faire dix enfants ! Donc, une fois que tu auras retrouvé la mémoire, il n'y aura plus de conflit entre nous. Nous pourrons fonder une famille.

Maddie fronça les sourcils.

— Mais... Tu ne veux pas de bébé, Sawyer ! Tu acceptes uniquement parce que tu as fait un pacte avec toi-même quand j'étais dans le coma !

— Je suis déterminé à le tenir. Je suis prêt à avoir un bébé.

— Ce n'est pas ce que la Maddie-dont-je-ne-me-souviens-pas souhaiterait. Cette Maddie-là voudrait que tu *désires* vraiment fonder une famille !

Sawyer laissa échapper un soupir d'agacement.

— Pourquoi se compliquer la vie ? Un oui est un oui, non ?

— Non. Ce oui est à propos d'autre chose. C'était un oui pour le retour de ta femme à la vie. Tu veux lui donner ce qu'elle désirait ardemment parce que tu as fait un marché avec le ciel ! Cela n'a rien à voir avec ce que tu veux, toi, Sawyer.

— Ce que tu es en train de me dire, c'est que même si je m'applique à satisfaire ton désir le plus cher, cela ne te suffit toujours pas !

Ces mots étaient sortis plus durement qu'il ne l'avait souhaité. Ils n'allaient tout de même pas se disputer ! Maddie avait besoin de calme et de recouvrer ses esprits... Sawyer se détourna, profondément perturbé. Il n'arrivait pas à croire qu'ils recommençaient à s'opposer !

— Je ne sais pas, murmura-t-elle. Je ne sais plus rien...

— Bon sang !

Sawyer marcha jusqu'à elle et lui tendit les bras.

Maddie se mordilla la lèvre inférieure et le regarda avant de se lever et de venir se blottir dans son étreinte. Sawyer referma ses bras autour d'elle et posa sa tête sur le sommet de la sienne. Il sentit des larmes lui brûler les yeux.

— Je suis tellement heureux que tu sois en vie, souffla-t-il. Que nous ayons une seconde chance... C'est la seule chose qui compte vraiment.

Maddie releva la tête et le contempla avant d'embrasser

ses lèvres. C'était juste un baiser rapide, mais un baiser quand même !

Ensuite, elle se glissa dans le lit et remonta la couette jusqu'à son menton.

Sawyer se coucha à son tour.

Il savait sans l'ombre d'un doute qu'il n'arriverait pas à fermer l'œil de la nuit.

Maddie battit des paupières au moment où Sawyer se redressa d'un bon dans leur lit. Elle entendit la sonnerie de la porte d'entrée retentir. Une fois. Deux fois... Trois fois !

Elle s'assit à son tour et prit son téléphone sur la table de nuit. Il était minuit vingt.

— Il y a quelqu'un à la porte ? fit-elle d'une voix blanche.

Le portable de Sawyer émit un bip. Le jeune homme s'en saisit et consulta l'écran.

— Oh ! bon sang...

— Que se passe-t-il ?

— C'est mon frère ! C'est lui qui sonne à la porte.

Il tapota sur l'écran pour envoyer un texto et descendit du lit.

— Je m'en occupe. Essaie de te rendormir, Maddie. Tu as besoin de sommeil.

Sawyer avait un frère ? s'étonna Maddie. Étonnant... personne ne lui en avait parlé ! Quoi qu'il en soit, hors de question qu'elle se rendorme ! Le frère de Sawyer était en train de tambouriner à leur porte à plus de minuit... il devait se passer quelque chose !

Elle enfila un peignoir en éponge qu'elle trouva dans la salle de bains et descendit l'escalier sur la pointe des pieds derrière Sawyer. Elle crut le voir prendre une grande inspiration avant d'ouvrir la porte.

Apparut alors sur le seuil, les mains enfouies dans les poches de son jean, une version plus jeune de Sawyer, avec des cheveux blonds et hirsutes. Le jeune homme portait une veste en cuir noir, un épais bonnet noir et un sac de voyage sur l'épaule.

Avant qu'il ait pu ouvrir la bouche, Sawyer l'apostropha :

— Tu as vu l'heure, Cole ! Maddie a besoin de repos.

— Bonjour à toi aussi, répliqua Cole.

Sawyer ne l'invita pas à entrer.

— La dernière fois que tu as eu besoin d'un endroit où dormir et que je t'ai laissé rester ici deux jours, tu nous as volés et tu as disparu ! Si tu ne sais pas où dormir, je vais te donner de l'argent – que je sais que je ne reverrai jamais – mais il est hors de question que tu restes chez nous.

— Je ne cherche pas à rester ici, dit Cole en remuant nerveusement d'un pied sur l'autre. Euh, écoute... ce n'est pas bon pour les jumeaux de rester dans le froid aussi longtemps...

— Je te demande pardon ? Quels jumeaux ?

Cole se pencha pour récupérer quelque chose. Sawyer sortit et Maddie l'entendit pousser un juron.

Elle se précipita vers la porte au moment où Cole revenait avec deux porte-bébés, dans chacun desquels un nourrisson dormait.

Sawyer referma la porte et fixa les bébés d'un air atterré.

— Mais qu'est-ce que c'est que ça ? À qui sont ces enfants ?

Cole posa les porte-bébés sur le tapis de l'entrée, ôta le sac de son épaule et se frotta le visage avec ses mains.

Il paraissait complètement perdu. Et nerveux.

— Bonjour, dit Maddie à son intention.

— Salut, Maddie.

L'expression de Cole s'adoucit et la jeune femme eut la certitude qu'ils s'étaient bien entendus tous les deux à une époque. Ou qu'elle avait fait preuve de gentillesse envers lui.

— Ouah, que t'est-il arrivé ? s'enquit Cole. Quelle bosse énorme sur ton front !

— J'ai eu un accident de voiture... Mais je vais bien.

Il hocha la tête, l'air un peu hagard, et tendit la main pour serrer la sienne. Ce geste conforta Maddie dans l'impression qu'ils avaient eu une bonne relation.

— Enfin, Cole ! rugit Sawyer. Vas-tu t'expliquer ! À qui sont ces bébés ?

— Une de mes ex est tombée enceinte de moi, répondit-il d'une voix tremblante. On s'est remis ensemble, mais j'ai été viré de mon boulot... Alors elle m'a largué et s'est mise avec quelqu'un d'autre. Mais le type ne veut pas s'occuper des enfants. Elle a accouché hier et m'a appelé... J'y suis allé et j'ai assisté à l'accouchement... Ouah, c'était quelque chose !

Il secoua la tête, l'air désolé.

— Je pensais que peut-être, mon ex voudrait qu'on prenne un nouveau départ, mais tout ce qu'elle a dit, c'était qu'elle ne se sentait pas prête à être mère et ne voulait pas des jumeaux. Elle a même renoncé à ses droits parentaux ! Si je n'avais pas accepté d'en prendre la responsabilité, l'État les aurait donnés à l'adoption...

Maddie laissa échapper une exclamation. Elle baissa la tête pour observer les deux nouveau-nés.

— Mon Dieu, se lamenta Sawyer en secouant la tête.

Cole ferma les yeux une fraction de seconde, le visage défiguré par la souffrance.

— Je suis resté longtemps à les observer dans leur berceau, à travers la vitre de la nurserie. J'avais entre les mains les papiers à signer pour renoncer à mes droits sur eux... Une infirmière m'a vu et m'a expliqué que les remettre à l'adoption était probablement la meilleure chose que je puisse faire pour eux, si je ne me sentais pas en capacité de m'en occuper. Elle m'a dit que cela dépendait de moi... que j'étais leur père... Leur père, Sawyer, tu te rends compte ? Père...

Ses yeux étaient pleins de larmes. Il porta la main à sa bouche et étouffa un sanglot.

Sawyer posa sa main sur l'épaule de son frère. Son visage exprimait tant d'émotions mêlées que Maddie était incapable de déchiffrer son état d'esprit.

— Je n'ai pas pu signer, reprit Cole. Je n'ai pas pu les abandonner comme ça. Je sais ce que c'est que d'être abandonné.

La poitrine de Maddie se serra. Elle ignorait ce qu'avait

vécu Cole. D'après le peu qu'elle savait, il n'avait pas été élevé avec Sawyer, à côté de chez les MacLeod, car personne n'avait parlé de lui. Quelle qu'ait été son histoire, celle-ci avait probablement été douloureuse...

Cole se laissa tomber sur la première marche de l'escalier et enfouit son visage dans ses mains.

Puis, il se releva et se mit à faire les cent pas dans l'entrée.

— Mon nom est sur le formulaire de demande de certificat de naissance que Gigi a commencé à remplir... Et puis, ils me ressemblent, je le vois bien... même si jusqu'à présent, je croyais que tous les bébés se ressemblaient ! Ils sont à moi, mais je ne peux pas m'occuper d'eux. Je suis déjà incapable de prendre soin de moi-même.

— Bon sang, Cole, souffla Sawyer.

Son regard allait de son frère aux nouveau-nés.

— L'infirmière m'a conseillé d'acheter ces sièges et des pyjamas pour pouvoir sortir les jumeaux de l'hôpital. Quand je suis revenu avec ce matériel, elle m'a donné des couches, du lait infantile et d'autres choses encore. Je suis resté sur le parking de l'hôpital pendant une demi-heure avec les jumeaux à l'arrière de la voiture... J'étais complètement paniqué, je n'avais aucune idée de ce que je devais faire ! Alors j'ai conduit jusqu'ici.

— Est-ce que ces bébés ont un prénom ? demanda Maddie gentiment.

Cole ne répondit pas. Il passa une main nerveuse dans ses cheveux.

— Je vais aller chercher l'autre sac dans ma voiture. Je reviens...

Il sortit précipitamment et referma la porte derrière lui. Sawyer regarda Maddie avant de poser à nouveau les yeux sur les deux enfants endormis. Ils avaient l'air paisibles, indifférents à tout ce qui se passait autour d'eux.

Le bruit d'un moteur de voiture démarrant, suivi de crissement de pneus, fit sursauter Maddie et Sawyer. Ce dernier courut jusqu'à la porte et l'ouvrit. Maddie le suivit en serrant son peignoir plus étroitement autour d'elle.

Ils virent la voiture s'arrêter brièvement au stop de Main Street, avant de tourner à droite, en direction de l'autoroute.

— Il ne va pas revenir ce soir, n'est-ce pas ? murmura Maddie.

C'était plus une affirmation qu'une question.

Sawyer lui prit la main et l'entraîna à l'intérieur de la maison. Après avoir refermé et verrouillé la porte, il fixa les bébés d'un air hébété.

— Je ne suis pas sûr qu'il reviendra un jour..., souffla-t-il.

4

Sawyer resta plusieurs secondes à contempler d'un air hébété les nourrissons dans leurs sièges. L'un d'eux ouvrit soudain les yeux, ce qui le fit sursauter. Les petits yeux bleu ardoise s'écarquillèrent davantage et le bébé agita ses bras.

— Celui-ci se réveille ! s'exclama Maddie en se penchant.

Elle prit le porte-bébé et fit signe à Sawyer de se saisir de l'autre.

Le cerveau du jeune homme avait du mal à fonctionner. En tant que policier, il n'avait jamais le temps d'être choqué par une situation car il devait agir vite, et était entraîné pour cela. Mais là, il devait bien admettre qu'il était totalement perturbé. Cole faisait partie des rares personnes capables de lui faire perdre son sang-froid...

Il suivit Maddie jusqu'au salon. La jeune femme posa le siège sur le tapis et s'accroupit pour détacher le harnais. Le bébé l'observait avec attention en remuant les lèvres.

— Oh ! mon Dieu, comme tu es mignon ! s'émerveilla Maddie.

Elle écarta la couverture bleue et blanche recouvrant le bébé, glissa sa main derrière sa nuque et l'autre sous ses fesses pour le soulever doucement de son siège.

— Tu es tellement beau, murmura-t-elle en berçant l'enfant dans ses bras.

Sawyer étudia le bébé. Il paraissait en bonne santé avec ses joues roses et ses yeux clairs. Il portait un pyjama vert en velours bien confortable. Heureusement que cette gentille infirmière avait expliqué à Cole quoi acheter !

Il s'imaginait son frère quittant l'hôpital avec les jumeaux à l'arrière de la voiture, ne sachant pas où aller. Et puis soudain, cette idée lumineuse… Se réfugier chez Sawyer et Maddie !

Le bébé dans les bras de Maddie commença à gigoter.

« Mon neveu, songea Sawyer en tentant de se faire à cette idée. Je suis l'oncle d'un enfant. De deux enfants… »

— Hé, regarde ! s'exclama Maddie. Il y a un *M* écrit au feutre sur son bonnet. Tu crois que c'est *M* pour « mâle » ?

Sawyer examina le bonnet de l'autre jumeau.

— Celui-ci a un *S* sur son bonnet. Peut-être est-ce l'initiale de leur prénom…

Il se figea avant de relever la tête vers Maddie.

— *M* et *S* ? Ne serait-ce pas pour Maddie et Sawyer ?

Maddie ouvrit de grands yeux.

— Non… c'est une simple coïncidence…

Il haussa les épaules. Il ne se sentait pas capable de réfléchir clairement.

— Peux-tu regarder dans le sac s'il y a bien des biberons et du lait ? lui demanda Maddie. Je pense que cet enfant a faim. Il me semble que les bébés prennent un biberon toutes les trois heures au cours des deux premiers mois de leur vie.

Sawyer ramassa le sac que Cole avait laissé et fouilla dedans. Il constata avec soulagement qu'il y avait bien tout le matériel nécessaire à un nouveau-né : des couches, deux biberons, des tétines et du lait infantile… De quoi passer au moins la première nuit.

Il y avait aussi des documents que Sawyer consulta, dont les demandes d'acte de naissance. Cole avait bien donné un prénom à ses enfants… L'un s'appelait Shane Wolfe et l'autre Max Wolfe.

— Ils s'appellent Shane et Max, déclara-t-il en montrant les documents.

Il feuilleta les autres papiers parmi lesquels il trouva le

certificat d'abandon de ses droits parentaux signé par Gigi Andersen.

— Shane et Max, dit-il. Sawyer et Maddie... Cela ne peut pas être une coïncidence ! Bon... je vais préparer les biberons. En tant que policier, nous avons été formés pour assister des femmes à accoucher et prendre soin d'un nouveau-né. Je devrais donc m'en sortir...

À vrai dire, le jeune homme était content d'avoir une raison pour s'échapper dans la cuisine, histoire de recouvrer ses esprits. Il lut les consignes sur la boîte de lait avant de verser la poudre dans le biberon, d'ajouter de l'eau et de le secouer énergiquement. Il répéta ces gestes pour faire un deuxième biberon, au cas où l'autre petit bonhomme se réveillerait.

Des pleurs en provenance du salon – émanant de deux petites voix distinctes – lui indiquèrent qu'il avait eu raison. Il revint précipitamment dans le salon, un biberon dans chaque main. Il en tendit un à Maddie.

Alors qu'il s'apprêtait à s'occuper du deuxième enfant, il jeta un œil vers Maddie qui s'était installée dans le sofa. Elle donnait le biberon au bébé avec une expression sereine et émerveillée. *C'est ce qu'elle a toujours désiré*, pensa-t-il.

Son cœur se serra. Alors il se concentra sur l'autre bébé, qu'il prit dans ses bras avant d'aller s'installer à côté de Maddie.

Bon sang, c'était vraiment bizarre... *Tu es mon neveu*, songea-t-il en regardant le nouveau-né téter goulûment. Ses yeux bleus s'ouvraient et se refermaient comme s'il ne parvenait à décider s'il voulait rester éveillé ou s'endormir. Certes, ce bébé était du même sang que lui, mais rien de tout cela ne lui semblait naturel. Peut-être parce que Cole et lui s'étaient éloignés ces dernières années. Ils avaient pourtant été proches à certaines périodes de leur vie, mais depuis que Sawyer avait hébergé Cole pour quelques jours et que celui-ci en avait profité pour voler de l'argent et un bracelet serti de diamants que Maddie avait hérité de sa grand-mère, Sawyer n'avait plus voulu entendre parler de son frère.

Il lui avait fermé son cœur et sa maison.

Oui, mais voilà…

Le nouveau-né bien calé contre elle, Maddie fouilla dans le sac et en sortit un tapis à langer plié en quatre.

— J'ai l'impression que celui-ci a besoin qu'on lui change sa couche…

Elle déposa l'enfant sur le tapis et lui ôta sa couche trempée. Elle lui nettoya les fesses avec le lait fourni avec les couches, puis désinfecta le nombril avant de lui mettre une couche propre.

— Je n'ai pas la moindre idée de la raison pour laquelle je sais faire tout ça, commenta-t-elle. J'agis sans doute de façon instinctive…

Ou bien tu veux être mère depuis si longtemps et tu as fait tellement de recherches que tout cela est dans tes veines et tes os, si ce n'est dans ta mémoire…, se dit Sawyer.

Une fois que le bébé dans les bras de Sawyer eut terminé son biberon, Maddie le changea à son tour. Ensuite, Sawyer et elle restèrent assis sur le sofa avec chacun un bébé dans les bras, incapables de parler pendant plusieurs secondes.

— J'imagine que nous allons nous contenter de ces papiers pendant quelques jours, dit enfin Sawyer. Le temps de voir si Cole revient…

Il considéra le bébé *S* dans ses bras, puis son regard se posa sur *M*, niché dans ceux de Maddie. Leur mère avait renoncé à ses droits parentaux sur eux… et leur père avait pris ses jambes à son cou ! Et voilà que lui et Maddie se retrouvaient à devoir prendre soin d'eux pour une durée indéterminée… Incroyable !

— Sawyer ? murmura Maddie.

Le jeune homme leva les yeux sur elle, recalant Shane dans ses bras. Le bébé ne bougea pas d'un poil.

— Est-ce que c'est OK pour toi ? s'enquit-elle. Je veux dire… que nous nous occupions de ces bébés. Étant donné que… que tu n'as pas envie d'avoir d'enfants…

— Je fais ce que j'ai à faire ! répliqua-t-il un peu sèchement.

Il regretta aussitôt ces mots quand il vit le visage de

Maddie se fermer. Il crut lire de la surprise dans ses yeux... De la déception, aussi.

— Ce sont mes neveux, reprit-il hâtivement, alors bien sûr que cela ne me pose pas de problème !

L'expression de Maddie restait circonspecte.

— Écoute, Maddie, reprit-il, il y a une demi-heure, la chose la plus importante au monde pour moi, c'était toi et seulement toi ! Tu viens d'échapper à un grave accident et tu as perdu la mémoire, alors prendre soin de toi était ma seule priorité. Et soudain, nous voilà avec deux nouveau-nés sur les bras et dans de beaux draps !

— Dans de beaux draps ? répéta-t-elle.

— Oui, parce que Cole est un garçon ingérable ! Il est capable de revenir en sanglotant demain matin, de nous expliquer qu'il a pris peur et de nous supplier de l'aider à devenir un bon père pour ses enfants.

— Et bien sûr, nous l'y aiderons.

Sawyer hocha la tête.

— Bien sûr. Je ne tournerai jamais le dos à mon frère. En revanche, je ne l'inviterai pas à rester chez nous, à cause de ce qu'il a fait la dernière fois.

— Cole et toi êtes-vous demi-frères ? Vous n'avez pas grandi ensemble, d'après ce que j'ai pu comprendre.

— Nous avons le même père. La mère de Cole a eu une aventure d'un soir avec mon père... S'il n'y avait eu entre eux une grande ressemblance, jamais mon père n'aurait reconnu et accepté Cole...

— C'est affreux, commenta Maddie en secouant la tête. Je suppose que tu ne l'as pas vu souvent quand vous étiez enfants...

— Sa mère ne l'amenait jamais chez nous car elle n'avait aucune confiance en mon père, Hank... Je ne peux pas la blâmer. En revanche, quand mon père voulait se débarrasser de moi, il me déposait chez la mère de Cole, mais celle-ci n'était pas ravie de devoir s'occuper de deux garçons et d'avoir une bouche en plus à nourrir.

— Vous n'avez probablement jamais eu l'opportunité de devenir proches...

— Non. Et pour tout dire, Cole me jalousait parce que je vivais avec notre père, et pas lui. Pourtant, moi, je n'avais pas de mère ! J'ai bien essayé de lui expliquer que notre père n'était pas vraiment un modèle, mais tu sais comment sont les gamins...

— J'ai l'impression que tu tiens à Cole, n'est-ce pas ?

— Bien sûr ! Je me suis toujours senti des affinités avec lui... J'ai bien essayé de me rapprocher de lui, mais je n'ai jamais vraiment pu lui faire confiance. Il ment trop souvent et cherche à tirer avantage des gens... Nous nous sommes brouillés à plusieurs reprises. Et la dernière fois que nous l'avons hébergé ici, il nous a volé cinq cents dollars qui se trouvaient dans une enveloppe que j'avais rangée dans un tiroir de la cuisine pour un ouvrier. Il a également dérobé un bracelet que ta défunte grand-mère t'avait donné.

Il s'interrompit tout à coup.

— Peut-être n'aurais-je pas dû t'en parler, étant donné que tu ne t'en souvenais pas...

— Du bracelet de ma grand-mère ?

— Oui... Un bracelet serti en diamants que tu avais toujours admiré et qu'elle t'avait donné... Cole l'a volé. J'ai pu le récupérer en le rachetant auprès du prêteur sur gages, mais cela m'a mis très en colère.

— Je comprends. Je suis désolée, Sawyer... Tout cela m'a l'air très compliqué.

Sawyer hocha la tête d'un air pensif.

— Cole sera toujours mon petit frère, malgré tout. Je pense être un bon juge de caractère et je sais reconnaître un menteur quand j'en vois un, mais je dois dire que cette angoisse qu'il a exprimée tout à l'heure m'a semblé authentique. Tout cela est tellement nouveau pour lui... Je parle des bébés, bien sûr. Cole s'est détourné de sa famille, de ses amis, de ses jobs... mais abandonner ses enfants, cela n'est probablement pas anodin pour lui.

— Alors tu crois qu'il va revenir ? Pourtant, tout à l'heure, tu as dit qu'il ne reviendrait sans doute pas...

Sawyer poussa un soupir en fixant le bébé craquant qui dormait dans ses bras.

— En fait, plus j'en parle, plus je réalise que je n'en sais rien. D'abord, oui, j'ai pensé que Cole prenait la fuite pour de bon, que tout cela, c'était trop pour lui. Mais en repensant à la façon dont il a été élevé, à sa souffrance d'être ignoré par notre père, je me dis que, peut-être, il aura à cœur d'être là pour ses fils.

— Ce qui signifie qu'il vaut mieux que je ne m'attache pas trop à eux...

Sawyer se figea et regarda Maddie d'un drôle d'air.

— Parce que tu croyais que nous allions les garder avec nous de façon permanente ?

Maddie haussa vaguement les épaules.

— Ce n'est peut-être pas si grave si je m'attache à eux, car soit toi et moi les élèverons, soit nous serons leur oncle et tante.

— Probablement oncle et tante à distance, nuança Sawyer, soucieux de ne pas laisser Maddie s'emballer. Cole est tout à fait capable de revenir demain et de disparaître avec les jumeaux. Nous n'aurons alors aucun recours, car il est leur père.

— Écoute, Cole ne les a pas amenés ici sans raison. S'il a besoin d'une nuit pour recouvrer ses esprits, il sait que nous prendrons bien soin d'eux. Alors s'il revient les chercher, je ne le vois pas les éloigner définitivement d'un foyer aimant comme le nôtre.

— Peut-être... Spéculer n'est pas mon fort, tu sais. Je préfère attendre pour voir ce qui se passe, et agir en conséquence. Comme je te l'ai dit, Cole est un électron libre.

« Surtout, ne t'attache pas trop à ces enfants », aurait-il voulu conseiller à Maddie. Hélas, il se rendait compte qu'un lien fort s'était déjà tissé entre la jeune femme et les bébés.

— La bonne nouvelle, c'est que MacLeod's Multiples Emporium a tout ce qu'il faut pour ces deux-là. J'ai pu le constater moi-même hier...

Sawyer comprit que Maddie avait l'intention de dévaliser la boutique familiale. Mais selon lui, les MacLeod n'accepteraient pas un seul penny de leur part !

Il ne pensait pas vraiment que Cole allait revenir… En tout cas pas demain, ni la semaine prochaine. Et plus son absence durerait, moins il y aurait de chance qu'il revienne. Un jour, il se dirait qu'il est trop tard pour revenir, et il se convaincrait que les jumeaux étaient mieux auprès de Sawyer et Maddie…

Tiens ! Voilà qu'il se mettait à spéculer, alors qu'il avait dit à Maddie que ce n'était pas son fort ! Il n'avait pas la moindre idée de ce qui trottait dans la tête de Cole.

Ce qu'il savait, en revanche, c'était que son frère avait un cœur.

Sawyer ne comprit pas, tout d'abord, quel était ce bruit qui venait de le réveiller. On aurait dit les pleurs d'un bébé !

Il se dressa brusquement sur son séant.

Ses neveux !

Un coup d'œil vers son réveil lui indiqua qu'il était 4 h 30. Horaire de réveil probablement habituel pour un bébé ! songea-t-il.

Il regarda Maddie qui dormait à poings fermés.

Tant mieux… , se dit-il. Elle avait besoin de repos.

Il repoussa doucement les draps et se dirigea vers le pied du lit où les porte-bébés étaient posés à même le tapis. Les jumeaux avaient réussi à dormir un bon moment, signe que ces sièges devaient être confortables.

Sawyer prit Max dans ses bras, qui aussitôt se calma.

— Que se passe-t-il mon bonhomme ? chuchota Sawyer. Tu as faim ? Tu veux qu'on change ta couche ? À moins que tu ne veuilles juste de la compagnie…

Après vérification, il constata que la couche n'était pas vraiment mouillée, mais il la changea quand même avant de réinstaller Max dans son siège. Il descendit ensuite avec l'enfant au rez-de-chaussée pour lui préparer un biberon.

Une fois celui-ci prêt, il s'assit dans le sofa et nourrit Max qui téta avec voracité. Entendant du bruit au premier étage, il s'apprêtait à se lever quand Maddie apparut en haut de l'escalier avec Shane dans les bras.

— J'espérais que tu pourrais dormir toute la nuit, lui dit Sawyer. J'avais l'intention de donner aussi un biberon à Shane...

— J'aime m'occuper des bébés, répondit Maddie en descendant l'escalier. Dès que je me suis réveillée, en l'entendant pleurer, j'ai ressenti une hâte à me lever pour le prendre dans mes bras. Je devais vraiment vouloir un bébé, n'est-ce pas ?

Oh oui, tu le voulais !, songea Sawyer.

— J'imagine que c'est l'attrait de la nouveauté, répliqua-t-il.

Cette fois encore, il regretta ses mots aussitôt après les avoir prononcés.

— Cole peut revenir d'un instant à l'autre, ajouta-t-il.

Était-il en train de dissuader Maddie de trop s'attacher ou cherchait-il à se convaincre que son frère allait revenir chercher ses enfants ? Souhaitait-il vraiment que Cole réapparaisse et emmène ces deux bébés pour de bon ?

Cole, son frère, qui n'était même pas capable de prendre soin de lui-même !

Sawyer laissa échapper un soupir.

Maddie alla dans la cuisine pour préparer le biberon de Shane, puis elle revint s'installer à côté de Sawyer.

Au bout de quelques minutes, elle reprit la conversation là où elle s'était arrêtée.

— Je crois comprendre que toi, tu ne voulais vraiment pas d'enfants. Enfin... tu n'en veux toujours pas, je suppose...

Shane commença à s'agiter et à plier et étirer ses petites jambes. Maddie le redressa et tapota gentiment son dos jusqu'à ce qu'il émette un rot sonore.

— Ça va mieux, hein ? roucoula-t-elle en le mettant à nouveau en position pour le nourrir. Ma sœur m'a dit que j'ai exprimé le désir de devenir mère alors que j'étais encore très jeune. Je voulais toujours jouer à la maman avec nos poupées et nos peluches.

Sawyer sourit, tandis qu'un souvenir lui revenait en mémoire.

— Je me souviens parfaitement que tu me harcelais pour que je joue le rôle du papa, raconta-t-il. Tu avais notamment un baigneur que tu adorais et je m'enfuyais pour me cacher à chaque fois que je te voyais avec lui.

Maddie l'écoutait en souriant.

— Quand nous avions environ dix ans, tu répétais sans cesse que tu voulais quatre enfants... Deux paires de jumeaux ! Tu disais aimer avoir une sœur jumelle. Quant à moi, j'affirmais ne vouloir que des chiens !

— Tu savais déjà à cette époque que tu ne désirerais pas fonder une famille ?

— Tout ce que je sais, c'est que j'ai toujours voulu t'avoir, toi, dans ma vie. Et que je voulais un chien. C'est tout ! Alors quand tu as vraiment commencé à tenter de me convaincre de fonder une famille, il y a quelques années, je pense que je me suis renfermé sur moi-même sans vraiment m'en rendre compte. Je détestais l'idée de te décevoir et de te refuser quelque chose qui avait pour toi autant d'importance, mais la pensée d'avoir un enfant à moi me glaçait intérieurement. Et je n'en démordais pas.

— Alors même que notre mariage était si solide ?

Il acquiesça par un hochement de tête.

— Cela n'a rien à voir avec nous, ou avec notre mariage. C'est de moi dont il est question...

Même si la jeune femme ne se souvenait de rien de tout cela, Sawyer éprouvait de la peine pour la Maddie qu'elle avait été quelques jours plus tôt. Une femme qui aimait profondément son mari et qui désirait ardemment un enfant... alors que lui ne voulait pas en entendre parler !

Moose descendit l'escalier et vint renifler Shane, puis Max, avant de s'allonger aux pieds de Sawyer.

— Je te disais que Moose était notre bébé à fourrure, ce qui ne te plaisait pas du tout...

— Ça ne m'étonne pas, répliqua-t-elle en posant le biberon à moitié vide sur la table basse.

Elle observa le berger allemand d'un air mi-figue, mi-raisin.

— Désolée, Moose...

Le chien la fixa quelques secondes avant de venir poser son museau sur l'un de ses pieds.

— Il t'a aimée dès le premier jour...

Maddie sourit et se pencha pour le gratter derrière l'oreille.

— Bon, que fait-on maintenant ? demanda-t-elle. J'imagine que les nouveau-nés ne jouent pas...

— Je pense que nous devrions les faire examiner par un pédiatre. Je sais qu'ils sortent tout juste de l'hôpital et que Cole a affirmé que tout allait bien, mais je préférerais m'en assurer. Sinon, nous pouvons nous promener un peu avec eux, leur parler et satisfaire leurs moindres besoins...

— C'est ça, la vie, commenta Maddie en berçant Shane.

Sawyer baissa les yeux sur le bébé pelotonné dans ses bras. Une fois, il avait promis de satisfaire les moindres besoins de Maddie. Et pourtant, il refusait de satisfaire son désir le plus cher.

Il lui refusait *ça*.

Oui, mais voilà... Quand il redressa Max contre lui pour lui faire faire son rot, une sensation de terreur mêlée à la certitude rassurante que ces enfants n'étaient pas les siens l'envahit.

Les gens paraissaient toujours complètement subjugués par les bébés... Or, quand Sawyer, lui, tenait un bébé dans ses bras, tout ce qu'il ressentait, c'était de la peur. De la peur et du soulagement que ce bébé appartienne à quelqu'un à qui il pourrait le redonner quelques secondes plus tard.

Cette fois, cependant, la situation était bien différente...

5

Midi sonna et l'échéance que Sawyer avait lui-même fixée en son for intérieur pour le retour de son frère arriva.

Le jeune homme avait réussi à trouver un créneau de rendez-vous chez un pédiatre qu'il connaissait. Ce fut lui qui emmena les jumeaux pendant que Maddie restait à la maison, au cas où Cole reviendrait.

Bonne nouvelle : les jumeaux étaient en grande forme...

Mauvaise nouvelle, en revanche : Cole ne revint pas, pas plus qu'il ne les contacta par téléphone ou texto.

Sawyer et Maddie se résolurent alors à programmer une visite chez MacLeod's afin de faire l'acquisition de tout le matériel de puériculture nécessaire. Maddie s'était dit que, quoi qu'il arrivât, ils auraient besoin de cet équipement, car même si Cole revenait, il leur rendrait probablement souvent visite par la suite, en compagnie des jumeaux...

Plus Maddie faisait part de ses réflexions à haute voix, plus des plis se creusaient sur le front de Sawyer. Or, son mode de fonctionnement à elle – comme Maddie commençait à le comprendre – consistait à s'interroger sur tout, y compris sur le moindre froncement de sourcils de son mari. Elle était quelqu'un qui posait des questions, et elle pensait que c'était quelque chose de naturel, donc de positif ! Car après tout, si on ne posait pas les bonnes questions, on n'avait jamais de réponses à ses interrogations !

— Pourquoi est-ce que cette situation te perturbe, Sawyer ?

avait-elle demandé dix minutes plus tôt, après qu'ils avaient réinstallé les jumeaux rassasiés dans leur siège.

— Parce que, quoi qu'il arrive, ce n'est pas ce que j'avais prévu... Que ce soit pour maintenant, ou pour les dix-huit prochaines années !

— La vie est comme ça, tu sais. Tu n'avais certainement pas non plus imaginé que j'allais perdre la mémoire. Les choses arrivent, tout simplement, Sawyer...

— Les choses n'arrivent pas sans raison, la contredit-il. Je me suis mis en colère, tu as pris ta voiture, tu t'es enfuie... et paf, un accident ! Cole est irresponsable... et paf, deux bébés qui se retrouvent sous notre garde !

— Sous notre garde, répéta Maddie... On dirait que tu parles de garde à vue. Nous ne sommes pas la police !

À nouveau, le front de Sawyer se creusa.

— Je ne sais pas ce qui va se passer, Maddie, se défendit-il. Et, oui, en effet, cela me perturbe.

Quand il se montrait ainsi, aussi honnête et vulnérable, Maddie se sentait s'adoucir et avait envie de le serrer dans ses bras... Cela dit, elle avait l'impression que Sawyer avait besoin d'être un peu bousculé...

Pendant que le jeune homme préparait du café, Maddie appela MacLeod's pour annoncer leur visite à sa famille. Elle raconta que Sawyer et elle s'occupaient de leurs neveux nouveau-nés et qu'ils avaient besoin de dévaliser la boutique.

Sa mère s'était aussitôt exclamée :

— Ne bougez pas d'un pouce ! C'est nous qui allons vous apporter tout ce dont vous avez besoin. Oh ! j'ai tellement hâte de faire la connaissance de ces petits jumeaux !

Quarante-cinq minutes plus tard, la camionnette rose et bleu arborant le logo de MacLeod's Multiples Emporium se gara devant chez eux. Sawyer aida Ace, le père de Maddie, à décharger le matériel, tandis que la mère et la sœur de la jeune femme se précipitaient à l'intérieur pour faire connaissance avec les nouveaux membres de la famille.

— Ils ont les mêmes yeux que Sawyer ! s'exclama April

MacLeod en soulevant doucement Shane de son siège. Ah oui, ce sont vraiment ses yeux. Regardez, ils sont en forme d'amande... Je suis sûre qu'ils deviendront verts quand les jumeaux atteindront l'âge de trois mois...

Elle prit place dans le sofa avec le bébé et entreprit de lui parler d'une voix chantante.

Maddie songea à Cole Wolfe, qui avait, lui aussi, des yeux similaires à ceux de son frère. La veille, son regard n'exprimait que souffrance et panique. Elle se demanda où il se trouvait... Était-il déjà à l'autre bout du pays ? Ou bien seulement à vingt minutes de Wedlock Creek, réfugié dans un motel ?

À moins qu'il ne soit tout simplement chez lui... s'il avait un chez-lui !

Maddie éprouvait vraiment de la peine pour lui. Elle était néanmoins heureuse qu'il puisse savoir ses enfants entre de bonnes mains, chez leurs oncle et tante.

— Il y a quelque chose aussi dans leur expression qui me fait penser à Sawyer, ajouta Jenna en prenant délicatement Max dans ses bras.

Le nouveau-né leva sur elle des yeux curieux couleur ardoise.

— Oh ! il est vraiment craquant ! Ils le sont tous les deux.

— Que suis-je pour eux ? reprit April. Leur grand-mère par alliance ?

— Je ne pense pas que cela existe, intervint Jenna en souriant. Oh ! et puis tant pis ! Disons que cela existe ! Cela fait donc de moi leur tante par alliance !

— Je ne savais même pas que Sawyer avait un frère, murmura Maddie.

— Oh ! oui... c'est vrai, acquiesça Jenna en calant le bébé plus confortablement. Ils n'ont jamais été proches, tu sais, mais tu as toujours tenu à inviter Cole aux réunions de famille. Parfois, il faisait une apparition... Il restait toujours à tes côtés et évitait Sawyer autant que possible.

Pauvre Sawyer, songea Maddie. Il avait pourtant clairement exprimé son envie d'avoir une relation de qualité avec son frère... Pourtant, plus elle le découvrait – car il était pour

Maddie un parfait inconnu, au même titre que n'importe qui d'autre – plus elle comprenait qu'il avait probablement une responsabilité dans l'attitude de son frère à son égard.

Pendant que Sawyer et Ace MacLeod montaient le matériel au premier étage, elle entendit Sawyer parler avec sincérité de la situation. *Il fait confiance à papa*, songea-t-elle. Ce n'était pas si étonnant, car Ace MacLeod l'avait pratiquement élevé. Même si elle ne se souvenait pas de sa propre relation avec ses parents, elle était profondément touchée de voir que Sawyer semblait très proche d'eux.

Il ne fallut pas plus d'un quart d'heure pour que la chambre vide du premier étage soit transformée en une nurserie équipée de deux berceaux, d'une table à langer garnie de tous les produits nécessaires, sans oublier des mobiles musicaux, bavoirs, tétines et autres articles de puériculture !

Shane et Max ne tardèrent pas à s'endormir dans leurs nouveaux lits. Maddie passa un temps infini à les regarder assoupis dans leur chambre nouvellement aménagée...

Mais quand elle redescendit pour retrouver Sawyer, elle ne manqua pas de remarquer les plis profonds qui s'étaient creusés sur le front du jeune homme.

Sawyer avait trouvé une excuse pour s'éclipser, laissant au clan MacLeod le soin de prendre soin des jumeaux.

Il avait besoin de souffler. De réfléchir à ce qui s'était passé et de recouvrer ses esprits... Il avait donc expliqué à Maddie qu'il allait travailler une heure ou deux. Après avoir enfilé son uniforme, il s'était arrêté chez Java Jane's pour prendre un café bien serré avant de se diriger vers la chapelle de Wedlock Creek. Il était grand temps qu'il ait une petite discussion avec Annie Potterowski au sujet de son délinquant de chien !

— Annie, vous devez mettre une laisse plus courte à Champ, lui expliqua-t-il quand il la retrouva dans la chapelle. Il a chipé de la nourriture des mains de six personnes au cours de ce mois. Et deux fois des mains du même gamin !

Il avait trouvé le matin même un message mécontent des parents de Danny Peterman. Ceux-ci estimaient que les enfants devaient pouvoir se promener tranquillement dans la rue avec un bretzel à la main, sans qu'un chien ne le lui chipe et n'en fasse qu'une bouchée. Apparemment, Danny avait trouvé ça drôle la première fois, mais beaucoup moins la seconde... D'autant plus qu'Annie avait fermement refusé de lui acheter un autre bretzel !

La vieille dame de forte corpulence leva les bras au ciel et fit mine de se pencher pour réprimander son beagle.

En temps normal, Sawyer aurait laissé ce genre de problèmes à son adjoint, mais Annie était un personnage. Soucieux de rester respectueux avec la vieille dame de quatre-vingt-trois ans, Mobley n'avait pas eu le dessus, Annie lui en ayant fait voir de toutes les couleurs !

Et puis pour être parfaitement honnête, Sawyer devait admettre qu'il avait vraiment besoin de faire un break. Il aspirait à s'éloigner de chez lui, des jumeaux, et de cette situation complètement insensée dans laquelle il se retrouvait.

Un, sa femme ne se rappelait ni lui, ni leur vie commune.

Deux, Maddie et lui se retrouvaient soudain avec deux nouveau-nés sur les bras... Deux bébés confiés à eux pour une durée indéterminée.

Son monde était littéralement bouleversé et il n'était plus sûr de rien. Certes, il avait toujours su que la vie n'était pas un long fleuve tranquille, mais autant d'incertitudes le perturbaient.

— Voilà, commissaire ! s'exclama Annie. J'ai dit à Champ d'arrêter ses bêtises ! Vous m'avez entendue... Et, oui, d'accord, je vais lui acheter une laisse plus courte.

Sawyer haussa un sourcil. Nul doute que Champ avait dû écouter la leçon de sa maîtresse !

— Merci, Annie. Et si vous voyez quelqu'un approcher avec de la nourriture à la main, pensez à raccourcir la laisse en l'enroulant autour de votre main, pour que Champ ne puisse pas sauter. Et puis, Annie… proposer de rembourser ce que Champ vole me semblerait être la moindre des choses.

— La seule fois où je l'ai proposé, la personne m'a prise au mot ! protesta la vieille dame.

— Annie Potterowski ! la tança Sawyer en utilisant sa voix de policier autoritaire.

— Oh ! d'accord ! Je plaisantais ! Mais dites-moi… qu'est-ce que j'ai entendu ? Il paraît que Maddie et vous vous occupez de vos petits neveux ? Des bébés ?

Sawyer haussa un sourcil. Les nouvelles circulaient vraiment vite dans les petites villes !

— Oui, ce sont les jumeaux de mon frère.

— Je suis tellement heureuse pour Maddie et vous… Cela faisait tant de peine à tout le monde…

Elle avait ajouté ces derniers mots dans un chuchotement.

— De la peine pour quoi ? s'enquit Sawyer.

Wedlock Creek avait beau être une petite ville, il avait la certitude que Maddie ne parlait à personne de ses problèmes conjugaux, en dehors des membres de sa famille.

— Vous savez bien… votre problème de stérilité, souffla Annie encore plus bas.

Oh bon sang !, se lamenta Sawyer intérieurement.

— Qu'est-ce qui vous fait croire que j'ai ce genre de problèmes ? demanda-t-il.

— Enfin… vous… ou Maddie ! L'un des deux… Sinon, vous auriez déjà au moins trois enfants ! Enfin, maintenant, vous devez prendre soin de ces deux nouveau-nés, c'est bien !

— Pas de façon permanente, précisa Sawyer.

— Peu importe la durée. Vous ferez un papa formidable !

Sawyer faillit s'étrangler avec la gorgée de café qu'il venait d'avaler.

— Quoi ? Moi ? Pourquoi dites-vous cela ?

— Vous avez toutes les qualités pour ça. Vous êtes responsable… fiable… Tout le monde peut compter sur vous.

Ce n'était pas tout à fait vrai, songea Sawyer. Maddie n'avait pas pu compter sur lui pour lui donner la seule chose qu'elle désirait vraiment, à savoir un bébé.

— Et vous êtes un chic type, reprit Annie. Vous êtes gentil. Et vous dites ce que vous avez à dire quand c'est nécessaire. Vous avez aussi le sens de l'humour ! Enfin, bref... je vous aime bien, et pourtant, j'ai arrêté d'aimer les gens. Je pourrais en dire des vertes et des pas mûres sur la plupart des gens que je marie dans cette chapelle !

Sawyer ne put retenir un sourire.

— Je n'en doute pas !

La porte de la chapelle s'ouvrit et un couple – une femme en robe de mariée et un homme en smoking et chapeau de cow-boy – entra.

— Nous voudrions nous marier aujourd'hui, dit la femme.

— Alors vous êtes au bon endroit ! répondit Annie. Vous allez devoir me laisser faire mon boulot, commissaire.

— Je vous ai à l'œil, Annie Potterowski, répliqua-t-il avant de lui adresser un sourire complice.

Il se baissa pour caresser Champ.

— Je compte sur toi pour bien te conduire !

Tandis qu'il remontait l'allée centrale de la petite chapelle, il se remémora son propre mariage, sept ans plus tôt. Maddie lui avait demandé plusieurs fois si cela ne le dérangeait pas de l'épouser ici, malgré la légende attachée à cette chapelle...

La légende des naissances multiples.

Selon cette légende, se dire oui dans la chapelle entraînait à coup sûr la naissance de jumeaux, voire de triplés ou de quadruplés !

Les plus rationnels prétendaient que c'était du pipeau, mais il fallait bien admettre qu'il y avait à Wedlock Creek de nombreux jumeaux et triplés, et quelques quadruplés. On comptait même deux séries de quintuplés nés dans la même famille à quatre ans d'intervalle !

Conscient néanmoins de l'importance que cela avait, aux yeux de Maddie, de se marier dans cette chapelle centenaire, Sawyer avait accepté. Il s'était dit que c'était leur couple qui aurait le contrôle de leur éventuelle progéniture, et non la légende.

D'ailleurs, sept ans plus tard, ils n'avaient toujours pas d'enfants.

À moins qu'il ne prenne en compte les deux nouveau-nés qui dormaient dans la nurserie !

« Vous ferez un papa formidable », avait dit Annie Potterowski. Lui, n'en était pas du tout certain. Certes, il ferait ce qu'il convenait de faire, il n'y avait aucun doute là-dessus.

Non, le problème, c'était que... À vrai dire, jamais il n'avait pu exprimer ce problème par des mots ! Ou, plus juste encore, il ne *voulait* pas l'exprimer par des mots, afin de ne pas faire remonter en lui de désagréables réminiscences.

Certes, dans ses plus chouettes souvenirs, il y avait les MacLeod l'accueillant à toute heure, lui faisant systématiquement une place à leur table... Il avait été témoin de ce qu'était une vraie famille. Une famille solide et unie, comme celle constituée par ses voisins les plus proches.

En revanche, sa mémoire recelait aussi des souvenirs plus sombres dont il n'avait jamais pu se débarrasser. Il faisait de son mieux pour les maintenir enfouis, mais ils affleuraient à la surface, menaçant de resurgir à tout moment et de le hanter. C'étaient, par exemple, ces moments où il ne parvenait pas à réveiller son père ivre mort... Ou quand il avait tellement faim et que les MacLeod n'étaient pas chez eux, et qu'il n'y avait chez son père, ni lait, ni pain qui ne soit pas moisi... Ou bien encore quand une femme à l'allure bizarre lui ordonnait de décamper pendant quelques heures, tandis que son père passait ses doigts dans les cheveux de la femme en souriant bêtement...

À l'adolescence, Sawyer avait pris du recul avec tout ça. Il s'était habitué et avait commencé à gagner son propre argent en distribuant des journaux... Malgré tout, c'étaient les souvenirs de sa famille qu'il conservait en mémoire. Il avait déjà expliqué tout ça à Maddie, mais celle-ci ne le comprenait pas... Pour Sawyer, une chose était sûre : son instinct paternel était mort. Il n'avait même jamais existé. Et il faisait de son mieux pour éviter de penser à cette réalité.

Pendant longtemps, l'amour que Maddie et lui se portaient s'était suffi à lui-même. La jeune femme avait réellement cru qu'il changerait d'avis, et même si lui, n'avait jamais rien promis de tel, il l'avait espéré aussi. C'était la raison pour laquelle il l'avait tout de même épousée, malgré une aussi grosse divergence de point de vue. L'espoir qu'il change d'avis n'avait, depuis lors, jamais cessé d'habiter Maddie...

Oui, mais voilà... Sawyer n'avait pas changé d'avis !

Pendant qu'il était en proie à ces réflexions, Sawyer parcourait le chemin jusqu'au poste de police. Alors qu'il passait devant le centre social, un chevalet posé à côté d'un petit arbre de Noël enguirlandé attira son attention. Un panneau y était posé, sur lequel on pouvait lire : Soyez le Père Noël pour une famille de notre ville ! Il s'agissait du programme pour lequel Maddie s'était impliquée bénévolement.

Sawyer pénétra dans le centre social et vit plusieurs personnes qui décrochaient des enveloppes des branches d'un majestueux sapin de Noël. Il lut le panneau explicatif : Prenez une enveloppe. À l'intérieur vous trouverez la lettre au Père Noël d'une famille dans le besoin. Chaque membre de la famille doit recevoir au moins le cadeau noté sur la liste. Une fois que vous aurez fait vos emplettes, mettez les cadeaux non enveloppés dans un sac avec la liste correspondante. Ainsi, nous pourrons offrir ces présents aux membres de la famille. Merci de votre générosité en devenant Père Noël d'un soir...

Sawyer prit une enveloppe au hasard et l'ouvrit.

Famille anonyme n° 7

Merci d'être notre Père Noël. Nous avons déjà du mal à nous chauffer cet hiver, alors nous ne pouvons pas nous offrir de cadeaux...

Père : Âge 26 ans. Grosses chaussettes en laine pour travailler en extérieur (je suis ouvrier du bâtiment).

Mère : Âge 25 ans. Un jambon de Noël pour 4 personnes pour le soir du réveillon. Merci.

Fils : Âge 3 ans. Un camion benne jaune
Fils : Âge 16 mois. Un pyjama chaud avec des pieds.

Le cœur de Sawyer se serra. Le cadeau souhaité par la mère était un jambon qu'elle servirait à sa famille pour le réveillon ! Et le père voulait des chaussettes pour travailler dehors... Dans quel dénuement devait vivre cette famille ! *Famille n° 7, tu auras bien plus que tu n'as demandé*, promit Sawyer en son for intérieur.

Il allait s'emparer d'une autre enveloppe quand son téléphone lui indiqua qu'il avait reçu un texto. Reed Barelli, l'un de ses inspecteurs, voulait lui parler d'une affaire...

Sawyer lui envoya un message pour lui dire qu'il le rejoignait et sortit du centre social. Une fois dehors, il se retourna pour contempler le sapin. Il y avait tellement d'enveloppes accrochées aux branches que sa gorge se serra. *C'est Maddie qui a fait ça*, se dit-il en se mettant à marcher dans le froid glacial. C'était son idée et elle l'avait réalisée.

Maddie était une femme tellement attentionnée qu'elle méritait, elle aussi, d'être heureuse. Or, tout ce qu'elle désirait, c'était fonder une famille, et lui, il le lui refusait...

Il ne voulait pas d'enfants, cela n'avait pas changé. Mais pour l'heure, ils *avaient* des enfants – pour une durée, certes, indéterminée. Il mettrait donc à profit le fait que ses neveux soient sous son toit pour modifier sa façon d'envisager les choses...

Car n'avait-il pas promis à Maddie de lui donner dix enfants, si c'était ce qu'elle souhaitait ?

Maddie appréciait tellement les heures qu'elle passait en compagnie des jumeaux et de ses parents qu'elle en oubliait presque qu'elle avait perdu la mémoire !

Au cours de trois dernières heures, avec son père et sa mère, elle avait organisé la maison de sorte que Sawyer et elle aient toujours sous la main une couche ou une tétine !

Ayant elle-même élevé des jumelles, April MacLeod avait plein de petits trucs et conseils à lui prodiguer. Quand ses parents prirent congé, Maddie se fit la réflexion qu'elle les adorait, même si elle n'avait pas le moindre souvenir de leur passé commun.

Elle resta un bon moment dans la nurserie à admirer les deux bébés endormis dans leur couffin douillet. Au-dessus de leur tête tournait un mobile avec de petits animaux en peluche.

— Cette maison me paraît bien calme... On ne dirait pas que deux nouveau-nés y vivent !

Maddie fit volte-face et découvrit Sawyer sur le seuil de la chambre. Elle ne l'avait pas entendu revenir. Sans doute avait-il marché sur la pointe des pieds, de peur de réveiller Shane et Max...

— Ils dorment ? demanda-t-il en jetant un œil dans chaque couffin.

— Ils se sont assoupis il y a une dizaine de minutes, mais je ne peux m'arracher à leur contemplation. Regarder leur petite poitrine se soulever à chaque inspiration est la plus jolie chose qu'il m'ait été donné de voir !

Sawyer restait immobile à côté d'elle, le regard allant alternativement d'un enfant à l'autre... Max dans son pyjama orné de petits singes, et Shane dans son pyjama à rayures vertes et blanches.

— Pas de nouvelles de Cole, déclara-t-il d'une voix neutre. Pas même pour demander si ses enfants vont bien.

— J'imagine qu'il les sait en sécurité avec nous, le réconforta Maddie en posant sa main sur son bras.

Sawyer tourna son regard vers elle.

— Tu as raison... J'aimerais bien pouvoir compter sur lui comme il peut compter sur nous.

Maddie pencha la tête, prenant le temps de digérer ces paroles. Ces quelques mots disaient tout de Sawyer Wolfe et des démons qui l'habitaient. Sawyer n'avait jamais pu compter sur sa propre famille. Il n'avait pas eu de mère, et son père le négligeait. Quant à son frère, il n'avait jamais pris les sentiments de Sawyer en considération… Il avait beau avoir eu une famille aimante pour voisins, Sawyer avait appris dès son plus jeune âge que la famille était synonyme de chagrin, de perte et d'inquiétude.

Pas étonnant, avec de tels sentiments enracinés au plus profond de lui, qu'il ne veuille pas fonder sa propre famille !

Maddie commençait à le comprendre… À le connaître. Elle avait le sentiment que la femme qu'elle avait été connaissait aussi parfaitement Sawyer. Si parfaitement qu'elle avait attendu et attendu que son point de vue évolue, car elle n'avait jamais douté que cela arriverait… Elle comprenait aussi, en cet instant, pourquoi elle avait toujours eu cet espoir… Ne pas vouloir d'enfants n'était pas tant, pour Sawyer, une affaire de choix qu'un sentiment dont il ne parvenait à se départir. Alors la femme qu'elle avait été s'était efforcée de lui montrer ce qu'étaient l'amour et l'engagement.

Hélas, Maddie comprenait aussi pourquoi elle avait finalement commencé à perdre patience… Sept ans s'étaient écoulés, elle avait désormais trente-deux ans, et il n'était certainement pas facile de voir le ventre de sa sœur s'arrondir de jour en jour et de travailler dans une boutique de puériculture ! Sans parler du fait que tous vivaient dans une ville dont la renommée était liée aux naissances multiples et à la maternité…

— Merci de t'être occupée d'eux toute la journée, lui dit Sawyer. À moi de prendre le relais pour la nuit.

— J'ai adoré cette journée. Et si je les entends émettre le moindre son ce soir, aucun doute que j'accourrai !

— J'en ferai autant.

Maddie sourit et posa à nouveau sa main sur son bras. Sawyer se tourna vers elle. Elle eut envie qu'il lui ouvre les bras et qu'il la serre contre lui, mais une timidité soudaine l'envahit.

C'est parce que tu ne le connais *que depuis deux jours*, se rassura-t-elle mentalement.

Elle passa derrière Sawyer et, éprouvant le besoin de le toucher, se mit à lui masser les épaules. Il se raidit momentanément, puis se détendit peu à peu, laissant sa tête se balancer d'avant en arrière. Maddie constata qu'il avait des muscles puissants... Elle avait tellement envie de glisser ses mains sous sa chemise !

Retourne-toi et embrasse-moi, songea-t-elle.

— Je vais préparer le dîner, déclara-t-il soudain. Je me suis arrêté au marché pour acheter ton poisson favori, que je vais préparer avec ce riz à l'espagnole que tu aimes tant. Ça te convient ?

Maddie le contourna pour lui faire face et, se positionnant tout près de lui, posa une main sur sa poitrine.

— Ça me semble super...

Sawyer l'observa pendant plusieurs secondes avant de recouvrir sa main de la sienne. Puis, il esquissa un sourire bizarre et parut à deux doigts d'approcher son visage du sien quand Moose trottina vers eux et vint s'asseoir à leurs pieds en les observant.

— J'ai comme l'impression que quelqu'un d'autre a aussi très envie de dîner, s'amusa Sawyer. Je te préviens quand le nôtre sera prêt.

Il lui serra la main et sortit de la pièce, Moose sur ses talons.

Merci Moose, railla intérieurement Maddie, un sourire chagrin sur les lèvres. Car elle était persuadée que Sawyer avait été sur le point de l'embrasser. Quelque chose avait néanmoins paru le retenir... Étaient-ce les différends qui les opposaient avant l'accident ? Peut-être...

Il fallait donc qu'elle lui fasse clairement comprendre qu'elle désirait qu'il l'embrasse !

N'étaient-ils pas mari et femme, après tout ?

Après un délicieux dîner, ils rangèrent la cuisine et se consacrèrent ensuite aux jumeaux qu'ils changèrent et nourrirent. Puis, Sawyer prit place dans le fauteuil à bascule et berça les deux enfants pendant que Maddie leur lisait une histoire. Une fois Max et Shane endormis, ils les couchèrent dans leur berceau et redescendirent dans la cuisine.

Maddie laissa échapper un bâillement.

— Tu es fatiguée ? lui demanda Sawyer en prenant une bouteille d'eau dans le réfrigérateur.

— Oui, admit-elle. J'ai hâte d'aller au lit.

Elle espéra de toutes ses forces qu'il saisirait l'allusion !

— Va donc te coucher. J'ai de la paperasse à trier, et comme je te l'ai dit, c'est à moi de garder un œil sur les jumeaux. Profites-en pour te reposer...

Aïe. Elle le voulait à côté d'elle dans le lit !

— Sawyer... pour être honnête, je n'aime pas être seule...

Le jeune homme se figea.

— Eh bien... Les papiers peuvent attendre. Je vais juste... euh, fermer les volets et je te retrouve là-haut dans quelques minutes.

Maddie sourit. Il n'y avait qu'à demander ! Parfois, cela marchait ! Elle aurait pu attendre qu'il ferme les volets, mais quelque chose lui disait que son mari souhaitait lui laisser l'opportunité de se changer dans l'intimité.

Dans la chambre, Maddie enfila un pantalon de yoga et un T-shirt à manches longues. Dans la salle de bains, elle se lava les dents et le visage. Elle s'examina ensuite avec curiosité dans le miroir. Avec son visage rougi, ses cheveux rassemblés en queue-de-cheval et son T-shirt basique, on ne pouvait pas dire qu'elle avait l'air sexy !

Quand elle ressortit de la salle de bains, Sawyer, qui fouillait dans la penderie, se retourna et se figea, bouche bée.

— Que se passe-t-il ? s'enquit Maddie. J'ai quelque chose entre les dents ? Un sous-vêtement accroché à l'arrière de mon pantalon ?

— Non... Tu es tout simplement magnifique... Comme toujours.

Maddie sourit.

— Même avec cette bosse et cette égratignure ?

Sawyer se rembrunit et Maddie réalisa que ses mots lui

avaient rappelé son accident… *Accepte donc qu'on te fasse un compliment !* se persuada-t-elle intérieurement.

Elle se glissa dans le lit et cala la couette sous ses bras. Le lit king size lui parut soudain tout petit quand Sawyer l'y rejoignit. La nuit précédente, elle n'avait pas eu le temps de s'émouvoir de la présence du jeune homme à ses côtés car elle s'était endormie presque aussitôt – pour être réveillée une heure plus tard par l'arrivée de Cole !

Elle sentit ses paupières s'alourdir, mais elle était plus intéressée par Sawyer que par le sommeil. Le jeune homme tourna sur lui-même pour lui faire face. Surprise, elle l'imita néanmoins.

— J'ai adopté une famille de l'arbre de Noël du centre social, lui apprit-il. Le père demande seulement des chaussettes en laine ! Quant à la mère, elle veut un gros jambon pour pouvoir nourrir sa famille. C'est triste… J'ai l'intention de tripler les quantités de chaque cadeau et de rajouter d'autres choses.

— C'est très gentil de ta part, commenta Maddie en souriant. C'est le programme pour lequel j'étais bénévole ?

— C'est toi qui en as eu l'idée, à Noël l'an dernier. C'est vraiment une excellente initiative.

— Demain, j'irai à mon tour adopter une famille…

— Et moi, je souhaite en adopter une autre, renchérit Sawyer. Nous pourrions y aller ensemble demain matin.

Maddie tendit la main pour effleurer le visage du jeune homme. Il était doux et râpeux à la fois. Puis, elle se tortilla pour se rapprocher de Sawyer et leva le visage vers lui.

Celui-ci prit alors son visage entre ses mains et lui prodigua un baiser. Un vrai baiser !

Avant de reculer presque aussitôt…

— Maddie, soupira-t-il. J'ai tellement envie de toi… Crois-moi si je te dis qu'entre nous, le sexe n'a jamais été un problème… Mais la Maddie que tu étais il y a deux jours dormait sur le sofa depuis deux nuits ! Tu étais terriblement en colère après moi.

Il hésita, avant de poursuivre.

— Je ne voulais plus aller aux rendez-vous avec la conseillère conjugale…

— Pourquoi ?

— Parce que cela ne nous menait nulle part et que je détestais parler de nos problèmes à une étrangère. Et puis… elle était très douée pour nous obliger à nous ouvrir – moi y compris – et j'avais horreur de ça.

— Je vois…, fit Maddie en souriant.

— Je ne veux pas tirer avantage du fait que tu as perdu la mémoire, reprit Sawyer. Te toucher, alors que tu n'es plus toi-même ne me paraît pas correct envers toi.

Le sourire de Maddie s'estompa. *Oh zut, j'ai envie que tu me touches…* , regretta-t-elle intérieurement. Mais était-elle loyale envers la Maddie Wolfe dont elle ne se souvenait pas ?

— Tu veux savoir ce que je pense ?

Sawyer afficha un visage surpris.

— Oui !

— Je pense que j'ai envie que tu me touches… Mais tu as raison, Sawyer… je veux que tu me touches parce que je *ne me souviens de rien*. Peut-être que si je me souvenais de quelque chose, je te frapperais avec mon oreiller !

— Oh ! je crois qu'au vu de ton humeur ces derniers jours, tu n'aurais pas la tête à ça !

— Vraiment ?

Une expression de profonde tristesse marqua le visage de Sawyer.

— Oui… je te décevais énormément. Et je ne parvenais pas à trouver d'issue à nos problèmes sans accepter quelque chose que je ne pouvais pas envisager. À chaque fois que j'imaginais un bébé dans notre foyer, ma gorge se serrait.

— Je n'avais pas réalisé que c'était si terrible…

— Quand je me retrouvais seul au beau milieu de la nuit, pensant que ma femme bien-aimée dormait en bas, et que c'était ma faute si elle était triste et en colère, alors je me disais… Allez, faisons ce bébé ! Mais soudain, une vague de panique m'envahissait, que je ne savais pas maîtriser.

Des larmes brillèrent dans les yeux de Maddie.

— Oh ! Sawyer…, murmura-t-elle.

— Personne ne me comprend, reprit-il. Aux yeux des gens, qu'y a-t-il de plus beau, pour un couple qui s'aime, que d'avoir un petit bébé, fruit de l'amour ?

— Mais moi… est-ce que je te comprenais un peu ?

Sawyer tendit le bras pour écarter une mèche de cheveux qui tombait sur le visage de Maddie.

— Oui, en grande partie, mais tu croyais sincèrement que la force de notre union parviendrait à me faire changer d'avis. Cela n'a pourtant pas été le cas.

— Est-ce terrible pour toi que Shane et Max soient chez nous ? voulut savoir Maddie.

— Non. Sans doute parce que ce ne sont pas mes enfants. Et parce que leur présence à la maison est temporaire.

— Peut-être que, eux, parviendront à te faire changer d'avis…

— Peut-être, Maddie, répondit-il en soutenant son regard.

Pourtant, il n'en paraissait pas du tout certain.

Maddie, en revanche, était sûre de quelque chose. Elle était en train de tomber amoureuse de Sawyer…

Il se montrait honnête et respectueux envers elle – la vraie Maddie – en ne la touchant pas. Elle se demandait si elle était elle-même anti-Maddie en se permettant de tomber à nouveau amoureuse d'un homme qui lui refusait ce qu'elle désirait le plus au monde. Ou d'un homme qui finirait par lui dire oui, uniquement parce que ses prières avaient été exaucées.

Elle s'imaginait les nuits sans sommeil qu'elle avait dû passer, à se répéter qu'elle l'aimait plus que tout – plus que son désir de devenir mère. C'était cette pensée qui l'entraînait vers le sommeil et vers le jour suivant…

Jusqu'au jour où elle n'avait plus supporté la situation, estimant que la persistance du refus de Sawyer était irrationnelle.

Et aujourd'hui, elle se retrouvait allongée à côté de son mari, incapable de se souvenir de quoi que ce soit…

Tout ce qu'elle ressentait, c'était une tendresse infinie envers Sawyer et une forte attirance physique.

— Nous allons nous en sortir, murmura-t-elle en effleurant sa joue du bout de ses doigts.

— C'était ce que j'avais l'habitude de dire, avoua-t-il avec un sourire peiné.

— Eh bien, nous y arriverons, j'en suis sûre.

Elle bâilla à se décrocher la mâchoire et roula sur elle-même pour se blottir contre lui. Elle le sentit se raidir pendant quelques secondes, puis il se détendit.

Maddie sourit en songeant à quel point il était prévisible…

Car il ne se fit pas prier davantage pour l'envelopper entre ses bras puissants, avant que tous deux ne ferment les yeux.

Assis à la table de la cuisine en compagnie de Maddie, Sawyer observait par la fenêtre les arbres ployant sous le poids de la neige. De temps en temps, ses yeux se posaient sur son téléphone portable…

Toujours pas de message ou de coup de fil de Cole.

— Où crois-tu qu'il soit ? lui demanda Maddie qui donnait le biberon à Shane.

Sawyer redressa Max dans ses bras et inclina davantage le biberon.

— Tu lis dans mes pensées, on dirait…

Il posa le biberon à moitié vide sur la table et but une gorgée de café. Comment pouvait-elle le connaître aussi bien, alors qu'elle ne savait plus qui elle était elle-même !

— J'aimerais pouvoir dire que je connais assez Cole pour deviner où il pourrait être, mais ce n'est pas le cas. Il peut tout aussi bien être encore à Wedlock Creek, comme se trouver déjà à l'autre bout du Wyoming…

— Je n'arrive pas à imaginer qu'il puisse partir pour ne plus revenir, intervint Maddie. Il était tellement bouleversé, la nuit où il nous a laissé les jumeaux…

— Oui, il était vraiment perturbé. Mais cela arrive à pas mal de gens… D'être chamboulés au point de faire des folies. J'en suis témoin quotidiennement dans mon travail.

— Est-ce ce qui est arrivé à ton père ? s'enquit Maddie.

Il lui lança un regard incrédule.

— Mon père ?

Que venait faire son père dans cette conversation ! Il détestait parler de son père.

— Ta mère est morte juste après ta naissance, reprit Maddie. Cela a dû le bouleverser...

Sawyer se remémora Hank Wolfe... Grand, massif, des tatouages sur les deux bras, en train de soulever des poids sur son banc de musculation, une bouteille de bière à portée de main... De son père, il n'avait hérité que ses cheveux noirs et ses yeux verts. Tout comme Cole.

— Certainement... Il ne parlait pas beaucoup d'elle, et comme tous mes grands-parents sont morts avant ma naissance, personne n'a jamais pu me parler de leur relation.

— Se retrouver seul avec un bébé, cela a dû être une terrible épreuve.

Il hocha la tête, la poitrine comme prise dans un étau.

— Bon ! s'exclama-t-il. Ces deux petits sont maintenant rassasiés. Nous pourrions les changer et nous rendre au centre social pour aller chercher des enveloppes sur l'arbre de Noël... Qu'en dis-tu ?

Maddie posa à son tour le biberon de Shane et plaça le bébé contre son épaule pour lui faire faire son rot.

— Tu changes de sujet...

— Je n'aime pas parler de lui, Maddie.

— Il est vrai que tu n'as pas de chance... Comme j'ai tout oublié, j'ai besoin de te poser des questions, car je n'aime pas rester dans l'ignorance.

— Je comprends...

Il comprenait, certes, mais pour autant, il répugnait à parler de son père !

Ils emmitouflèrent les jumeaux pour les sortir dans la double poussette flambant neuve que les MacLeod avaient apportée la veille. Ils s'apprêtaient à passer la porte quand Jenna leur téléphona. Elle était allée passer une échographie et se proposait de s'occuper de Shane et Max avec son mari, histoire de pratiquer un peu avant l'arrivée prochaine de leurs propres jumeaux...

Maddie et Sawyer acceptèrent. Ce dernier n'était pas mécontent à l'idée de passer du temps seul à seul avec sa femme, ce qu'il n'avait pu faire depuis qu'elle était sortie de l'hôpital.

Dix minutes plus tard, les jumeaux étaient confiés aux bons soins de Jenna et de son mari.

— Je suis heureux que nous puissions passer du temps ensemble, Maddie, déclara Sawyer.

La jeune femme glissa sa main dans la sienne en souriant.

— Allons d'abord au centre social, proposa-t-elle. Et ensuite, tu pourras me faire faire un tour de la ville et me montrer les endroits qui sont importants pour moi... Pour nous...

— Un peu comme un « Vis ma vie de Maddie Wolfe » ?

— Exactement ! Le Dr Addison m'a expliqué que le moindre détail était susceptible de me faire retrouver la mémoire. Cela pourrait arriver comme ça !

Elle ponctua ses mots d'un claquement de doigts.

Et avec ta mémoire, ton profond ressentiment envers moi, ajouta Sawyer en son for intérieur. Il aimait leur relation actuelle. Une relation légère, joyeuse... Cela faisait tellement longtemps que Maddie ne l'avait pas regardé avec autant de bienveillance !

Une fois en ville, ils se mêlèrent à la foule des badauds faisant leurs emplettes de Noël. Plusieurs fois, ils croisèrent des personnes qui s'enquirent de l'état de santé de Maddie. Cette fois encore, Sawyer vola à son secours, de manière que personne ne puisse deviner son amnésie.

— Il ne reste pas beaucoup d'enveloppes, se réjouit Maddie en pénétrant dans le centre social. C'est super !

— Je ne serais pas surpris que certaines personnes en prennent plus d'une, commenta Sawyer. Comme ce que je m'apprête à faire...

— Cela me fait chaud au cœur.

Sawyer décrocha une enveloppe des branches du sapin,

tandis que Maddie en prenait deux. Ils s'assirent sur un banc et les ouvrirent.

– Oh ! écoute ça ! J'ai huit ans, et tout ce que je veux pour Noël, c'est un chien en peluche blanc et marron, comme celui de mes voisins. Mes parents disent qu'on ne peut pas avoir un vrai chien pour le moment. Si vous m'offrez un chien en peluche, je promets de bien m'en occuper. Signé : Stevie. C'est tellement mignon !

Maddie remit la carte dans l'enveloppe qu'elle enfouit dans son tote bag.

— Offrons-lui un vrai chien ! s'exclama-t-elle.

Sawyer ouvrit des yeux ronds.

— Tu plaisantes, j'espère !

Maddie éclata de rire.

— Tu t'en doutes bien !

Pendant qu'elle ouvrait sa deuxième enveloppe, Sawyer déchira la sienne.

Voici ma liste. Moto roadster Tesla (rouge). Billets aller-retour pour Paris pour deux, première quinzaine d'août. 250 dollars en carte-cadeau chez Lizabett's Italian Ristorante. 500 dollars en liquide. Baskets Air Jordan Retro, pointure 47. Qui ne demande rien, n'a rien, n'est-ce pas ? Joyeux Noël !

Sawyer leva les yeux au ciel et remit la liste dans l'enveloppe avant d'aller la raccrocher au sapin. Il en choisit une autre et l'ouvrit.

Je n'aurai rien à Noël parce que mon père ne s'intéresse qu'à son idiote de copine et à son bébé qui pleure tout le temps. J'aimerais avoir un vélo pour pouvoir être autonome sans avoir à lui demander de me conduire ici ou là. Enfin... peu importe. Le Père Noël n'existe pas... Je suis sûr que je n'aurai rien ! Signé Jake Russtower.

Encore un qui avait oublié de rester anonyme, songea Sawyer. Russtower... Ce nom lui disait quelque chose... Et pas forcément de façon positive. Il soupira et glissa l'enveloppe dans sa poche.

— Alors... ta deuxième enveloppe ? s'enquit-il.

— Un professeur de collège qui demande des livres pour sa classe. Et la tienne ?

— Un gamin qui a des problèmes à la maison… Et qui veut un vélo.

— Alors ce gamin a de la chance de t'avoir pour Père Noël ! lança-t-elle en passant son bras dans le sien.

— Prête pour « Vis ma vie de Maddie Wolfe » ?

— Je suis prête, répondit-elle en remettant ses gants et son écharpe.

Sawyer savait parfaitement par où commencer leur tournée. Il espérait juste qu'il ne se tirait pas une balle dans le pied…

Sawyer conduisit Maddie jusqu'à Beacon Road et arrêta son véhicule devant une demeure blanche assez cossue. Son regard fut attiré par la maison voisine, et plus spécifiquement par l'entrée du studio où il avait grandi.

— Oh ! c'est ici ? s'exclama la jeune femme. C'est là où nous avons grandi ?

— Oui, dit-il en descendant de voiture, imité par Maddie. La maison blanche était celle de ta famille. Tes parents l'ont vendue il y a sept ans pour s'installer dans une maison plus petite et plus proche de la boutique.

Maddie observait la maison en fronçant les sourcils.

— J'espérais que cette maison provoquerait quelque chose en moi, mais non, pas du tout… Rien ici ne m'est familier.

Son visage se décomposa.

— J'ai grandi ici, je devrais m'en souvenir ! Tous mes souvenirs se sont envolés. Tout ce que j'ai été est parti…

Elle se détourna en enfouissant ses mains gantées dans les poches de son manteau.

Sawyer se reprocha intérieurement de n'avoir pas réalisé à quel point ne pas se souvenir de sa vie pouvait être contrariant.

— Hé, fit-il gentiment en passant un bras autour de ses épaules. Je peux te raconter des choses, moi ! C'était l'idée de cette balade ! Je te côtoie depuis toujours. Enfin... depuis que nous avons cinq ans.

— Bonjour, commissaire ! fit une voix féminine.

La propriétaire de l'ancienne maison des MacLeod, Amanda Palermo, lui faisait bonjour du pas de sa porte.

Il s'avança vers la femme.

— Cela vous ennuie-t-il si nous allons faire un tour dans votre jardin ? lui demanda-t-il. Je suis un peu nostalgique et aimerais revoir certaines choses du passé...

— Allez-y, je vous en prie, répondit Amanda. Et joyeux Noël !

— Joyeux Noël, répondit Sawyer en prenant la main de Maddie pour l'entraîner.

À nouveau, il apprécia le contact de sa main dans la sienne. Avant l'accident, Maddie ne lui donnait plus la main... Elle répugnait même à l'approcher !

— Regarde cet endroit, lui dit-il en pointant un arbre sans feuilles dans le jardin. Tu étais en train de fabriquer une cabane avec un drap et des chaises de jardin, et tu avais non loin une assiette avec un sandwich et des chips. Je suis venu te voir pour te prévenir qu'un écureuil s'intéressait au contenu de ton assiette...

Maddie éclata de rire.

— C'est donc ainsi que nous nous sommes rencontrés ?

— Ouais ! Tu m'as dit : « cachons-nous ! ». Tu as attrapé l'assiette et m'as entraîné dans ta cabane. Et tu m'as offert la moitié de ton sandwich et de tes chips. Nous sommes les meilleurs amis du monde depuis ce jour.

— Je vois... Est-ce le jour où ton père et toi avez emménagé à côté de chez nous ?

Il hocha la tête affirmativement. À vrai dire, il ne se souvenait pas vraiment de cette scène, mais c'était la mère de Maddie, qui en avait été témoin depuis le patio, qui aimait à raconter cette histoire...

Ils s'éloignèrent davantage et s'enfoncèrent dans le petit bois dans lequel ils avaient joué pendant des heures quand ils étaient gosses. Ils parvinrent jusqu'à un ruisseau près duquel se trouvait un rocher plat assez grand pour s'asseoir à deux.

— C'est ici que tu m'as avoué que tu craquais pour Jonathan Walloway, quand nous étions en sixième. À l'époque, je ne m'intéressais pas aux filles, mais je me souviens que cette nouvelle m'avait perturbé. En cinquième, j'ai compris pourquoi... Tous les garçons te couraient après et moi, j'étais toujours le meilleur ami !

Maddie parut surprise.

— Mais... je devais aussi craquer sur toi, non ?

— Tu disais toujours que rien n'était plus important pour toi que notre amitié, et que même si tu avais envie de m'embrasser, tu ne le ferais pas. Alors je te disais : « tu as envie de m'embrasser ? » Et tu répondais : « peu importe, puisque nous ne pouvons pas ». J'avais tellement peur, moi aussi, que quelque chose nous sépare que je ne t'ai jamais demandé si je pouvais t'embrasser... Alors nous sommes juste restés amis.

— Donc nous sommes sortis avec d'autres personnes, même si on s'aimait beaucoup ?

— Nous n'en étions pas encore conscients au collège et au lycée, expliqua-t-il. Je pensais que tu m'aimais seulement comme un ami, et toi aussi. Ce n'est que pendant le bal de promo que les choses ont pris une autre tournure...

— Oh ! que s'est-il passé ?

— Pour cette histoire-là, il faut que je t'emmène à Wedlock Creek Town Hall...

Il n'était pas mécontent de quitter cet endroit.

Car il n'avait pas tout dit à Maddie...

Il ne lui avait pas raconté, notamment, ces moments où il retrouvait son père ivre mort devant la porte, et où, incapable de le réveiller, il devait demander à Ace MacLeod de l'aider à le faire rentrer dans la maison pour qu'il ne meure pas de froid... Ace MacLeod n'émettait jamais le moindre jugement mais lui faisait promettre de ne pas hésiter à faire appel à lui en cas de difficultés. De tous les mauvais souvenirs qu'il avait de cette période, Sawyer ne savait pas pourquoi celui-ci le hantait autant.

Peut-être parce qu'il n'avait jamais oublié ce qu'il avait ressenti devant son incapacité à aider son père... Jamais, ô grand jamais, il ne voulait se retrouver à nouveau dans une position où il ne serait pas capable d'aider... De faire quelque chose.

Tellement de choses peuvent arriver à des enfants..., pensa-t-il, surpris par la tournure que prenaient ses pensées. Il avait entendu dire qu'avoir des enfants, c'était se mettre en position de vivre de grands moments d'angoisse. Or, il ne pourrait pas protéger ses enfants vingt-quatre heures sur vingt-quatre ! Ne s'était-il pas trouvé à quinze mètres de l'endroit où Maddie avait embouti sa voiture ? Il avait tout vu, mais avait été incapable de l'arrêter... De l'aider.

Maddie lui prit la main, le distrayant de ses sombres pensées. Ils regagnèrent la voiture et prirent le chemin de Wedlock Creek Town Hall où se tenait chaque année le bal de promo du lycée.

— Nous nous sommes rendus ensemble au bal de promo en tant qu'amis ? l'interrogea Maddie alors qu'ils pénétraient dans la grande salle aux fenêtres ovales.

— Non... Tu y es allée avec Jonathan Walloway, qui t'avait invitée. Tu pensais que cela allait être le début de quelque chose de sérieux entre vous... Vous avez dansé trois slows, puis il t'a proposé d'aller marcher jusqu'à Legend Point.

Maddie plissa les yeux.

— Me racontes-tu la vérité ou inventes-tu une histoire ? Comment peux-tu savoir que nous avons dansé trois slows ?

— C'est toi qui me l'as dit... Avec des larmes coulant sur ton visage.

— Oh... ça s'est vraiment si mal passé ?

— Legend Point est l'endroit où tous les jeunes vont pour flirter... Jonathan t'a entraînée là-bas et a voulu aller plus loin que tu ne le souhaitais, toi. Comme tu résistais, il s'est fâché, a pris une poignée de boue qu'il a jetée sur ta robe avant de te traiter d'allumeuse et de t'abandonner là-bas.

Maddie entoura son propre corps de ses bras.

— Mais c'est horrible ! s'écria-t-elle.

— En effet... C'est à ce moment que tu m'as appelé... Je t'ai trouvée en sanglots, tu étais incapable de te lever, alors je t'ai enlacée et tu as posé ta tête sur mon épaule et pleuré à chaudes larmes. J'étais désolé pour toi et crois-moi, j'avais des envies de meurtre ! Je t'ai dit qu'il ne te méritait pas et que tu étais une fille formidable. Cela t'a un peu remonté le moral... Tu t'es relevée et tu as proposé qu'on aille près de la salle pour écouter la musique de l'extérieur...

— Oui... j'imagine que je ne pouvais pas retourner à l'intérieur avec cette boue sur ma robe !

— En effet... Quand a commencé une chanson lente que tu aimais bien, tu as passé tes bras autour de mon cou et posé ta tête sur ma poitrine... C'est alors que je t'ai dit que je t'aimais. Que je t'avais toujours aimée.

— Vraiment ? Et qu'ai-je répondu ?

— Tu m'as fixé de tes grands yeux bleus et tu as avoué que tu m'avais toujours aimé, toi aussi. Et tu as posé tes lèvres sur les miennes... J'ai failli m'évanouir tellement j'étais heureux !

— Que s'est-il passé ensuite ?

— Nous avons enchaîné au moins cinq slows, puis je t'ai ramenée chez toi. Nous sommes descendus jusqu'au ruisseau et nous sommes assis sur le rocher que je t'ai montré tout à l'heure. On s'est encore embrassés et on a regretté d'avoir été si aveugles et stupides.

— Et qu'est-il advenu de ce pacte que nous avions fait, de ne jamais mettre notre amitié en péril ?

Il sourit, se remémorant ce moment.

— Nous avons fait un nouveau pacte : celui de ne jamais plus nous séparer.

La jeune femme jeta ses bras autour du cou de Sawyer.

— Je nous aime ! s'écria-t-elle. J'aime la Maddie et le Sawyer de dix-sept ans !

— Moi aussi... Et pourtant, il n'y a pas si longtemps, nous parlions séparation en sortant du bureau d'une conseillère conjugale, alors que les premiers flocons de neige de l'hiver tombaient sur nos têtes...

— J'aurais préféré que nous nous concentrions davantage sur ces premiers flocons..., sur Noël... Sur la force de notre amour.

— Tu n'en pouvais plus, soupira-t-il. Et pourtant, tu as essayé de toutes tes forces...

Quelques flocons de neige se mirent à voltiger autour d'eux, incitant Maddie à lever la tête.

— C'est un signe ! s'exclama-t-elle. Une deuxième chance d'apprécier ce que nous avons.

— C'est une belle façon d'envisager les choses, mais ce n'est pas loyal pour la femme que tu étais...

— Elle n'est pas là pour le moment ! argua Maddie en tirant la langue pour attraper un flocon de neige

Sawyer ne put s'empêcher de rire.

— Je ne te mérite pas, Maddie. Cette façon que tu as de prendre tout ça avec autant de bonne humeur... cela me dépasse !

— Cela a sans doute toujours été le cas, non ? Mon moi profond ne doit pas avoir changé. C'est juste que je n'interagis pas avec toi en prenant en compte un éventuel passif entre nous...

Sawyer n'avait pas vraiment envisagé les choses sous cet angle. Oui, en effet, elle était toujours cette bonne vieille Maddie, avec son éternel optimisme... Sa bienveillance... Son intérêt pour les autres.

— Oui, tu es toi. Celle dont je suis tombé amoureux il y a une éternité.

— Alors ne parlons plus de séparation ou de divorce !

Sawyer était soulagé de l'entendre parler ainsi, mais là encore, elle n'était plus la Maddie qui ne supportait plus le refus irrationnel de son mari de fonder une famille.

Il serra sa main gantée tout en observant son beau visage encadré par les flocons de neige tourbillonnant.

— Comme tu as perdu la mémoire, tout te paraît rose entre nous, mais au fond de moi, je sais que ce n'est pas juste envers la vraie Maddie...

— Écoute, je ne peux pas m'impliquer dans une bataille dont je ne me souviens pas, alors j'imagine qu'il faut que nous allions de l'avant !

— Tu vas retrouver la mémoire, Maddie, affirma Sawyer.

— Sans doute... Je me demande ce qui arrivera quand mes vieux souvenirs se mêleront aux nouveaux.

— Moi aussi, renchérit Sawyer, tandis qu'ils retournaient vers le parking.

Cette pensée l'effrayait. Comment Maddie réagirait-elle vis-à-vis de lui ?

— Ce que je me demande aussi, reprit Maddie, c'est comment la Maddie qui retrouvera la mémoire réagira en découvrant que tu es prêt à fonder une famille parce que tu as fait un marché avec le ciel pendant qu'elle était dans le coma...

— Elle sera heureuse ! répondit-il avec feu. Avoir un bébé est tout ce qui compte pour elle. Le seul point de désaccord entre nous.

— Elle sera heureuse que tu dises enfin oui, parce qu'elle n'est pas morte ?

Maddie secoua la tête avant de reprendre :

— Je sais qu'il est probablement bizarre que je parle de moi à la troisième personne, mais je ne suis pas la femme que tu connais depuis l'âge de cinq ans. Cette femme n'est pas encore de retour. Tout ce que je sais de façon certaine, c'est que ce n'est pas ainsi que cette Maddie voudra fonder une famille.

Le jeune homme paraissait déboussolé.

— Mais... ce qui importe, c'est nous fondions une famille !

— Tu aimes ta femme, Sawyer, là n'est pas la question, mais crois-moi quand je dis que l'ancienne Maddie, que je découvre peu à peu, voudra uniquement avoir un bébé avec un homme qui désire un bébé lui aussi !

Sawyer se rembrunit.

— L'important, c'est le bébé, pas les raisons qui conduisent à son existence, persista-t-il.

— Tu te trompes ! Les raisons sont importantes. Tu penses que tu vas avoir un enfant - peut-être même les dix bébés que tu as promis - et devenir soudainement tout excité par ta paternité ? Quelque chose qui te terrifie et te met en panique ?

Sawyer hocha la tête pensivement. Il comprenait peu à peu ce qu'elle voulait dire.

— Allons chercher les jumeaux, souffla-t-il.

6

Maddie était en train de vérifier que les jumeaux avaient un sommeil paisible quand une image se matérialisa soudain dans son esprit.

Celle de Jenna lui annonçant qu'elle était enceinte...

Elle se figea. Jenna était enceinte de six mois... elle n'avait donc pas pu lui annoncer sa grossesse au cours des tout derniers jours. Cette image était donc, ni plus ni moins, un souvenir ! Elle revoyait le sourire nerveux de sa sœur. Entendait les mots « Je suis enceinte » sortir de sa bouche. Et elle ressentait ce qu'elle avait ressenti alors : un mélange de joie et de véritable jalousie envers sa sœur.

Elle ne se souvenait que de ça. De ces quelques mots, sans autre contexte. Elle ne savait pas où s'était déroulée cette conversation... Mais elle était sûre et certaine qu'il s'agissait d'un souvenir !

Un sentiment de soulagement se répandit en elle. Cela signifiait que ses fonctions cognitives étaient en train de revenir. Elle espérait néanmoins qu'elle n'avait pas été aussi jalouse envers sa sœur que dans son souvenir ! « Stephen et moi avons attendu... enceintes en même temps, mais... «

Maddie se souvint de la voix de Jenna prononçant ces mots... puis plus rien. Des élancements vrillèrent son crâne, ce qui lui rappela qu'elle ne devait pas précipiter les choses. Il fallait qu'elle laisse sa mémoire revenir progressivement...

Et pourtant, son esprit tournait à toute allure. Sa sœur

avait-elle attendu pour tomber enceinte que Maddie le soit aussi ? Cette idée la bouleversait... Jenna l'avait fait par amour et loyauté pour sa sœur... Et tout ça parce que Sawyer n'était pas prêt ! Il avait néanmoins dû apparaître évident que Sawyer Wolfe ne serait jamais prêt, puisque Jenna s'était quand même résolue à tomber enceinte...

Heureusement pour elle !

— Tout va bien ?

Maddie se retourna et découvrit Sawyer sur le seuil de la chambre.

— Je viens de me souvenir de quelque chose, annonça-t-elle d'une voix dans laquelle elle perçut une froideur toute nouvelle. De ma sœur m'annonçant sa grossesse... De bribes de conversation. Je pense que je suis en train de retrouver la mémoire.

Sawyer décela probablement lui aussi la froideur de son ton. Il parut hésiter.

— C'est super, Maddie, dit-il enfin.

— Vraiment ? murmura-t-elle. Enfin... oui, bien sûr que ça l'est, mais tu vois... je suis déjà fâchée contre toi !

Le jeune homme enfouit ses mains dans les poches de son jean.

— Parce que Jenna et Stephen ont attendu pour concevoir un bébé que je me décide à t'en faire un, souffla-t-il, car Jenna et toi vouliez être enceintes en même temps... Oui, je sais, c'est terrible. Tu m'en as beaucoup voulu pour ça...

— Je l'imagine aisément. Alors si je suis en colère après toi pour un seul souvenir qui resurgit, tu imagines dans quel état je serai quand je me souviendrai de tout ?

Sawyer hocha vaguement la tête.

— L'ignorance n'est pas souhaitable pour autant. Pour quelques jours peut-être, mais ce n'est pas la réalité. Je veux que tu retrouves la mémoire, Maddie, et que tu redeviennes toi-même. Car la Maddie qui sait tout est la Maddie que j'aime. Celle à laquelle j'ai promis d'avoir dix enfants.

— Cette histoire d'avoir dix enfants ne rime à rien !

— Si, car cela prouve à quel point je t'aime... Que vivre avec toi est plus important que tout – y compris mon inconfort à l'idée d'avoir des enfants !

— Nous avons déjà eu cette discussion et elle ne nous a menés nulle part...

Une expression attristée se peignit sur le visage de Sawyer.

— Sais-tu combien de fois nous avons prononcé ces mots exacts au cours des derniers mois ? Des centaines de fois !

— Je n'en doute pas.

Quand Sawyer lui avait appris qu'ils consultaient une conseillère conjugale avant l'accident, Maddie n'en avait pas pensé grand-chose de prime abord. Mais en y réfléchissant, elle ne parvenait pas à imaginer Sawyer en train de se confier à une thérapeute sur leur mariage et leurs problèmes... Ils avaient dû réellement toucher le fond. Dormant séparément... Ne s'adressant plus la parole...

— Je vais appeler le Dr Addison demain matin pour lui faire savoir que je me suis souvenue de quelque chose, déclara-t-elle. Je commence à avoir un peu mal à la tête... Je suppose que c'est mon cerveau qui me dit de ne pas trop en faire.

— Tu vas redevenir celle que tu étais en un rien de temps, Maddie, l'encouragea Sawyer. Et c'est ce que nous voulons.

Il paraissait pourtant un peu nerveux à cette idée. Tout aussi nerveux qu'elle... Aussi étonnant que cela puisse paraître, Maddie aimait la relation qu'ils avaient... Elle se sentait chérie par cet homme et par sa famille, et avait un objectif à court terme en s'occupant des jumeaux. Elle avait la sensation de vivre dans un cocon bienveillant et se sentait heureuse.

Qu'adviendrait-il quand elle retrouverait totalement la mémoire ? Serait-elle en colère ? Triste ? Inquiète ? Comment réagirait-elle à la pensée qu'elle pourrait réaliser son rêve le plus cher – avoir un bébé – uniquement parce que Sawyer avait fait un marché avec le ciel ?

À vrai dire, elle avait la nette impression que la Maddie d'avant ne serait pas du tout satisfaite de cette situation !

Sawyer s'était installé à son bureau avec l'intention de chercher dans la base de données du WCPD le nom « Russtower », qui lui disait vaguement quelque chose.

Néanmoins, il n'avait pas encore commencé ses recherches, car il ne cessait de penser à Maddie...

Un petit souvenir avait à peine resurgi dans sa mémoire que leur relation était déjà déséquilibrée ! La jeune femme était allée se coucher tôt, et il ne savait comment l'interpréter. Était-ce à cause de la fatigue, ou bien de ce souvenir ?

Peut-être les deux...

Sawyer avait cru qu'informer Maddie du marchandage qu'il avait fait pendant qu'elle était dans le coma résoudrait le problème. Elle voulait des enfants... il lui en ferait dix, si elle ne mourait pas ! Elle avait survécu, et il était prêt à tenir parole. Hélas, ce n'était pas suffisant pour la Maddie qui ne se souvenait plus de rien. Selon elle, il n'était pas tant question de fonder une famille que de le vouloir vraiment !

Les mariages n'étaient-ils pas, pourtant, basés sur des compromis ? Ne s'agissait-il pas de prendre et de donner ? De trouver un moyen pour que chacun soit heureux ?

Il entendit un cri dans le babyphone et monta aussitôt l'escalier pour que Maddie ne se réveille pas. Dans la nurserie, il trouva Max qui agitait les mains et grimaçait. Sawyer le prit dans ses bras et vérifia sa couche, qui lui parut sèche. Il cala alors le bébé contre lui et se mit à marcher dans la chambre et lui frottant doucement le dos.

— Ton papa a bon cœur, tu sais, murmura-t-il à l'oreille de Max. Un peu comme moi, même si je ne veux pas d'enfants... Désolé... Mais si tu restes, je te promets que je m'occuperai bien de toi. Je t'aime déjà, alors ne t'inquiète pas.

Il s'assit dans le fauteuil à bascule et examina le bébé qui le fixait d'un œil vif.

— Tu es vraiment très beau, murmura Sawyer. Tu es même parfait. En revanche, tu as besoin de tout ! D'amour, de soin, de protection, de nourriture...

Les yeux bleus l'observaient avec curiosité. Sawyer sentit sa poitrine se serrer et une boule se forma dans sa gorge.

— Tu veux que je te raconte une histoire ? Une histoire inventée par oncle Sawyer…

Max continuait à le fixer, ce qui incita Sawyer à se demander ce qu'il pouvait bien penser. Les bébés pensaient-ils, d'ailleurs ? Il faudrait qu'il fasse des recherches sur le sujet… Ou bien qu'il demande à Reed Barelli ou Theo Stark, les deux experts en bébé du WCPD. Reed avait des triplés et Theo, des quadruplés !

— OK, alors… Il était une fois deux frères qui s'appelaient Sawyer et Cole, commença-t-il. Leur père ne cessait de dire à Sawyer que Cole n'était probablement pas son fils, que n'importe qui pouvait avoir des yeux verts et des cheveux noirs… Mais Sawyer, lui, savait que Cole était son frère. Il en était intimement persuadé.

Il s'interrompit. Mais que diable racontait-il ? Pouvait-il se livrer ainsi à voix haute ? Sans doute… Il savait qu'on pouvait parler aux bébés pour les aider à développer leur cerveau et leur apprentissage du langage… Et puis ce n'était pas comme si Max pouvait comprendre ce qu'il disait !

— J'imagine qu'il y a beaucoup de choses qui me rongent et dont j'ai toujours voulu me débarrasser, murmura-t-il.

Max le regardait attentivement en serrant dans son poing le petit doigt de Sawyer.

— Je suis surpris que tu m'aimes bien, reprit ce dernier. Je suppose que c'est parce que je m'y prends bien avec ton frère et toi…

Le bébé maintenait sa prise, étonnamment forte.

L'espace d'un instant, Sawyer observa ce merveilleux petit être humain, se demandant s'il était en train de rêver. Il se pinça le bras avec sa main libre, et comme il sentit quelque chose, en déduisit que tout cela était bien réel. *Je parle à un nouveau-né. Mon neveu… Je lui raconte l'histoire de ma vie et celle de son père.*

— Dois-je reprendre mon histoire ? OK ! Alors, Cole

voulait se rapprocher de Sawyer, mais Sawyer était un préado stupide à cette époque, et n'était pas tellement intéressé... Plus tard, ce fut Sawyer qui tenta de se rapprocher de Cole, mais celui-ci n'avait plus envie. Jamais ils ne furent en phase... La vie est déjà compliquée, mais quand, en plus, des obstacles se dressent sur le chemin... Les petites amies de leur père, par exemple, qui ne voulaient pas d'un autre enfant dans la maison. Ou bien la mère de Cole, qui appelait leur père en lui hurlant dessus. Mais aussi leur fierté à tous les deux, car aucun ne voulait que l'autre sache à quel point il souffrait...

Sawyer examina encore longuement le bébé dans ses bras. Trois kilos cinq cents grammes et cinquante centimètres, à en croire l'acte de naissance... Une minuscule merveille !

— Et puis, ton frère et toi êtes nés, et il semble que ton père vous ait prénommés en pensant à Maddie et à moi... Pourquoi, te dis-tu, vu que ton père et moi ne sommes pas proches ? J'ai même failli porter plainte contre lui quand il nous a volé des objets ! Mais je ne l'ai pas fait... Sans doute ton père se doutait-il que je le détesterais, mais que jamais je ne le dénoncerais... Il savait qu'il pouvait vous laisser tous les deux ici et que Maddie et moi nous occuperions bien de vous. Et nous continuerons à le faire, tu peux me croire !

Max laissa échapper comme un soupir de satisfaction. Ses paupières lourdes tombaient sur ses yeux bleu ardoise, mais il semblait lutter contre le sommeil.

— Tu peux dormir, tu sais, murmura Sawyer en souriant. La suite de l'histoire n'est pas terrible... Ton père et moi nous sommes tournés autour pendant des années, mais nous ne nous sommes jamais trouvés.

Son sourire s'effaça et il regarda vers la fenêtre, se demandant où pouvait bien être Cole et dans quel état d'esprit il se trouvait.

Il serra Max un peu plus contre lui et sentit son cœur se dilater d'émotion.

Figée derrière la porte entrouverte de la nurserie, Maddie essuya une larme. Dix minutes plus tôt, elle avait entendu un des bébés pleurer et s'était levée, mais Sawyer l'avait devancée.

Quand le jeune homme avait commencé à parler de choses plus personnelles, elle avait failli s'en aller discrètement, mais quelque chose l'en avait dissuadée. Elle était tellement touchée par ce qu'elle entendait... Nul doute que Sawyer n'en avait pas autant dit à la conseillère conjugale que pendant ces dix minutes de discours adressé à Max !

— Tu sais, Max, disait la voix de Sawyer, je te parle ainsi uniquement parce que Shane dort. Tu as été prénommé Max en l'honneur de ta tante Maddie – tout au moins le pensons-nous – et je peux t'assurer que c'est un honneur ! Ta tante Maddie est la meilleure chose qui me soit arrivée dans la vie.

Maddie mit la main sur sa bouche pour étouffer un cri de surprise. Elle savait que Sawyer l'aimait, mais la vénération qui perçait dans sa voix la prit au dépourvu.

— Quand on a la chance d'avoir dans sa vie quelqu'un comme Maddie, reprit Sawyer, on veut lui donner tout ce qu'elle désire... Parce que quelqu'un d'aussi exceptionnel mérite cela. J'ai été stupide d'avoir refusé si longtemps de fonder une famille avec elle... Je me suis montré égoïste. Maddie voulait un bébé et j'ai refusé de combler son désir. Et puis j'ai failli la perdre... C'est ce que j'ai voulu lui montrer en acceptant d'avoir jusqu'à dix enfants, si c'est ce qu'elle souhaite ! Peut-être n'ai-je pas bien su exprimer ma pensée...

Sa voix se brisa à cet instant. Maddie regagna alors leur chambre sur la pointe des pieds. Elle se sentait coupable de l'avoir écouté à son insu. *Désolée, Sawyer*, s'excusa-t-elle en elle-même.

Quelques instants plus tard, elle l'entendit la rejoindre dans leur lit. Elle ferma les yeux, feignant de dormir... Sawyer déposa un baiser sur son front avant de s'allonger en lui tournant le dos.

Devait-elle le laisser seul avec ses pensées ? se demanda-t-elle. Si elle s'était trouvée à sa place, elle aurait aimé qu'il la serre contre lui, sans nécessairement parler, pour qu'elle se sente moins seule... Cela dit, Maddie avait compris que Sawyer et elle étaient très différents ! Néanmoins, même les loups solitaires avaient besoin d'une meute...

Elle tendit le bras pour se saisir de sa main. Il serra brièvement la sienne en retour.

— Sawyer ?

— Oui ?

— J'ai entendu tout ce que tu as dit, lâcha-t-elle. J'étais derrière la porte de la nurserie... Je ne voulais pas t'espionner, mais j'ai commencé à entendre ce que tu disais...

Sawyer resta silencieux plusieurs secondes avant de se retourner pour lui faire face.

— Qui a besoin d'un psy alors qu'on peut parler à des nouveau-nés n'importe quand ?

Maddie lui sourit tendrement.

— J'aime ce que tu as dit sur moi...

— Je le pensais ! fit-il en lui caressant la joue. Chaque mot que j'ai prononcé est sincère !

— Je comprends un peu mieux ce que tu voulais dire à propos des dix bébés... Je ne suis pas complètement d'accord, mais je comprends mieux, maintenant.

— Tant mieux, car je m'étais mal expliqué...

Elle lui serra la main.

— J'ai été tellement focalisée sur ma mémoire et sur les jumeaux que je n'ai pas pris le temps de réfléchir à ta relation avec ton frère, et à la façon dont cela t'affecte. Tu l'aimes vraiment, n'est-ce pas ?

— Bien sûr que je l'aime. Cole m'a déçu à plusieurs reprises, mais c'est le gamin que j'ai cherché à protéger pendant tant d'années que je ne peux pas lui tourner le dos. Je me suis toujours senti tellement impuissant à le protéger... Et c'est toujours le cas. Il a encore pris une mauvaise direction... Soit il continue en gardant ce mauvais cap, soit il finit par opérer un demi-tour. C'est cette deuxième option que je souhaite.

Maddie hocha la tête.

— J'espère qu'il fera demi-tour..., murmura-t-elle.

— Moi aussi.

7

Maddie n'avait pas beaucoup dormi. Elle s'était tournée et retournée dans son lit, hantée par l'échange qu'elle avait eu avec Sawyer, et par ce qu'elle l'avait entendu dire à Max. Elle était également perturbée par le souvenir qu'elle avait eu de sa conversation avec Jenna...

Elle avait alors pensé que sa sœur pourrait lui confirmer ou non si cette discussion avait bien eu lieu... Au beau milieu de la nuit, elle s'était même dit qu'elle avait peut-être « inventé » ce souvenir, en se basant sur certaines choses qu'on lui avait racontées... Elle voulait en avoir le cœur net !

Après s'être assurée que Sawyer ne voyait pas d'inconvénient à rester seul avec les jumeaux, elle envoya un texto à Jenna qui lui donna rendez-vous chez Dee's Diner à 8 heures pile. Elle s'y rendit à pied dans le froid vivifiant du matin, le restaurant se trouvant tout près de MacLeod's Multiples Emporium.

Jenna était déjà installée dans un box. Elle voulut se lever pour accueillir sa sœur, mais se rassit presque aussitôt.

— Oooh, se plaignit-elle. Je voulais t'embrasser mais je ne me lève plus aussi aisément qu'avant...

Maddie rit.

— Ne t'inquiète pas, je comprends.

— Comment te sens-tu ? s'enquit sa sœur en lui tendant un menu.

— Plutôt bien. Ma bosse a presque disparu et mon égratignure s'estompe. Et toi, comment vas-tu ?

— Ça va, même si je ne peux plus dormir sur le ventre, ni sur mon côté droit, mais Stephen m'a offert un super coussin de grossesse qui m'aide beaucoup.

— J'ai tellement hâte de rencontrer ma nièce et mon neveu..., lui dit Maddie avec un sourire.

— Et moi, j'aime l'idée que mes enfants aient des cousins ! Des presque-cousins, devrais-je dire...

Maddie s'esclaffa.

— Commandons, et je vais te raconter ce dont je me suis souvenue...

— Je suis si heureuse que ta mémoire revienne ! J'espère que tu ne m'en voudras pas, mais j'en ai informé papa et maman. Ils sont tellement rassurés que tu sois sur la voie de la guérison...

— J'ai discuté avec mon médecin ce matin. Elle trouve cela très encourageant.

Le Dr Addison avait été ravie d'apprendre la nouvelle. Elle avait toutefois mis Maddie en garde. Il ne fallait pas qu'elle force les choses, mais plutôt qu'elle laisse les souvenirs revenir naturellement, comme ce qui s'était produit la veille...

Une fois qu'elles eurent commandé, Maddie raconta à Jenna ce qui lui était revenu en mémoire.

— Alors ? Avons-nous bien eu ce genre de conversation ?

Jenna parut un peu mal à l'aise.

— Oui, acquiesça-t-elle néanmoins. Dès que j'ai su que j'étais enceinte, je te l'ai annoncé... Je ne pouvais pas te cacher une chose pareille, Maddie.

— Je me sens tellement coupable que Stephen et toi ayez attendu pour fonder une famille que Sawyer se décide lui aussi !

Jeanna tendit le bras pour lui serrer la main.

— Ça ne s'est pas vraiment passé comme ça... Nous avions toujours dit que ce serait super d'attendre notre premier enfant en même temps. Moi, avant d'avoir trente ans, je ne me sentais pas vraiment prête. Et puis l'idée a commencé à me trotter vraiment dans la tête au cours des deux dernières années. Mais j'étais très ennuyée vis-à-vis de toi, car Sawyer ne voulait toujours pas en entendre parler...

— Oh ! Jenna, je suis tellement désolée que nous vous ayons mis dans une position aussi délicate !

— Il y a quelque mois, Stephen a décrété que nous ne pouvions plus attendre, alors j'ai cessé de prendre la pilule, ce dont je t'ai informée immédiatement. Car nous nous disons tout, Maddie... Nous sommes tellement proches !

Maddie sentit des larmes lui monter aux yeux. Elle connaissait à peine la jeune femme assise en face d'elle - sa propre sœur jumelle - mais elle l'aimait tellement en cet instant que c'était comme si elle ne souffrait pas d'amnésie.

— Je t'en prie, dis-moi que j'ai été heureuse pour toi !

— Tu t'es montrée honnête. Tu m'as dit que tu étais très heureuse pour moi et que tu espérais que je tomberais enceinte très vite. Et ensuite, tu as admis que tu étais très jalouse et que tu espérais presque que ton mari reçoive un coup sur la tête et change soudainement d'avis !

Maddie ouvrit de grands yeux.

— Oh mon Dieu, j'ai vraiment dit ça ?

— Ouais !

— Et en fait, c'est moi qui ai reçu un coup et ai tout oublié ! Y compris le fait que je désirais tellement un enfant que j'étais jalouse de ma propre sœur.

— Mais non, Maddie, tu exagères...

La serveuse se présenta avec deux assiettes fumantes qui dégageaient une odeur alléchante. Maddie attaqua avec appétit son omelette au bacon et au cheddar.

— Sawyer s'occupe seul de Shane et Max ce matin, soupira-t-elle. Espérons que tout se passe bien.

— Toujours pas de nouvelles de Cole ?

Maddie but une gorgée de café et secoua la tête.

— Non... Sawyer lui envoie des textos chaque jour pour l'informer que ses enfants vont bien. Je me demande si cela va le faire revenir ou, au contraire, le tenir à distance...

— Que veux-tu dire ?

— Cole peut tout à fait estimer que si les jumeaux sont bien avec nous, alors mieux vaut nous les laisser... Ou alors, cela peut titiller sa fibre paternelle et l'inciter à revenir. Tu sais, il aurait très bien pu renoncer à ses droits parentaux à l'hôpital, mais il ne l'a pas fait.

— Crois-tu qu'il va revenir ?

— Je n'en sais vraiment rien. Si je me souvenais de lui, je pourrais peut-être avancer des hypothèses, mais ce n'est pas le cas...

— Comment Sawyer se débrouille-t-il avec les bébés ? Il ne doit pas particulièrement apprécier d'avoir à s'en occuper...

— Cela ne semble pas le déranger. Bien évidemment, la situation est déstabilisante, mais il est très doux avec eux.

— Peut-être est-ce exactement ce dont Sawyer a besoin. D'une opportunité de se rendre compte à quel point c'est merveilleux d'avoir des bébés dans une maison...

— J'y ai pensé moi aussi. Ma seule crainte, c'est que son cœur soit protégé par un mur de briques ! Un mur qu'il a édifié depuis sa plus tendre enfance...

— Mais grâce à toi et à ces adorables bambins, ce mur pourrait bien s'écrouler.

Après qu'elles eurent terminé leur petit déjeuner, Maddie raccompagna sa sœur jusqu'à la boutique avant de revenir chez elle à pied. Des bribes de sa conversation avec Jenna se bousculaient dans son esprit. Notamment ses mots sur le mur dans le cœur de Sawyer qui pourrait bien s'effondrer...

Elle estimait qu'il y avait une réelle possibilité que cela arrive. Elle avait cru déceler chez lui les prémices d'un changement.

À moins qu'elle ne prenne ses désirs pour la réalité !

Pendant l'absence de Maddie, Sawyer reçut trois appels des MacLeod lui proposant leur aide. Il n'y avait pas de honte à demander, disaient-ils, car ce n'était pas facile d'avoir des jumeaux nouveau-nés à la maison...

Je n'ai pas de jumeaux nouveau-nés, avait-il eu envie de répondre. *Ces enfants ne sont pas les miens !*

Oui, mais voilà... Leur père reviendrait-il un jour ?

Il n'en avait pas la moindre idée. Quoi qu'il en soit, il avait refusé la proposition des parents de Maddie.

Et pourtant, tout ne se passait pas si bien... Shane avait pleuré sans discontinuer pendant quinze bonnes minutes avant que Sawyer ne réalise qu'il avait besoin de faire un rot, mais aussi d'être changé. Quand il s'était enfin calmé, c'était son frère qui avait pris le relais... Lui n'avait pas de problème de couche, pas plus que de rot, mais il avait fallu que Sawyer le berce longuement tout en lui chantant une chanson des Beatles.

Manifestement, Max adorait les quatre garçons dans le vent !

La veille au soir, quand Sawyer s'était occupé de Max dans la nurserie, tout lui avait pourtant semblé si facile...

« J'ai entendu ce que tu as dit... », avait avoué Maddie.

Sawyer aimait son honnêteté brute. La Maddie d'avant l'accident se serait probablement montrée honnête, elle aussi, mais les dernières semaines avaient été si tendues qu'elle ne l'aurait peut-être pas fait...

Quoi qu'il en soit, voilà qu'il se retrouvait avec deux bébés sur les bras, sans savoir si c'était ou non pour toujours. Heureusement pour lui, il avait assisté quelque temps plus tôt à l'un des cours donnés par Reed Barelli au centre social, cours consacré aux soins à apporter aux nouveau-nés de zéro à trois mois. Il y avait appris beaucoup de choses, et notamment...

Sawyer se figea.

Mais... oui ! Bien sûr ! C'était au centre social qu'il avait entendu le nom « Russtower » – le nom figurant sur l'enveloppe qu'il avait récupérée. Deux mois plus tôt, Reed avait signalé un cambriolage au centre social où il dispensait ses conseils à de jeunes pères, tôt le matin, avant que ceux-ci n'aillent travailler. Pendant la nuit, quelqu'un avait volé les accessoires dont il se servait pour ses cours : biberons, couches, et même un matelas à langer. Sawyer était venu constater le délit et avait demandé à Maddie si les MacLeod pouvaient faire don de matériel de puériculture pour remplacer les articles volés et permettre la poursuite des cours.

Sawyer avait ensuite étudié la liste des inscrits, dont faisait partie un certain Vince Russtower, qui assistait aux cours avec un nouveau-né de un mois, avec lequel il avait beaucoup de difficultés. Reed avait ainsi passé beaucoup de temps à le conseiller, repositionnant le bébé dans ses bras ou corrigeant sa façon de tenir le biberon. Lors des cours suivants, Reed avait remarqué que certains objets qui se trouvaient dans le sac de Russtower ressemblaient curieusement à ceux qui avaient été dérobés. Il n'avait néanmoins pas été possible de le prouver et l'affaire avait été classée...

Sawyer remit Shane dans son siège à côté de son frère et les emmena dans son bureau. Il s'assit, ouvrit sa base de données et tapa le nom de Russtower... Bingo ! Vince Russtower avait été arrêté à deux reprises cette année pour de menus larcins. Il avait ainsi volé un paquet de steaks à l'épicerie, et un cœur en chocolat au rayon Saint-Valentin du grand magasin. Dans les deux cas, les gérants n'avaient pas souhaité porter plainte. À n'en pas douter, Vince était également celui qui avait volé le centre social... Certes, c'était un délit, mais le genre d'articles dérobés indiquait surtout un désespoir lié à des fins de mois difficiles...

Sawyer ressortit de l'enveloppe le mot laissé par Jake et le relut. Quelque chose dans le ton du gamin lui rappelait lui-même au même âge. Il irait faire un tour le lendemain au centre social pour voir si ce gosse n'y traînait pas...

Il entendit la porte d'entrée s'ouvrir et alla à la rencontre de Maddie en emmenant les jumeaux avec lui.

— La conversation avec Jenna dont je me suis souvenue a réellement eu lieu, lui annonça-t-elle immédiatement en retirant ses gants et son bonnet. Je suis vraiment en train de retrouver la mémoire !

Le jeune homme n'en avait jamais douté, mais il était content qu'elle en ait elle-même la confirmation.

— Je t'ai rapporté de l'omelette au bacon et au cheddar, lui dit Maddie en brandissant un sac en papier.

Ça tombait bien... il était affamé !

— C'est très gentil de ta part, merci beaucoup.

— Ça s'est bien passé avec les enfants ?

— Disons qu'ils ont beaucoup pleuré, chacun à leur tour, mais j'ai finalement réussi à reprendre le contrôle de la situation. Regarde-les maintenant... Si calmes et curieux... On ne croirait pas qu'ils ont bien failli me perforer les tympans tout à l'heure !

Maddie s'esclaffa.

— Je vais m'occuper d'eux dans le salon pendant que tu prends ton petit déjeuner...

Sawyer faillit lui dire qu'il préférait qu'ils viennent lui tenir compagnie dans la cuisine, mais elle s'était déjà emparée du siège pour se diriger vers le salon.

C'était curieux, car quelques minutes plus tôt, il avait eu hâte que Maddie revienne, afin de ne pas avoir la seule responsabilité des jumeaux. Parfois, ils étaient faciles à gérer... D'autres fois, c'était beaucoup plus compliqué et il n'y avait pas trop de quatre mains pour venir à bout de ces deux minuscules agitateurs !

Pendant qu'il s'asseyait seul à la table de la cuisine, il dut reconnaître que Maddie et les jumeaux lui manquaient déjà... Il réalisait que ses neveux devenaient indispensables à sa vie de la même façon que Maddie, quand elle était entrée dans son existence... C'était ce qu'il avait expliqué une fois à la conseillère conjugale, lorsque celle-ci lui avait demandé comment il s'était retrouvé marié, alors qu'il s'était juré de ne jamais avoir de famille ! Une épouse, c'est une famille..., lui avait-elle fait remarquer.

« Maddie a toujours été *ma* famille », avait-il expliqué. Il l'avait aimée, du plus loin qu'il se souvienne. La conseillère l'avait alors incité à creuser cette piste... Qu'est-ce que cela voulait dire, au juste ? Mais Sawyer n'avait pas voulu aller plus loin. Et quand elle avait fait le lien avec son frère, qu'il avait aussi aimé depuis sa toute jeune enfance, même si leur relation avait connu des hauts et des bas, il n'avait pas non plus voulu s'éterniser sur le sujet. Par deux fois, il avait quitté le bureau de la conseillère, ce qui avait beaucoup contrarié Maddie.

Le problème, c'était que Sawyer ne voulait pas réfléchir à ce que tout cela signifiait. Il ne voulait pas savoir. C'était ce que Maddie lui reprochait... Le fait qu'il refuse de creuser, de « travailler sur lui-même », comme elle disait. Sawyer avait tout fait pour se soustraire à l'analyse du Dr Phil, mais aujourd'hui, il se disait que s'il avait réalisé ce travail, Maddie ne serait pas montée fâchée dans sa voiture et elle n'aurait pas eu cet accident...

Il mangea distraitement son omelette tout en écoutant Maddie raconter aux jumeaux la folle histoire du lapin Bunnito. Il se surprit à sourire et même à accélérer son repas pour pouvoir les rejoindre.

Il avait envie d'être avec eux. Avec sa femme et ses neveux. Ce n'était pas anormal, d'avoir envie de s'occuper de ses neveux abandonnés, non ?

Il imaginait très bien ce que pourrait dire Maddie : « Tu te moques de qui ? Abandonnés ou pas, tu aimes ces enfants ! Admets-le ! Tu les aimes de la même façon que tu aimerais tes propres enfants si tu te permettais d'en avoir... »

Ouah ! Il connaissait vraiment bien sa femme !

Bien mieux qu'il ne se connaissait lui-même.

Sawyer alla travailler quelques heures cet après-midi-là. Il fut heureux de retrouver ses collègues, et la routine du commissariat l'aida à se détendre un peu.

Il n'avait aucun doute sur le fait qu'il serait toujours un meilleur policier qu'un meilleur père ! Ces derniers temps, il lui était souvent arrivé de rester très tard au commissariat, quand il sentait que le retour à la maison serait conflictuel... Il se rendait compte aujourd'hui qu'il avait eu tort. Il aurait dû faire comme Maddie, à savoir, affronter les problèmes et poser les bonnes questions, et non se dérober comme un délinquant craignant d'être arrêté !

— Hé, Reed ! dit-il soudain en faisant pivoter sa chaise vers le détective. Dis-moi... est-ce que les nouveau-nés pensent ? Ou est-ce qu'ils se contentent de ressentir ?

Reed haussa un sourcil un peu surpris.

— Ils sentent s'ils ont besoin de quelque chose – même s'ils ne savent pas quoi. De manger, d'être changés, câlinés...

— Oui, mais si... si, par exemple, je réfléchis à haute voix devant Max et Shane, est-ce que je ne risque pas de les perturber sur le long terme ?

— Pas avant qu'ils n'aient au moins dix-huit mois, le rassura Reed en souriant.

— Ah, c'est bon à savoir, merci, Barelli !

Il refit pivoter sa chaise, se demandant si dans dix-huit mois, les jumeaux seraient toujours chez eux, abandonnés définitivement par leur père...

Il soupira. Il fallait qu'il cesse de penser à Cole !

Après avoir terminé sa journée au commissariat, il passa au centre social pour voir si Jake Russtower faisait partie du groupe de jeunes qui se réunissaient après l'école. Il réalisa alors qu'il n'avait pas la moindre idée de ce à quoi ressemblait le gamin... Alors, quand il aperçut Vince Russtower traverser la cour et faire un signe à un adolescent qui accourut vers lui, il eut la réponse à son interrogation. Vince Russtower prit le sac à dos de son fils et le mit sur son épaule, puis tous deux se dirigèrent vers la sortie en discutant.

Hum... ce n'était pas le genre de scènes à laquelle il s'était attendu de la part de cette famille, à en juger par la lettre acerbe que Jake avait accrochée au sapin ! Cela dit, les apparences pouvaient être trompeuses. Sawyer décida donc de creuser l'affaire et alla s'entretenir avec le directeur du centre pour proposer d'intervenir bénévolement auprès du groupe de jeunes, une heure par semaine. Il commencerait dès le lendemain...

De retour chez lui, il sentit une délicieuse odeur de lasagnes flotter dans l'atmosphère. Il adorait les lasagnes !

Le dîner se déroula néanmoins dans une ambiance silencieuse. Comme à son accoutumée, Maddie ne manqua pas de réagir en faisant ce qu'elle savait faire le mieux : affronter les problèmes quand ils se présentaient !

— Je te trouve songeur... Que se passe-t-il ? C'est à cause d'hier soir ?

Sawyer manqua s'étouffer avec sa bouchée de lasagnes.

— Hier soir ?

— Mais oui, tu sais bien... Je t'ai entendu raconter des choses assez personnelles, Sawyer. Des choses que je ne savais pas, parce que je ne me souviens de rien.

Le jeune homme reposa sa fourchette.

— Oui, sans doute. J'ai beaucoup réfléchi ces derniers jours, ou tout du moins, j'ai essayé... Parfois, mes pensées s'éclaircissent, et puis tout à coup, quelque chose revient brouiller mes idées.

— Je vois ce que tu veux dire... Écoute, changeons de sujet... Sans doute avons-nous besoin de relâcher un peu la pression.

Après le dîner, ils rangèrent ensemble la cuisine, puis Maddie annonça son intention de prendre un bon bain chaud.

Il n'en fallut pas plus pour que Sawyer s'imagine la jeune femme, nue, dans la baignoire... Au cours de l'année qui s'était écoulée, certaines de leurs disputes s'étaient terminées en ébats sexuels. D'autres nuits, en revanche, Sawyer s'était retrouvé seul sur le sofa...

Le sexe avec Maddie lui manquait terriblement.

Une fois les bébés nourris, changés et couchés, tous deux s'installèrent sur le canapé pour regarder une comédie. Sawyer rit plusieurs fois tellement fort que Moose vint le lorgner avec inquiétude. Cette fin de soirée allégea leur humeur et ils montèrent se coucher en rejouant les meilleures répliques du film.

Quand Sawyer sortit de la salle de bains, il constata que Maddie était déjà endormie. Il l'observa pendant plusieurs secondes avant de se coucher à côté d'elle, faisant face à son dos. Il osa néanmoins passer un bras autour d'elle. Elle bougea un peu mais ne se réveilla pas.

Sawyer s'assoupit à son tour.

Il se réveilla brusquement en entendant Moose grogner pour donner l'alerte.

La pièce était plongée dans l'obscurité, à l'exception d'un rayon de lune qui filtrait à travers les rideaux. Sawyer sauta sur ses pieds et s'empara de son arme de service qui se trouvait sur la table de nuit.

C'est alors qu'il entendit un bruit… Quelqu'un marchait sous la véranda couverte. Il descendit l'escalier précipitamment et se positionna à côté de la porte d'entrée, prêt à se présenter comme policier, et armé.

À nouveau du bruit… Des pas s'éloignant… Et quelques secondes plus tard, un véhicule partant sur les chapeaux de roues.

Bon sang ! Il reconnaissait ce son !

La vieille guimbarde de Cole !

Il ouvrit grand la porte et aperçut les phares du véhicule disparaître au moment où celui-ci tourna dans Main Street. Baissant les yeux, il découvrit un sac portant le logo d'un grand magasin de Brewer. Il le récupéra et rentra à l'intérieur avant de l'ouvrir. À l'intérieur, deux petits chapeaux de cow-boy en paille jaune avec un bord en cuir marron.

« Toi et moi, on sera des cow-boys un jour, et on pourchassera les hors-la-loi ! », disait tout le temps Cole, quand il avait sept ou huit ans, en mimant des pistolets avec ses mains. Sawyer lui avait toujours expliqué que les cow-boys couraient après le bétail, et pas après les hors-la-loi. En revanche, les flics le faisaient et Sawyer avait l'intention d'en devenir un… Cole, lui, préférait être un cow-boy qui pourchassait les hors-la-loi !

Oui, mais voilà… Aujourd'hui, Cole se conduisait lui-même comme un hors-la-loi !

Sawyer fixait les petits chapeaux le cœur lourd. Il les remit dans le sac, frissonnant de froid, et sous le choc.

— Qu'est-ce que c'est que ça ?

Sawyer leva les yeux sur Maddie qui descendait l'escalier.

— Cole est passé, répondit-il en lui tendant le sac. Je ne suis pas certain de ce qu'il essaie de nous dire avec ça…

Maddie sortit un minuscule chapeau et l'examina avant de jeter un coup d'œil au logo sur le sac.

— Il a fait en sorte de ne pas aller chez MacLeod's, fit-elle remarquer.

— Il nous a évités, nous aussi. Il aurait pu nous rendre visite, mais il a préféré déposer ça en pleine nuit et s'enfuir. En tout cas, ce n'est pas un cadeau fait au hasard. Ces chapeaux signifient quelque chose pour lui.

— Est-ce sa façon de dire au revoir ? demanda Maddie dont les yeux s'étaient embués.

Sawyer sentit à son tour des larmes lui monter aux yeux et une boule se former dans sa gorge.

Maddie posa le sac et vint le prendre dans ses bras. Il la serra contre lui en enfouissant son visage dans son cou.

— As-tu peur qu'il ne revienne jamais ? murmura-t-elle. Ou bien as-tu peur qu'il revienne ?

— Je ne sais pas. C'est ça qui me perturbe autant… Bien sûr que je voudrais qu'il revienne… Il est leur père ! Tu crois que j'ai envie qu'ils grandissent en sachant que leur papa les a abandonnés mais que, oh, attendez, il vous a acheté des petits chapeaux de cow-boys ?

Il laissa échapper un rire dur et secoua la tête.

— Mon père était un piètre papa, mais il ne m'a jamais abandonné. Il a toujours été là… Enfin… il n'a jamais disparu plus de deux jours d'affilée. Je ne me rappelle pas m'être quelquefois inquiété qu'il ne revienne pas… Était-ce parce que je savais, qu'au fond, il m'aimait ?

Il repensa à Vince Russtower venant récupérer Jake au centre social et portant son cartable. Peut-être y avait-il de la tension entre ces deux-là à la maison, mais ce qu'il avait vu de ses propres yeux était parlant. Russtower était là, lui aussi, pour son gosse.

— Allons nous coucher, Sawyer, murmura Maddie en lui prenant la main et en l'entraînant au premier étage.

Ils se couchèrent, et quand Maddie se positionna sur le côté pour lui faire face, Sawyer s'installa lui aussi de façon à la regarder. La jeune femme tendit la main pour lui caresser le visage, puis s'approcha pour l'embrasser. Doucement, au début, puis de façon de plus en plus insistante... Elle le débarrassa de son T-shirt et fit courir ses mains sur son torse avant d'embrasser son cou, puis ses pectoraux.

Ses mains douces et froides étaient partout.

Quand elles atteignirent son boxer, l'esprit de Sawyer se ferma à toute pensée rationnelle et il ne fit plus que ressentir.

8

Des pleurs de bébé réveillèrent Maddie vers 5 heures du matin. À ses côtés, Sawyer dormait profondément, et pendant quelques secondes, elle s'absorba dans la contemplation du jeune homme.

Comme il est beau ! s'émerveilla-t-elle. *Ce profil dur et droit. Cette chevelure épaisse et cette barbe naissante sur sa mâchoire...*

Elle se demanda si, au lit, c'était toujours elle qui avait le contrôle, comme cela avait été le cas cette nuit... Quel incroyable moment ils avaient vécu ! Sawyer avait répondu à tous ses désirs et ils avaient partagé un moment tellement intime et émouvant que Maddie avait pleuré à une ou deux reprises, avant de se laisser emporter par l'extase.

Le sexe avec Sawyer était exactement comme elle l'avait imaginé au cours des derniers jours et elle était heureuse qu'ils n'aient pas attendu que sa mémoire revienne pour s'y adonner. Elle avait envie d'être avec Sawyer comme la femme qu'elle était maintenant... Celle qui avait la chance rare de retomber amoureuse de lui...

Oui, mais... Tomber amoureuse sans connaître le passé, ce n'était pas vraiment tomber amoureuse, songea-t-elle. *C'était du fantasme !* Elle fronça les sourcils. Elle aurait tellement aimé pouvoir cesser de penser !

Les cris se firent plus aigus, incitant Maddie à sortir du lit pour se rendre dans la nurserie.

— Que se passe-t-il, petit bonhomme ? roucoula-t-elle en prenant Shane dans ses bras et en lui frottant doucement le dos.

Les pleurs du bébé cessèrent immédiatement.

— Je vais changer ta couche.

Son frère s'éveilla à son tour et eut droit, lui aussi, à une couche propre. Maddie descendit ensuite les jumeaux au rez-de-chaussée pour leur donner un biberon.

Elle avait Shane dans les bras quand Sawyer les rejoignit, les cheveux ébouriffés mais l'air totalement sexy. Maddie rougit en se remémorant leurs ébats et se sentit aussitôt ridicule. Puis, elle se ravisa. Tout cela était « nouveau » pour la Maddie qu'elle était devenue...

— J'avoue que j'espérais me réveiller à tes côtés et que nous pourrions reprendre là où nous nous étions arrêtés cette nuit, déclara Sawyer.

— Moi aussi ! admit-elle. Mais le devoir m'a appelée.

— Je sais que j'avais juré de ne pas te faire l'amour avant que tu retrouves la mémoire, mais je me suis senti tellement proche de toi, Maddie. Tout ce qui s'est passé cette nuit était tellement naturel !

— Je te rejoins totalement, répondit-elle tandis que son cœur tressautait dans sa poitrine.

Max se fit soudainement entendre, probablement jaloux du biberon auquel son frère avait droit !

— J'ai aussi préparé un biberon pour Max, dit Maddie. Il est dans la cuisine.

Sawyer alla le chercher, puis s'installa avec Max pour le faire téter. Maddie ne perdait pas une miette de la scène, admirant sa dextérité... La façon dont il inclinait le biberon, par exemple. Il faisait ça de façon totalement naturelle.

Quand Max eut terminé son biberon, Sawyer le positionna sur son épaule et lui tapota le dos pour qu'il fasse son rot.

— J'ai décidé de me mettre à la recherche de Cole aujourd'hui, annonça-t-il tout à coup.

— Vraiment ? fit Maddie en ouvrant des yeux ronds.

— Il faut que je lui parle. J'imagine qu'il se sent tellement mal... Il doit se sentir à la fois incapable de s'occuper de ses fils, mais aussi terriblement coupable de nous les avoir laissés. Qu'il soit revenu pour apporter des cadeaux prouve qu'il tient beaucoup à eux.

— Oui, certainement, acquiesça Maddie. J'aimerais venir avec toi pour le chercher. Je vais demander à mes parents s'ils peuvent prendre soin de Shane et Max.

— Je suis heureux que tu souhaites venir avec moi. Cole t'a toujours beaucoup appréciée. Je suis certain que ta présence peut le rasséréner... Si nous arrivons à le trouver, bien sûr.

— Tu sais par où commencer les recherches ?

— J'ai quelques idées. J'ai fait des recherches sur Internet. Il s'avère que Cole a quitté son dernier appartement quelques jours seulement avant de se présenter ici avec les jumeaux.

— A-t-il été expulsé ?

Cela aurait pu expliquer pourquoi il avait été aussi désespéré de se retrouver seul avec deux nouveau-nés.

— J'ai parlé avec son propriétaire qui m'a appris que Cole n'avait pas payé ses deux derniers loyers. Il est censé avoir travaillé dans un ranch en dehors de la ville, où il nettoyait les stalles, mais il aurait été renvoyé. Je n'ai pas pu trouver d'autre trace de lui depuis... Ni lieu de travail, ni domicile.

— J'espère que nous allons le retrouver.

— Moi aussi...

Une heure plus tard, Maddie et Sawyer avaient déposé les jumeaux chez les MacLeod et étaient prêts à entamer leurs recherches.

— Crois-tu qu'il soit toujours à Wedlock Creek ? demanda Maddie en bouclant sa ceinture.

— Je n'en suis pas certain. Dire que je ne savais même pas où il vivait... N'est-ce pas insensé ?

— Cela arrive, tu sais. Dans les familles, on se dispute, on se sépare et on peut rester longtemps sans se voir. Ce n'est pas insensé... c'est simplement triste.

— Si seulement toutes les familles pouvaient être comme la tienne ! C'était la seule chose que je t'enviais quand nous étions gosses. J'aurais tellement aimé avoir une famille comme la tienne...

— Mais ta famille en était une ! Même avec seulement un père, et un frère de temps à autre. C'était une famille !

— Peut-être...

Il se renferma sur lui-même et Maddie n'insista pas. Et pourtant, elle estimait que c'était le genre de conversations que Sawyer ne devait pas fuir... Le concept de famille représentait quelque chose de triste et d'effrayant pour lui. Une entité sur laquelle on ne pouvait pas compter. Sept ans d'un mariage heureux et solide n'avaient rien changé à sa manière de penser.

Maddie était persuadée que c'était ce qui avait tant contrarié la Maddie qu'elle avait été... Que leur belle union n'ait pas modifié l'idée qu'il se faisait de la famille...

Sawyer emprunta l'autoroute en direction de Brewer.

— Nous allons commencer par l'hôpital où sont nés les jumeaux. Il a peut-être laissé sa nouvelle adresse en remplissant les papiers. S'il a rempli des papiers, bien sûr !

— Sawyer... je viens juste de réaliser que je me trouvais aussi à l'hôpital le jour où les jumeaux sont nés...

— Tu as raison ! C'est fou...

Brewer County Hospital était un solide bâtiment en briques rouges que Maddie se souvint avoir quitté quelques jours plus tôt. Ils se rendirent directement à la maternité, qui se trouvait au quatrième étage.

— Nous sommes tous les deux nés ici, déclara Sawyer. Nous avons quatre mois et trois jours d'écart. Je suis le plus âgé.

— Et Cole ? Est-il né ici aussi ?

— Oui. Et maintenant, ses enfants...

Et peut-être aussi nos enfants, si nous en avons, songea Maddie. Elle était persuadée qu'ils en auraient ! Et pas parce que Sawyer avait fait un marché avec Dieu, ou avec l'univers, ou quiconque qu'il avait prié pendant qu'elle était dans le coma, mais bien parce qu'il avait tout autant envie qu'elle d'avoir un bébé ! Elle en était certaine.

Pourquoi avait-elle foi en lui... elle n'en savait rien ! Les sept années passées auraient dû l'inciter à la prudence, mais l'homme qu'elle avait appris à connaître depuis sa sortie d'hôpital, ce Sawyer qui prenait soin de ses neveux, n'était pas l'homme qu'il avait été avant l'accident. Avant l'arrivée des jumeaux...

Ils croisèrent une infirmière qui sourit à Maddie.

— Bonjour ! Ravie de vous voir ! Vous êtes bénévole cette semaine ?

Maddie marqua un temps d'arrêt. Avait-elle été bénévole dans ce service ? Elle jeta un coup d'œil à Sawyer qui haussa vaguement les épaules.

— Je me remets d'un accident de voiture, donc je me repose en ce moment, mais d'ici une quinzaine de jours, je serai probablement en mesure de revenir.

— Tant mieux car vous faites des merveilles avec les bébés prématurés, lui dit l'infirmière avant de poursuivre son chemin.

— J'ai été bénévole ici ? murmura-t-elle à l'intention de Sawyer. Tu ne me l'as pas dit !

— Je n'en avais pas la moindre idée, mais cela ne m'étonne pas. Tu aimes les bébés et tu aimes aider. Je me demande pourquoi tu ne m'en as pas parlé...

Il regarda à travers la vitre de la nurserie la rangée de couveuses auprès desquelles s'affairait une infirmière.

— En fait, reprit-il, je crois savoir pourquoi tu ne m'en as rien dit.

Maddie hocha la tête. Elle n'avait probablement pas voulu partager son expérience de bénévole en unité néonatale avec Sawyer, puisqu'il était celui qui l'empêchait d'avoir un bébé... Sans doute avait-elle pensé qu'il ne comprendrait pas.

— Allez..., préoccupons-nous de retrouver Cole, dit-elle gentiment.

Ils se dirigèrent vers la salle des infirmières. Sawyer aborda l'une d'entre elles.

— Bonjour, je suis Sawyer Wolfe, le commissaire de police

de Wedlock Creek, dit-il en montrant son badge. Je ne viens pas dans le cadre d'une enquête, mais mon frère, Cole Wolfe, est le père de jumeaux qui sont nés ici jeudi dernier. Nous nous occupons des enfants pour le moment et souhaiterions savoir si Cole vous a laissé une adresse.

L'infirmière l'observa avant de regarder à nouveau son badge, puis elle tapota sur le clavier de son ordinateur.

— Si j'avais cette information, je ne pourrais pas vous la donner... Néanmoins, je peux vous dire que je ne l'ai pas ! Nous avons seulement l'adresse de la mère. Cole Wolfe apparaît bien en tant que père, mais nous n'avons aucune information sur lui, en dehors du fait qu'il a emmené les jumeaux jeudi dernier.

Ils remercièrent l'infirmière et quittèrent l'hôpital en silence. Sawyer reprit le chemin de Wedlock Creek, mais il tourna à gauche avant d'arriver en ville. Maddie en déduisit qu'il avait une destination en tête... Ils roulaient maintenant dans la banlieue de Wedlock et se dirigeaient vers la rivière près de laquelle se trouvaient de vieux chalets abandonnés dans lesquels Sawyer et elle avaient l'habitude de traîner après l'école pour parler de la vie...

Maddie se raidit. C'était un autre souvenir ! Et celui-ci était très net, très précis. Sawyer et elle, adolescents, assis en tailleur côte à côte et partageant des pistaches... Ils se racontaient leurs petits secrets. Elle, lui parlait des garçons qui lui plaisaient, mais taisait son attirance pour lui. Lui, ne parlait jamais des filles qu'il aimait et elle croyait que c'était parce qu'il était discret à propos de ce genre de choses... Jamais elle n'avait deviné qu'il avait autant le béguin pour elle qu'elle pour lui.

— Maddie ? Que se passe-t-il ? On dirait que tu as vu un fantôme !

— Un autre souvenir, souffla-t-elle. Je revois le chalet où nous partagions nos secrets...

Il lui adressa un sourire affectueux.

— Je suis si content que tu t'en souviennes, Maddie. C'étaient de beaux moments.

— Oui, mais nous n'avons jamais vendu la mèche... Ni toi, ni moi... Nous ne nous sommes pas déclaré notre amour.

— J'en mourais pourtant d'envie, mais je n'y arrivais pas.

— Quel est le rapport entre Cole et ces chalets ?

— C'était lui qui m'avait fait connaître cet endroit au départ... Quand nous étions ados, ces chalets avaient été abandonnés par leur propriétaire, mais la banque ne pouvait pas les saisir pour des raisons juridiques. Quand enfin, ils ont été vendus, j'ai cessé de venir, mais Cole continuait à s'y rendre de temps en temps, hors saison. Il lui arrivait de louer un des chalets qui ont été rénovés...

Sawyer tourna dans un chemin de terre à l'entrée duquel un panneau indiquait : RiverView Cabin – 2 kilomètres. Une clairière apparut bientôt au loin, occupée par plusieurs bungalows identiques faisant face à la rivière.

Le jeune homme arrêta son véhicule devant le premier, qui semblait être l'accueil. Maddie et lui descendirent de voiture pour s'informer auprès d'une femme qui se leva pour les accueillir.

— Soyez les bienvenus ! leur dit-elle. Êtes-vous intéressés par la location d'un bungalow ?

— En fait, nous souhaiterions savoir si Cole Wolfe réside ici. Je suis son frère, Sawyer Wolfe, commissaire de police de Wedlock Creek.

— Je me disais bien qu'il y avait un air de famille... Il était là les deux dernières nuits, mais il est parti définitivement un peu avant 8 heures.

Maddie regarda sa montre. Il était à peine 8 h 30... Ils l'avaient manqué de peu !

— A-t-il dit où il avait l'intention d'aller ?

— Seulement qu'il commençait un nouveau travail ce matin, et qu'il serait logé et nourri. Un type sympa, vraiment... Il a laissé un pourboire de dix dollars à la femme de ménage.

Ils remercièrent la femme et remontèrent en voiture.

— Je sais où il est ! s'exclama soudain Sawyer, les yeux brillants. Enfin... pas exactement où, mais je sais vers où diriger nos recherches. Le seul endroit où l'on peut travailler et obtenir un salaire, en plus d'être nourri et logé, c'est dans un ranch ! Ces petits chapeaux de cow-boy auraient dû nous mettre la puce à l'oreille. Cole a probablement trouvé un job en tant qu'ouvrier agricole...

— Tu as sans doute raison, mais il y a des centaines de ranchs dans la région de Wedlock Creek. Comment allons-nous faire pour le trouver ? Appeler tous les ranchs et demander s'ils connaissent un certain Cole Wolfe ?

— On peut commencer par les plus gros.

Il sortit son téléphone de sa poche et commença ses investigations. Au bout d'une demi-heure, ils savaient que Cole n'avait pas été embauché au Triple C Ranch, ni au Dowling Ranch, deux des plus grosses exploitations de Wedlock Creek. Pas plus qu'il n'était au Great Bear Ranch.

— Peut-être s'est-il fait embaucher dans un petit ranch, réfléchit Sawyer à voix haute. Cela lui ressemblerait davantage, à vrai dire...

Avant qu'il ait pu reprendre ses coups de fil, le sergent Theo Stark l'appela pour réclamer des renforts suite à une série de cambriolages.

Sawyer reprit aussitôt le chemin du centre-ville.

— Nous poursuivrons nos recherches demain, annonça-t-il. J'espère que tes parents ou bien ta sœur pourront se charger des jumeaux.

— Je suis sûre que cela ne posera pas de problème. J'ai entendu ma mère dire que Jenna allait être jalouse de mes parents si on ne lui confiait pas aussi les jumeaux !

— Merci, mon Dieu, ta famille est incroyable...

À l'issue de sa journée de travail, Sawyer se rendit au centre social, espérant que Jake Russtower s'y trouverait.

Il l'aperçut dès qu'il entra dans la grande salle consacrée

au groupe d'adolescents. Il y avait plusieurs espaces dédiés à diverses activités, mais Jake était assis seul sur des gradins. De petite taille et très mince, il était facilement reconnaissable à ses cheveux roux. Il ne semblait pas faire quelque chose en particulier et paraissait d'humeur morose.

Sawyer prit un ballon de basket et alla s'asseoir à côté de lui.

— Salut, je m'appelle Sawyer et je suis l'un des bénévoles du centre. Ça te dirait de m'affronter au basket ?

Jake leva sur lui un regard morne.

— Pour quoi faire ? Je ne mets jamais de panier.

— Peut-être as-tu seulement besoin de te perfectionner...

Le gamin roula des yeux.

— Allez, viens ! l'encouragea Sawyer en faisant rebondir le ballon. Je ne suis pas un champion moi non plus.

— Vous ne m'avez pas vu jouer...

Sawyer éclata de rire et le gamin esquissa un sourire.

Jake marcha nonchalamment vers le panier devant lequel Sawyer fit rebondir le ballon à plusieurs reprises. Il espérait qu'il ne marquerait pas, par un coup du hasard... Pas de grand risque, à vrai dire, tant il était mauvais ! Il lança le ballon et manqua le panier.

Il récupéra le ballon et l'envoya à Jake qui, à son tour, visa et rata son tir.

— Essaie de bien te positionner face au panier et d'envoyer le ballon avec un peu plus de conviction, lui conseilla Sawyer. Persuade-toi que tu vas marquer... c'est ça la clé ! Y croire !

— Vous pourriez essayer d'en faire autant alors, répliqua Jake.

— Oh ! je vais le faire ! renchérit Sawyer en souriant.

Jake se positionna et ferma les yeux une fraction de seconde. Il se concentra et lança le ballon qui rentra directement dans le panier.

— Ouais ! s'écria-t-il.

— Super !

Jake exécuta un deuxième tir et marqua à nouveau.

— C'est dingue, s'étonna-t-il. D'habitude, je loupe tous les paniers. Et là, j'en mets deux, coup sur coup !

— C'est parce que tu y as cru. C'est ça qui fait la différence.

— Sans doute...

— Tu as un panier de basket chez toi ? lui demanda Sawyer, espérant que Jake s'ouvrirait un peu.

— Vous rigolez, ça serait trop bruyant pour le bébé ! fit-il avec une grimace de dégoût. Le bébé... le bébé... Je ne peux rien faire à cause du bébé...

— Tu as un petit frère ou une petite sœur ?

— Un frère. *Demi*-frère ! Mon père s'est remarié. Et avant que vous me le demandiez, je vais vous le dire et on n'en parle plus... Ma mère est morte il y a trois ans dans un accident de voiture. OK ?

— Nous avons beaucoup de choses en commun alors, déclara aussitôt Sawyer. Ma mère est morte quand j'étais très jeune, et mon père a aussi eu un autre enfant quand j'étais petit. J'avais cinq ans quand mon demi-frère est né.

Jake observait Sawyer d'un air méfiant.

— Vraiment ?

— Oui, fit Sawyer avant de dribbler et de viser le panier.

Échec retentissant, encore une fois !

— J'ai du mal à comprendre, commenta Jake. Vous m'apprenez le secret pour inscrire un panier mais vous n'y arrivez pas vous-même.

— Je m'améliore... Tu sais, les règles pour marquer des paniers sont les mêmes que pour bien d'autres choses dans la vie. Il faut se concentrer... Y croire... et y aller !

Jake se contenta d'un vague haussement d'épaules.

— Tu es proche de ta belle-mère ?

— Je ne peux pas la supporter, même si elle n'est pas méchante avec moi... Mais elle me dit tout le temps ce que je dois faire, alors que cela ne la regarde pas. Et quand je lui tiens tête, mon père me crie dessus. Je n'en peux plus de vivre avec eux !

Pourtant, son père et sa belle-mère semblaient se soucier

de son bien-être, songea Sawyer. Mais il était clair que le gamin se sentait seul et laissé de côté en raison de la présence du nouveau-né. Et il ne semblait pas avoir d'amis... Plusieurs gamins discutaient en groupe, alors que Jake, lui, était seul dans son coin à l'arrivée de Sawyer.

— Jake ! appela une voix masculine.

— Oh super, marmonna Jake. C'est mon père.

— Tu t'entends bien avec ton père ?

— Parfois... Mais il s'occupe surtout de Amy et de ce stupide bébé !

Vince Russtower s'avançait vers eux. Il marqua soudain un temps d'arrêt en reconnaissant Sawyer.

— Il y a un problème avec Jake ? demanda-t-il, un brin nerveux.

— Pourquoi est-ce qu'il y aurait un problème ? s'agaça Jake en fronçant les sourcils. Pourquoi est-ce que tu crois toujours que je fais quelque chose de mal ?

— Parce que tu es avec le commissaire de police...

Jake ouvrit grand la bouche.

— Vous êtes un flic ? demanda-t-il à Sawyer.

— En effet. Je suis Sawyer Wolfe.

Il lui tendit la main. Jake parut indécis, puis il tendit à son tour la main et serra celle de Sawyer.

Ce dernier se tourna vers le père du gamin.

— Vous êtes Vince Russtower, c'est ça ?

— Oui..., répondit ce dernier avec un regard suspicieux.

À n'en pas douter, il craignait que Jake apprenne que son père avait déjà eu des démêlés avec la police.

— Heureux de vous rencontrer, dit Sawyer.

— De même, répondit Vince en paraissant se détendre un peu. Tu es prêt, Jake ? Où est ton sac ?

L'adolescent alla le chercher sur les gradins.

— Il est sympa, votre gosse, dit Sawyer. Je viens de commencer à intervenir bénévolement auprès des ados...

Vince hocha la tête. Il prit le sac de Jake et le mit sur son épaule.

— Amy et Dylan nous attendent… Allons-y, Jake.

— Merci d'avoir joué avec moi, dit celui-ci à Sawyer.

— Je serai là tous les soirs de la semaine à 17 heures. Nous allons nous revoir.

Il regarda Vince et Jake s'éloigner. Au moment de sortir, Jake se retourna et fit un geste de la main auquel Sawyer répondit.

Il poussa un long soupir. Ce gamin lui rappelait beaucoup celui qu'il avait lui-même été…

Avisant un autre ado assis tout seul, il alla vers lui et lui proposa de jouer. Le gamin sauta sur ses pieds avec un grand sourire.

Cela fit sourire aussi Sawyer. Proposer son aide au centre social avait été une bonne idée… Cela faisait bien longtemps qu'il aurait dû le faire !

Comme il n'avait pas le pouvoir de changer le passé, il pouvait au moins travailler sur le futur… et le présent !

9

Pendant que Max dormait à poings fermés, Maddie câlinait Shane et lui montrait l'arbre de Noël

— Regarde ces belles lumières qui scintillent et cette étoile en argent... Et tu vois ces boules avec le M de Max, et le S de Shane ? Bon, en réalité, le M est pour Maddie et le S pour Sawyer, mais cela ne nous dérange pas de partager nos initiales ! Et puis ça, c'est la décoration Woodstock que ton oncle Sawyer m'a offerte pour Noël quand nous avions treize ans...

Encore un autre souvenir ! réalisa-t-elle le cœur battant. Elle attendit quelques secondes, mais rien d'autre ne vint. Hélas... Elle avait tellement envie de se souvenir de son enfance, qui, apparemment, avait été idyllique.

Elle tournait autour du sapin quand elle se souvint de quelque chose d'autre... Elle se vit, assise sur un sofa en velours dans une pièce confortable, Sawyer à ses côtés. Dans un fauteuil en face d'eux, se trouvait une femme d'âge mûr...

Vous avez le choix, Maddie, disait la femme. Vous pouvez, soit accepter le fait que Sawyer ne désire pas d'enfants – ce qu'il a toujours dit et persiste à dire – soit ne pas l'accepter et continuer à espérer qu'il change d'avis...

Maddie comprit qu'elle était en train de se remémorer un rendez-vous chez la conseillère conjugale. Par la fenêtre, elle voyait des flocons de neige virevolter. On devait être en décembre… Il s'agissait donc d'un rendez-vous récent.

Mais ces deux options ne sont pas viables, objecta Maddie. Je ne peux pas admettre la première, et la deuxième est en train de me tuer à petit feu…

La conseillère l'étudia, avant de se tourner vers Sawyer, puis de revenir à Maddie.

Vous avez une autre option… Celle de rompre votre mariage.

Mais je ne veux pas quitter Sawyer ! s'exclama Maddie. Je l'aime ! Je ne veux pas divorcer.

Alors peut-être devez-vous accepter le fait que vous n'aurez pas d'enfant, asséna la conseillère.

Mais pourquoi est-ce Sawyer qui décide pour moi ? Je devrais, moi aussi, pouvoir être celle qui décide… Qui décide que nous allons avoir un bébé, point barre !

Mais c'est Sawyer qui dit non, là est le problème…

Je suis donc censée rester mariée, et puis quoi ? Lui en vouloir au quotidien ? Et voir ma sœur réaliser mon rêve ?

Sawyer, dit la conseillère. Voudriez-vous vous exprimer ?

Le visage du jeune homme était tendu et son expression sombre.

Je ne veux pas perdre ma femme… mais je ne veux pas d'enfants.

Ton disque est rayé, s'emporta Maddie.

Sawyer enfouit son visage dans ses mains.

Peut-être devriez-vous envisager une séparation, dit la conseillère. Pour voir comment vous réagissez l'un et l'autre…

C'est n'importe quoi ! rugit Sawyer.

Il se leva et quitta la pièce en claquant la porte.

Le souvenir se brouilla. Subitement, Maddie n'était plus dans le bureau de la conseillère. Elle ne se vit pas courir après Sawyer, mais le jeune homme lui avait raconté ce qui s'était passé après… C'était juste avant l'accident.

Maddie ferma les yeux et berça Shane dans ses bras, heureuse d'avoir cet adorable bébé pour la réconforter.

Elle avait clairement ressenti la frustration qui l'avait envahie quand elle s'était trouvée dans le cabinet de la conseillère conjugale. Mais aussi la déception et la colère...

L'impression que sa propre vie lui échappait.

Malgré tout, elle aimait son mari, et cette scène qu'elle s'était remémorée lui indiquait qu'elle n'avait jamais envisagé de quitter Sawyer... Son désir d'enfant n'avait jamais prévalu sur sa relation avec son mari.

— Je suis contente de ne pas me souvenir de tout, murmura-t-elle contre le front de Shane. Cette situation semble si inextricable...

Shane l'observait attentivement de ses yeux bleu ardoise.

Qu'est-ce qu'on ferait sans toi et ton frère, pensa-t-elle avant d'embrasser le petit front. Les jumeaux Wolfe lui procuraient de la joie et elle espérait qu'ils permettraient à Sawyer de découvrir une nouvelle facette de lui-même.

Quand elle entendit la clé tourner dans la serrure, elle alla au-devant de Sawyer. Encore une fois, elle fut impressionnée par son imposante carrure.

— Tout va bien ? s'enquit-il en retirant son manteau. Viens me voir, petite fripouille !

Il prit Shane des bras de Maddie et le cala confortablement dans ses bras.

Il adore les bébés, réalisa Maddie. *Si tel n'était pas le cas, il n'y prêterait guère attention, mais il tient à prendre Shane dans ses bras...* Était-ce parce que ces enfants n'étaient pas les siens qu'il semblait aussi à l'aise à leur contact ?

— J'ai retrouvé la mémoire de notre dernier rendez-vous chez la conseillère, lui apprit-elle. Je me suis souvenue d'une bonne partie de la conversation, et notamment du fait que la conseillère nous avait suggéré de nous séparer.

Sawyer la scruta quelques secondes et son sourire se volatilisa.

— Ce rendez-vous a été brutal. Pour tous les deux.

— Brutal, mais néanmoins nécessaire. La conseillère a posé les faits de façon très objective.

— Oui, mais nous n'avons pas su quoi faire de cela...

— Raison pour laquelle elle a abordé une éventuelle séparation. Elle cherchait à nous faire avancer, plutôt que nous fassions encore du surplace.

Sawyer hocha la tête. Il semblait mal à l'aise.

— Max s'est endormi ?

Il n'échappa pas à Maddie qu'il semblait désireux de changer de sujet.

— Oui, mais il va probablement se réveiller bientôt.

— Va te reposer, je vais m'occuper des jumeaux.

Je n'ai pas envie de me reposer, je veux passer du temps avec toi, se dit-elle. Mais Sawyer, lui, paraissait vouloir mettre de la distance entre eux... alors qu'il venait tout juste de rentrer !

Maddie se disait que prendre un bon bain chaud pourrait l'aider à se détendre quand quelqu'un sonna à la porte...

Elle alla ouvrir et poussa un cri en découvrant Cole Wolfe derrière la porte.

Au cri que poussa Maddie, Sawyer se retourna et découvrit son frère sur le seuil.

Son premier instinct fut de s'éloigner pour protéger Shane, mais il se retint.

— Cole...

— Puis-je entrer ? demanda ce dernier en enfouissant ses mains dans ses poches.

Il portait son éternelle veste en cuir noir et une mince écharpe autour du cou.

— Bien sûr, l'encouragea Maddie avant de refermer la porte derrière lui.

Tout ce que Sawyer avait souhaité ces derniers jours, c'était que Cole appelle ou envoie un message. Et soudain, il était là, en chair et en os, mais Sawyer voulait qu'il s'en aille !

Parce que tu ne lui fais pas confiance... Tu ne le crois pas capable de prendre soin des jumeaux qui sont des petits êtres fragiles. D'accord, mais alors pourquoi avoir essayé de retrouver

Cole ? Pourquoi avoir tant espéré qu'il reprendrait contact ? Qu'attendait-il de lui, en fait ?

Voilà qu'il se retrouvait à nouveau déstabilisé par son frère et incertain de ce qu'il devait faire...

— Lequel est-ce ? s'enquit Cole. Je ne sais même pas qui il est, et pourtant, c'est mon fils. Je suis tellement pathétique !

— Mais non, Cole, ne t'inquiète pas, intervint Maddie. Si nous n'habillions pas toujours Shane en vert, et Max en bleu, nous ne serions pas capables de les distinguer, nous non plus.

— Shane a les traits un peu plus marqués que Max, précisa Sawyer.

Cole hocha la tête et tendit le cou pour mieux examiner le nourrisson.

— C'est un bébé adorable, expliqua Sawyer en se rapprochant. Un peu plus exigeant que Max, mais un gros dormeur. Il aime être porté.

— Quand je les ai pris dans mes bras à l'hôpital, commença Cole, l'un après l'autre, bien sûr... j'ai eu très peur de les laisser tomber.

Sawyer hocha la tête.

— C'est normal. Ils paraissent très fragiles, mais ce sont de solides gaillards !

Il observa Cole, tenaillé par une suspicion qui ne s'atténuait pas. Que faisait-il là ? Était-il venu pour s'assurer que les jumeaux allaient bien ? Ou bien pour les emmener ?

S'il avait cette deuxième option en tête, il lui faudrait passer sur le corps de Sawyer !

Et pourtant... Sawyer était bien placé pour savoir que Cole était parfaitement en droit de reprendre ses enfants !

— Veux-tu le tenir ? lui demanda Maddie.

— Je ne sais pas, fit Cole, en remuant d'un pied sur l'autre.

— Et si tu nous expliquais pourquoi tu es là ! lâcha Sawyer.

Maddie lui lança un regard noir pour lui intimer plus de modération.

— Parce qu'ils sont ici, répondit Cole dont les yeux brillaient d'émotion.

— Mais que veux-tu exactement ? insista Sawyer.

Cole se laissa tomber sur la première marche de l'escalier et enfouit son visage entre ses mains.

— Je ne sais pas, souffla-t-il. J'ai des enfants… J'ai fait des enfants… Ce bébé que tu portes est mon fils ! Je n'arrive pas à réaliser cela. Et depuis que je les ai laissés là, je… Qui abandonne ses propres enfants ?

Sa voix s'était brisée.

— Qui ? reprit-il. Le pire des pères ! Mon père, par exemple.

Ces mots firent à Sawyer l'effet d'un coup de poignard en plein cœur. Ô comme tout cela était douloureux !

— Tu ne les as pas abandonnés, affirma Maddie en s'asseyant à côté de lui. Tu les as amenés ici car tu savais que nous en prendrions bien soin, le temps que tu retrouves tes esprits.

— Tu as toujours été si gentille avec moi, Maddie, murmura Cole. J'ai trouvé un boulot au ranch Johannsen. Je nettoie les stalles et j'apprends à soigner les chevaux. Ça me plaît beaucoup. Quand j'ai trouvé ce job, je me suis dit que c'était l'occasion de prendre un nouveau départ, et que je pourrais peut-être m'en sortir et assumer mes responsabilités…

— Que veux-tu dire ! l'interrompit Sawyer. Tu n'envisages tout de même pas d'élever des bébés dans un baraquement !

Les épaules de Cole s'affaissèrent.

— Non, mais… Je ne sais pas ce que je…

— Écoute-moi, Cole, intervint Maddie en lançant un regard d'avertissement à Sawyer. Tu vas rester un petit peu avec nous pour passer du temps avec Shane et Max, avant de rentrer au ranch. Et tu reviendras demain pour dîner avec nous, d'accord ?

Cole se redressa un peu.

— Euh, oui, cela me va. À quelle heure demain soir ?

— Vers 19 heures… N'est-ce pas Sawyer ?

Celui-ci acquiesça, non sans réticence. Au même moment, des pleurs en provenance du salon se firent entendre.

— On dirait que Max essaie d'attirer notre attention…

Ils se dirigèrent tous les trois vers le salon et Maddie sortit Max de son couffin. Le bébé agitait ses petits bras en tous sens.

— Est-ce qu'il est malade ? s'enquit Cole avec inquiétude.

— Non, il a probablement faim, répondit Sawyer. À moins que sa couche ne soit mouillée... Ou qu'il se sente seul...

— Ou les trois à la fois, renchérit Maddie. Sawyer, tu devrais donner Shane à Cole et changer Max pendant que je me charge de préparer les biberons...

Cole se mordilla la lèvre et fit un pas en arrière.

— Tu es sûre que je ne risque pas de le laisser tomber ?

— Mais non ! répliqua Sawyer. Concentre-toi sur lui et tout ira bien.

Maddie les laissa pour se rendre dans la cuisine.

— Comment dois-je m'y prendre ?

— Mets ton bras comme moi, dit Sawyer, et fais bien attention à soutenir sa nuque avec ta main ou ton avant-bras. C'est très important, jusqu'à ce que les muscles du cou se renforcent. Tu as dit que tu avais tenu les jumeaux dans tes bras pendant qu'ils étaient à l'hôpital ?

— Oui... pendant presque une heure chacun. J'ai essayé de faire les choses équitablement.

— Nous essayons aussi de faire les choses de façon équitable, fit remarquer Sawyer en souriant, mais ce n'est pas toujours possible. Ainsi, comme Max dort beaucoup, on raconte davantage d'histoires à Shane et on lui frotte beaucoup le dos quand on fait les cent pas dans la nurserie.

Cole lui jeta un regard de biais.

— Tu fais les cent pas dans la nurserie ?

— Qu'est-ce que tu t'imagines ? lâcha Sawyer d'un ton néanmoins un peu moins dur que quelques minutes plus tôt.

Une fois Shane dans les bras de Cole, celui-ci s'assit sur le sofa avec mille précautions, sans lâcher un instant du regard le visage de son fils.

Sawyer l'observait avec curiosité. Il n'avait jamais vu son frère aussi vulnérable. Quoique... Si, en fait, quand il avait bien voulu lui prêter attention, il avait déjà vu Cole vulnérable, en tant qu'enfant ou même adulte…

Comme Max laissait échapper un gémissement mécontent, Sawyer entreprit de le changer sous le regard sidéré de Cole.

— On dirait que tu as fait ça toute ta vie, s'étonna-t-il. Je suis sûr que je serais incapable de mettre une couche correctement.

— On prend vite le coup de main, rassure-toi.

— Je suis désolé d'être parti comme je l'ai fait…

— Tu parles à moi, ou bien aux jumeaux ?

— À vous tous. Je suis désolé. J'ai paniqué.

— Je sais.

OK, et maintenant ? songea Sawyer. *Qu'allait-il se passer ?* Cette incertitude concernant l'avenir des jumeaux ne lui plaisait pas du tout.

Maddie revint avec un biberon dans chaque main. Elle prit place entre les deux frères et tendit un biberon à Sawyer avant de se tourner vers Cole.

— Tiens… Tu as juste à le tenir un peu incliné…

Cole prit le biberon avec hésitation.

— Et s'il boit trop vite et s'étrangle ?

— Cela n'arrivera pas, le rassura Maddie. Max contrôle le flux en tétant. Vas-y, essaye…

Cole porta la tétine aux lèvres de Max.

— Un peu plus haut, lui conseilla Maddie.

— Il boit ! s'extasia Cole en regardant Maddie, puis Sawyer, puis à nouveau son fils.

Sawyer soupira intérieurement. Il avait l'impression que, bien qu'il ait vingt-sept ans, Cole était encore trop gamin pour être père, et a fortiori de jumeaux. Enfin, il pouvait se tromper… Peut-être Cole allait-il se révéler dans ce rôle de père !

À vrai dire, Sawyer en doutait fortement.

Parce qu'il était lucide ? Ou bien parce qu'il n'avait tout simplement pas envie que cela arrive ?

— Tu te débrouilles très bien, Cole, commenta Maddie.

— Comment saurai-je qu'il en a assez ?

— Quand il en aura marre ou aura besoin de faire un rot, il cessera de téter ou fera de longues pauses.

Au bout de quelques minutes, Cole retira le biberon.

— Je crois qu'il en a assez.

Maddie l'observait en souriant. Il l'avait l'air d'être l'homme le plus heureux du monde !

— Glisse maintenant ta main sous son cou et tiens le verticalement contre toi, le temps qu'il fasse son rot.

Cole s'exécuta et au bout de quelques secondes, Max laissa échapper un rot sonore. Son père éclata de rire.

— Ouah ! Quel champion ! Et maintenant, qu'est-ce que je fais ?

— Tu peux le changer de bras de temps à autre. Les bébés aiment bouger et te font savoir quand ils le veulent.

— Il m'a l'air plutôt heureux en ce moment...

— Oh oui, il l'est !

Le regard de Cole s'arrêta sur le double berceau et sur le matériel de puériculture.

— J'ai l'intention de m'inscrire à des épreuves de rodéo, annonça-t-il. Cela me permettrait de gagner de l'argent.

— Ne crains-tu pas de te blesser sérieusement ? objecta Sawyer. Tu dois garder à l'esprit que tu as des enfants maintenant.

— Je suis doué pour monter les chevaux sauvages...

— Rien de tel pour te blesser gravement ! répliqua Sawyer.

—... dit celui qui risque sa vie tous les jours pour gagner son pain !

— Peut-être, mais moi, je ne suis pas père !

— Certes, mais tu es le mari de quelqu'un, riposta Cole avec un regard noir.

Une bouffée de colère s'empara de Sawyer. Il se leva et marcha avec Shane jusqu'à la fenêtre. *Ne lui réponds pas,* s'enjoignit-il. *Calme-toi. Dans cinq minutes, il sera parti.*

Mais de retour le lendemain, pour le dîner !

— Cole..., intervint Maddie, j'aimerais savoir pourquoi tu as choisi les prénoms de Max et Shane pour tes enfants ?

Sawyer vint se rasseoir sur le canapé. Il était curieux de la réponse de Cole. Était-ce une coïncidence si les initiales de ces prénoms correspondaient à son prénom et à celui de Maddie ?

— Leurs prénoms font référence aux deux meilleures personnes que je connaisse... Sawyer et toi.

Il avait dit ces derniers mots en regardant enfin son frère.

Toute la colère qui couvait dans le ventre de Sawyer depuis plusieurs minutes se dissipa comme par enchantement, aussitôt remplacée par un sentiment de compassion. Et par quelque chose d'autre que Sawyer ne sut définir. Il n'avait jamais compris son frère... Qui il était... Ce qui le motivait...

Personne n'est jamais, ni noir, ni blanc, se rappela-t-il.

— Merci, Cole, murmura Maddie. Nous sommes très touchés, vraiment.

— Tu es touché, toi aussi, Sawyer ? voulut savoir son frère.

— C'est une gentille attention...

Cole hocha la tête.

— Il est temps que j'y aille, annonça-t-il en se levant. J'ai du travail au ranch.

Il esquissa un geste vers Maddie pour lui confier Max.

Dès qu'elle l'eut pris, il se leva et se hâta vers la porte, comme s'il ne supportait plus de rester dans cette maison.

— À demain, pour le dîner, dit-il avant de sortir.

Quelques secondes plus tard, retentit le rugissement de sa vieille guimbarde.

— Il va au moins avoir les moyens de la faire réparer, marmonna Sawyer.

— C'est tout ce que tu trouves à dire, Sawyer Wolfe ?

— Écoute, il y a entre Cole et moi un passif dont tu ne te souviens pas.

Il regretta aussitôt la dureté de ses mots. Maddie n'était pour rien dans les différends qui l'opposaient à Cole.

— Ce qui importe, c'est le présent et le futur, déclara-t-elle.

Il hocha la tête lentement. Elle avait raison, dans une certaine mesure. Car il était bon d'avoir une vue d'ensemble...

Comme c'était le cas pour leur mariage.

Sawyer n'avait aucune idée de ce qui allait se passer dans un futur proche, et cette incertitude le déstabilisait profondément.

10

Harassée par les émotions de la journée, Maddie se glissa dans le lit et contempla le plafond en se demandant si Sawyer la rejoindrait bientôt…

Elle se redressa soudainement. Elle était prête à parier qu'il ne monterait que très tard, quand il la croirait endormie. Hors de question qu'elle le laisse la fuir ainsi ! Elle enfila ses chaussons et descendit au rez-de-chaussée. Sur le seuil du bureau, elle s'arrêta net en découvrant son mari en train de faire défiler des photos sur l'écran de l'ordinateur. Des photos de Cole et lui… Sur l'une, ils étaient adolescents et faisaient des bombes dans un lac ou une rivière.

Sawyer était peut-être têtu, mais il n'était pas sans cœur, songea Maddie. Il tenait manifestement beaucoup à son frère, et au lieu de se focaliser sur les mauvais moments, préférait se remémorer les bons.

— Sawyer, murmura-t-elle, toute colère dissipée.

— Salut, fit-il en se retournant. J'étais en train de remonter le temps.

— Il semble que ton frère et toi ayez partagé de bons moments…

— Ce fut plutôt rare, mais c'est arrivé, oui…

Maddie se pencha pour examiner la photo de plus près.

— Est-ce moi qui ai pris cette photo ? s'enquit-elle.

— Oui, tu ne voulais pas te baigner car tu disais que l'eau était trop froide.

Elle entreprit de lui masser les épaules.

— Hum… ça fait du bien, merci.

Elle continua à le masser, se délectant de sentir ses muscles puissants rouler sous ses doigts. Elle pensa à la nuit où ils avaient succombé à leur attirance mutuelle, malgré la situation…

— Je n'arrive pas à m'imaginer Cole dans un rôle de père à plein temps, déclara Sawyer. Et toi ?

— Avec un peu de temps, peut-être. Effectivement, pour le moment, il en semble loin, mais il peut progresser.

— Il m'a tellement habitué à fuir les responsabilités…

Maddie sentit un nœud sous ses doigts et insista à cet endroit.

— Mais on a l'impression qu'il essaye, non ? Il a trouvé un travail et essaie de construire sa vie pour lui, et probablement pour ses fils…

— Cela peut prendre plusieurs années… Je ne le vois pas les récupérer de sitôt ! Peut-être même ne les récupérera-t-il jamais.

Maddie cessa de le masser et fit pivoter son fauteuil pour qu'il lui fasse face.

— Et quelle réaction cette idée provoque-t-elle chez toi ?

— Je préfère que ces gosses, auxquels je me suis beaucoup attaché, soient élevés par des personnes responsables et en mesure de subvenir à tous leurs besoins. Nous sommes une famille solide. Notre foyer est solide.

Sauf qu'il y a une semaine, nous étions sur le point de nous séparer, songea Maddie.

— Je pense qu'il veut se ranger et devenir un bon père, affirma-t-elle. Mais tu as raison, comme j'ai perdu la mémoire, je n'ai pas tous les éléments me permettant de juger.

Sawyer hocha la tête.

— Il est possible que le fait d'être père l'aide à se stabiliser. Mais vouloir changer, et changer vraiment, sont deux choses bien distinctes.

— Allons nous coucher, l'encouragea-t-elle en lui tendant la main. Je suis épuisée.

Maddie était heureuse d'être venue le chercher plutôt que de se monter la tête toute seule dans son lit. Maintenant qu'ils avaient discuté, elle se sentait beaucoup mieux.

Sawyer se leva et l'enlaça… Il sentait si bon que Maddie aurait pu rester ainsi toute la nuit ! Puis ils montèrent au premier étage et elle se recoucha. Lorsque Sawyer sortit de la salle de bains en boxer et T-shirt, elle le trouva si sexy que sa gorge s'assécha.

— Tu trouves que j'ai été trop dur avec Cole ? lui demanda-t-il.

— Un peu… Mais peut-être a-t-il besoin que quelqu'un à qui il tient se montre dur envers lui… Te souviens-tu de ce qu'il a dit ? Que nous étions les meilleures personnes qu'il connaisse !

Sawyer se coucha à côté d'elle et fixa le plafond, les mains derrière la tête.

— Il dit ce genre de choses, ce qui fait que j'oublie tout le négatif… Les mensonges, le vol… Et puis cinq minutes plus tard, il gâche tout !

— Ça s'est bien passé ce soir, pourtant. Je l'ai cru sincère.

Sawyer roula sur lui-même pour lui faire face.

— Peut-être, mais je ne l'imagine pas s'occuper des jumeaux.

— Tu sembles presque content qu'il n'en soit pas capable. Est-ce que je me trompe ?

— Ils sont mieux avec nous, Maddie. Cole n'est pas capable d'assumer son rôle de père.

— Mais les gens peuvent changer, tu sais.

— Moi, je n'ai pas changé, lâcha-t-il sèchement.

En sept années de mariage, il n'avait pas changé de position. Il ne voulait pas d'enfants

Oui, mais… il ne semblait pas perturbé par l'idée de devoir garder les jumeaux de façon permanente.

Maddie l'observa en plissant les yeux.

— Je crois comprendre, déclara-t-elle d'un ton amer. Cela ne te gêne pas de garder les jumeaux parce que ce sont tes neveux. Ils ne sont pas *tes* enfants… Il y aura toujours cette distance, donc ça, tu peux le faire. Oh ! et puis moi, cela me permet d'être enfin la « maman » que j'ai toujours voulu être !

Le jeune homme se raidit et regarda à nouveau le plafond.

Maddie se dressa subitement sur son séant.

— J'ai raison, n'est-ce pas ? insista-t-elle.

— Maddie, soupira-t-il, c'est très compliqué. Je n'ai pas toutes les réponses... Tout est si nouveau.

— En fait, tu ressembles à Cole ! Ce n'est pas bien pour lui, mais ça l'est pour toi !

Sawyer attrapa son oreiller, descendit du lit et sortit de la chambre précipitamment.

Maddie se tourna sur le côté, se demandant combien de nuits ils avaient déjà passées dans des chambres séparées.

Ces souvenirs ne lui étaient pas encore revenus.

Là, l'occasion lui était donnée de l'expérimenter en vrai.

Dix minutes après avoir quitté Maddie, Sawyer était remonté et s'était à nouveau glissé dans le lit. Il avait craint que la jeune femme ne le repousse, mais quand il passa son bras autour d'elle, elle entremêla ses doigts aux siens.

— Nous nous aimons, donc nous trouverons une issue, avait-il murmuré, avant de réaliser qu'il avait dit la même chose une bonne vingtaine de fois au cours de l'année précédente...

Même si Maddie ne s'en souvenait pas, elle méritait autre chose que des platitudes, mais pour l'instant, il n'avait pas la réponse aux interrogations de la jeune femme.

Avait-elle raison ? se demandait-il. Était-il d'accord pour élever les jumeaux, uniquement parce qu'ils n'étaient pas ses enfants ? Le mot « neveux » lui permettait-il de mettre en place une distance émotionnelle entre les jumeaux et lui ?

Ces questions le taraudaient mais il n'avait pas le début d'une réponse à ces interrogations.

Sawyer observait d'un air pensif les quatre photos qui trônaient sur le bureau de Theo Stark, l'un des sergents du commissariat. Chacun des quadruplés – Tyler, Henry, Ethan et Olivia – avait droit à son cadre.

— As-tu toujours voulu une grande famille, Stark ? lui demanda-t-il.

— Je ne voulais pas d'enfants du tout, mais on ne peut pas toujours choisir, dans la vie. Jamais je n'aurais imaginé que ce soit aussi génial !

— D'avoir des enfants ?

— Oui, et tout ce qui va avec. Les dîners en famille, la rentrée des classes, le bain, l'histoire du soir... Mais aussi les petits bobos et les rivalités entre frères et sœurs. J'aime tout ça ! Et il me tarde chaque jour de rentrer à la maison pour retrouver ma femme et mes enfants.

Sawyer l'écoutait en fronçant les sourcils.

— Je pense que je traînais pas mal de casseroles, comme tout le monde, reprit Stark, mais les quadruplés m'ont forcé à lâcher certaines choses et à me tourner vers l'avenir.

Il fit une pause et sourit, avant de conclure :

— J'ai longtemps été un idiot. Je suis content de ne plus l'être.

Sawyer hocha la tête, mais ne fit pas de commentaires.

— Ça se passe bien avec les nouveau-nés de ton frère ? Je peux te donner plein de tuyaux si tu en as besoin.

— Tout va bien, merci. Même bien mieux que je ne l'aurais imaginé. Parfois, il faut juste faire ce qu'on a à faire, et cela s'avère facile...

— Exactement, approuva Theo. Et puis tu sais, ces petites bêtes s'insinuent dans ton cœur sans que tu aies le temps de t'en rendre compte ! Et un jour, tu réalises que tu es complètement à la merci de petits êtres qui pèsent moins de quinze kilos !

— En ce qui me concerne, c'est plutôt huit kilos pour deux ! répliqua Sawyer en riant.

Un bip l'avertit qu'il avait reçu un texto... Maddie l'informait qu'elle restait un peu chez sa sœur avec les jumeaux et ne rentrerait que dans la soirée.

Il fronça les sourcils. Il voulait la retrouver vite et prendre les jumeaux dans ses bras…

Un nouveau texto s'afficha.

Tu sais ce que je me suis dit ? Pourquoi ne proposerais-tu pas à Cole de faire du bénévolat avec toi au centre social ? Tu passerais du temps avec lui, et il pourrait se rendre utile auprès des enfants…

Sawyer fit la moue. Cole et lui avaient du mal à rester ensemble plus de dix minutes sans s'envoyer des amabilités ! Et puis Sawyer ne voyait pas vraiment son frère faire du bénévolat…

Il consulta sa montre. Il était 16 h 30. Plus qu'une demi-heure avant de se rendre au centre social pour sa permanence… Il pensa à Jake Russtower qui, la dernière fois qu'ils s'étaient vus, lui avait demandé si son demi-frère et lui étaient proches. Sawyer avait répondu que non… Que Cole et lui s'adressaient à peine la parole.

Peut-être que s'ils effectuaient ensemble du bénévolat au centre, cela montrerait à Jake quelque chose de positif… Et puis les deux frères auraient autre chose à partager qu'un passé tumultueux.

Oui, finalement, l'idée de Maddie n'était pas si mauvaise !

Il envoya un texto à Cole pour lui soumettre l'idée…

Et à sa grande surprise, celui-ci lui répondit positivement !

Il sourit pensivement.

Que deviendrait-il sans Maddie !

11

— Tu veux qu'on s'entraîne à marquer des paniers ? demanda Sawyer à Jake qui était, une fois encore, assis seul dans les gradins.

— Non, répondit le gamin, la tête baissée.

— Quelque chose ne va pas ?

Jake haussa les épaules.

— Tu sais, je ne suis pas très doué pour le basket, mais il paraît que je sais écouter.

Sawyer faisait en sorte de ne pas regarder Jake pour ne pas lui mettre de pression.

— Mon père m'a promis que nous irions pêcher sous la glace tous les deux, mais maintenant, il ne peut plus.

— Il t'a dit pourquoi ?

— À cause du *bébé* ! lâcha-t-il d'un ton moqueur. Tout tourne autour du bébé !

Jake paraissait tout autant en colère que blessé.

— Je comprends que cela te contrarie, mais devoir s'occuper d'un nouveau-né n'est pas une mince affaire... Je sais de quoi je parle parce que je m'occupe actuellement des jumeaux de mon frère.

Jake se mordilla la lèvre et daigna enfin lever les yeux sur Sawyer.

— Ouais, mais je suis sûr que si vous aviez promis à votre fils de l'emmener à la pêche, vous ne laisseriez pas votre femme tout annuler...

— Je n'ai pas d'enfants à moi.

— Ah bon... vous ne savez pas de quoi vous parlez, alors ! souffla Jake en roulant des yeux.

— De quoi discutez-vous ? s'enquit une voix masculine.

Sawyer se retourna et découvrit Cole, vêtu d'un jean et d'une veste en cuir, qui s'était approché discrètement. Il lui fit un signe de tête.

— Jake, je te présente mon frère Cole. Je t'ai parlé de lui l'autre jour. Il a cinq ans de moins que moi...

— Nous avons le même père, mais pas la même mère, expliqua Cole. Mais Sawyer est le seul à avoir profité de notre père !

Sawyer fut à deux doigts de se rebiffer contre ce commentaire déplacé, mais celui-ci eut au moins le mérite de faire réagir Jake.

— Pourquoi ? s'enquit-il en se redressant.

— Parce que notre père ne voulait pas de deuxième enfant. Un seul lui suffisait. Sawyer était le favori.

Celui-ci secoua la tête avec véhémence.

— Tu parles ! Papa ne m'accordait aucune attention !

— Tu as tout de même grandi sous son toit !

— Si je comprends bien, intervint Jake, votre père ne s'est intéressé qu'à son premier fils et a ignoré le deuxième... Intéressant... Cela me laisse de l'espoir !

— Bon, fit Cole en s'étirant la jambe en prenant appui sur les gradins, vous voulez rester assis à discuter de choses contrariantes ou bien vous préférez jouer ?

Jake sourit, se leva et se mit à dribbler. Il visa le panier, mais rata son tir. Cole récupéra le ballon et mit immédiatement un panier.

— Vous pouvez m'apprendre à tirer comme ça ? lui demanda Jake en courant après le ballon.

— Il faut beaucoup t'entraîner. Et quand tu tires, tu dois y mettre de la volonté.

Il dribbla et marqua un deuxième panier.

— Bien évidemment, ça aide d'être grand ! ajouta-t-il.

— Mon père est grand, donc je crois que je le serai.

Ce fut au tour de Sawyer de récupérer le ballon et de faire une tentative... qui échoua.

— Mon frère n'a aucune excuse, railla Cole, car il est encore plus grand que moi !

Ce commentaire sembla beaucoup amuser Jake qui s'approcha de Cole pour lui taper dans la main.

— Tout le monde sait que je suis plutôt un champion de base-ball ! répliqua Sawyer avec bonne humeur.

— Tu sais, Jake, reprit Cole en continuant à jouer, si tu veux vraiment passer du temps en tête à tête avec ton père, je te conseille d'essayer de mettre ta belle-mère de ton côté. C'est elle que tu dois essayer de convaincre. Par la suite, elle pourra plaider ta cause et tu obtiendras ce que tu veux.

Cole avait réussi à retenir toute l'attention de Jake.

— Qu'est-ce que je dois lui dire ?

— Tu lui dis... Daphne... ou je ne sais quel autre prénom...

— Elle s'appelle Amy.

— Voilà... tu dis : « Amy, papa me manque beaucoup. Je sais que vous avez un bébé dont il doit s'occuper, mais j'aimerais vraiment passer du temps seul avec lui... Est-ce qu'on ne pourrait pas prévoir un moment dans la semaine pour lui et moi ? Tous les lundis, par exemple, de 5 à 6... »

Jake roula des yeux.

— Ça m'étonnerait qu'elle dise oui !

— Peut-être le fera-t-elle, surtout quand elle saura ce qu'elle a à y gagner...

— Qu'y gagnera-t-elle ?

— Deux choses. D'abord, elle aura l'impression d'aider ton père et toi à se rapprocher. Et deux, tu lui lâcheras les baskets ! Car si tu es plus heureux, l'ambiance à la maison sera plus sympa !

Jake parut réfléchir et finit par hocher la tête.

— Ils disent que je fais beaucoup la tête, c'est vrai...

Cole dribbla, opéra un demi-tour et fit rebondir le ballon entre ses jambes.

— Je suis sûr que ça va marcher ! Allez, attrape ça !

Jake s'empara du ballon au rebond.

— OK, je vais essayer, cria-t-il en visant.

Il inscrivit un panier à trois points.

— Ouah ! hurla-t-il. C'est mon premier à trois points !

Ils continuèrent à jouer pendant encore une demi-heure. Sawyer était impressionné... D'abord, il n'avait pas la moindre idée que Cole était aussi doué au basket ! Et avec Jake, il se débrouillait vraiment bien. Il savait parler au gamin. Peut-être parce qu'il était plus jeune que Sawyer, et que Jake se sentait plus à l'aise avec lui... En tout cas, Cole pouvait vraiment faire des merveilles en devenant bénévole au centre social.

— Tu viens ici tous les soirs ? demanda Cole à Jake.

— Oui...

— Comment ? À vélo ? Le vélo, c'est super pour se muscler les jambes et être plus efficace sur le terrain.

— Non, je viens à pied parce que mon vélo est trop petit. Mon père en recherche un autre d'occasion. En attendant, il vient me chercher...

— Tu sais, moi, mon père n'est jamais venu me chercher nulle part, expliqua Cole.

Sawyer observa son frère. En général, quand il parlait de leur père, Cole exprimait davantage d'amertume, mais là, il semblait plutôt concentré sur Jake.

— Moi, le vélo que j'aimerais, c'est un VTT orange !

Bingo ! Grâce à Cole, Sawyer savait maintenant quelle sorte de vélo Jake désirait.

— Peut-être le Père Noël t'en apportera-t-il un, dit Cole.

— Pfff, ça m'étonnerait ! Mon père ne peut pas m'en offrir un pour le moment, vu que tout l'argent est pour le bébé...

— Jake ! On y va !

Vince Russtower était apparu sur le seuil de la salle.

— Au revoir, Jake, lui dit Cole en lui faisant un check. Et rappelle-toi... Essaie d'amadouer Amy.

Jake attrapa son sac à dos avec un sourire et courut vers son père.

— Ouah ! s'exclama Sawyer. Tu t'y prends bien avec les gamins !

— Quand je vois un gosse qui boude, ça me fait penser à l'enfant que j'étais...

— Tu lui as fait une grosse impression. Et je pense que tu lui as donné un bon conseil.

— Ça a bien marché avec ma mère, et pourtant, elle détestait notre père ! Elle essayait de le convaincre de faire des choses avec moi, mais il est resté indifférent la plupart du temps.

— Notre père n'était pas quelqu'un de bien, Cole, le raisonna Sawyer. Cela n'a rien à voir avec toi ou avec moi.

— Mais toi, tu as grandi avec lui. Tu avais un papa.

— Et toi, tu avais une mère. Pas moi.

— Ce n'est pas la même chose.

— Nous avions chacun un parent ! C'est la même chose !

— Non... nous avions le même père, mais c'est avec toi qu'il a vécu. Nous n'avions pas la même mère, donc ce n'est pas comparable.

Sawyer n'insista pas. Sur le fond, il comprenait ce que Cole voulait dire. Ils avaient eu le même père, et alors que Sawyer vivait avec lui, Cole, lui, ne l'avait vu qu'une poignée de fois.

— Tu devrais venir ici aussi souvent que tu le peux, lui conseilla-t-il, désireux de changer de sujet.

— Tu trouves que je peux faire ça ?

— Que veux-tu dire ?

— Passer du temps ici avec ces gosses alors que...

Sa voix traîna et il se mordit la lèvre en regardant le sol.

—... alors que je ne m'occupe même pas de mes enfants ?

Ses yeux s'embuèrent et il se détourna.

— Hé, fit Sawyer en passant un bras autour des épaules de son frère. Pour être un bon père, il faut se construire une vie. Et c'est ce que tu fais en travaillant au ranch, ou en venant ici. Ton attitude envers Jake en dit long sur le père que tu pourrais être, Cole...

— Tu crois vraiment que je pourrais être un bon père ?

— Bien sûr ! Mais pour ça, il faut que tu te mettes en tête

que tes fils passent avant tout. Une fois que tu auras intégré ça, le reste en découlera.

Cole se mordilla la lèvre, le regard dans le vague.

— Tout cela me paraît tellement irréel. Je n'ai pas l'impression que ces enfants soient les miens. C'est bizarre, non ?

— Je ne sais pas. Moi, j'ai l'impression qu'ils sont les miens. Est-ce bizarre ?

Sawyer se figea. Mais oui, il avait l'impression que les jumeaux étaient *ses* enfants. Pour lui, Max et Shane n'étaient pas ses neveux. C'étaient ses enfants !

L'espace d'un instant, il se retrouva incapable de bouger, et encore moins de respirer.

— Ça va ? s'enquit Cole. Tu fais une drôle de tête...

Sawyer opina vaguement du chef, plus désorienté que jamais.

— Et ces cadeaux enveloppés de papier rouge sont pour toi, Max, déclara Maddie en montrant les paquets enrubannés sous le sapin. Et ceux avec le papier argent sont pour Shane... Qu'est-ce qu'il peut bien y avoir dedans... Il va falloir attendre, car on ne peut pas les ouvrir avant Noël !

Les deux bébés avaient les yeux rivés sur le sapin scintillant. Leurs sièges étaient posés à côté de Maddie, qui, assise en tailleur, disposait les cadeaux dont elle avait fait l'acquisition dans la journée. Elle avait failli dévaliser MacLeod's, avant de faire les boutiques de Main Street pour dénicher des présents pour toute sa famille, y compris pour Cole. Il lui restait à trouver quelque chose de spécial pour Sawyer, mais elle avait heureusement encore quelques jours devant elle avant Noël.

— Vous savez, les garçons, fit-elle en se tournant vers les jumeaux, je ne sais même pas si nous ouvrons les cadeaux le soir du réveillon ou le jour de Noël ! Je n'en ai pas le moindre souvenir. Il faudra que je demande à Sawyer...

Lorsqu'elle entendit la clé tourner dans la serrure, elle se leva et prit un siège dans chaque main. Sawyer entra, suivi de Cole. Elle fut surprise de constater qu'ils paraissaient détendus et souriants.

— Hum, qu'est-ce que ça sent bon ! s'exclama Cole. Qu'y a-t-il de prévu pour le dîner ?

Maddie fit de son mieux pour ne pas montrer sa réprobation. Elle s'était attendue à ce que Cole se précipite vers les jumeaux et s'inquiète de leur forme, mais tout ce qui l'intéressait, c'était de savoir ce qu'il allait manger !

Elle glissa un regard vers Sawyer qui retirait sa veste, mais celui-ci ne réagit pas.

Tout cela est nouveau pour Cole, tenta-t-elle de se convaincre. Se retrouver ici avec ses enfants... Passer du temps avec son frère... Elle avait demandé à Sawyer d'avoir de la patience... elle devait donc, elle aussi, en faire preuve !

— J'ai eu envie de pâtes à la bolognaise et de pain à l'ail, annonça-t-elle.

— J'adore ça ! commenta Cole en souriant.

Il observa les jumeaux quelques instants avant d'aller s'asseoir sur le sofa.

— Et moi qui croyais que les bébés pleuraient tout le temps ! Ils ont l'air plutôt contents, à vrai dire...

Il est juste un peu nerveux, songea Maddie. *Ce sont ses fils, mais il ne ressent pas de connexion particulière avec eux puisqu'ils vivent chez nous... Cela doit être difficile pour lui.*

Elle s'agenouilla pour sortir Max de son siège.

— Ce petit bonhomme a demandé quand tu viendrais... Il avait hâte qu'arrive l'heure du dîner.

Cole tendit les bras en souriant. Maddie lui donna Max précautionneusement.

— À quel âge commencent-ils à parler ? À six mois ?

— Plutôt dix-huit mois, mais cela varie d'un enfant à l'autre. À en croire ma mère, je ne disais pas plus de cinq mots avant mes deux ans, mais à partir de cet âge-là, il n'a plus été possible de me faire taire !

— L'un de ces cinq mots était-il « gâteau » ? s'enquit Cole. Car tu es une dingue de gâteaux !

« Gâteau... » Maddie se figea alors qu'un souvenir lui revenait...

Elle était dans la cuisine. La pièce était plongée dans l'obscurité et elle avait ouvert le réfrigérateur pour piquer un morceau de cet incroyable gâteau au chocolat recouvert d'un glaçage au moka qui restait de sa fête d'anniversaire.

Elle entendit quelqu'un descendre discrètement l'escalier. Sawyer ? Ou bien Cole, qui avait demandé s'il pouvait rester dormir deux ou trois nuits... Lorsque Cole avait su que c'était son anniversaire, il était sorti avant le dîner pour revenir avec deux livres – une biographie d'Eleanor Roosevelt et un journal vierge avec un stylo assorti. Maddie avait été extrêmement touchée par ce geste. Elle espérait que c'était l'occasion d'un nouveau départ entre Sawyer et son frère.

Elle entendit un bruit dans le salon et s'y rendit en silence. Quelle ne fut pas sa surprise de découvrir, grâce à la lueur filtrant au travers des rideaux, Cole, habillé pour sortir. Il s'arrêta net en la voyant et écarquilla les yeux.

— Ne me dis pas que tu t'en vas, souffla-t-elle en avisant son sac.

— Euh, si... Il le faut. Je commence un nouveau job demain matin. Je ne voulais pas en parler pour ne pas me porter malheur... Je préfère donc dormir chez moi.

Était-il en train de mentir ? Elle n'en savait rien. Parfois, elle croyait connaître Cole. D'autres fois, pas du tout.

— Je suis heureuse que tu nous aies rendu visite, lui dit-elle. C'est important pour Sawyer, même s'il ne le montre pas...

Cole paraissait mal à l'aise et remuait d'un pied sur l'autre.

— C'était bon de te voir, Maddie. Content que tu aies apprécié les cadeaux.

Il fit quelques pas vers la porte.

— Laisse-moi réveiller Sawyer... Il voudra certainement te dire au revoir.

— Non, non... Tu sais, nous ne sommes pas des types qui aiment dire au revoir...

Maddie sourit et le serra contre elle.

— Reviens vite nous voir. Et envoie-moi un texto pour me parler de ton nouveau job, OK ?

Cole sourit et ouvrit la porte.

— Dis à Sawyer que je suis désolé, dit-il avant de monter dans sa vieille voiture et de s'en aller.

Alerté par le bruit du véhicule, Sawyer rejoignit Maddie au rez-de-chaussée.

— Où Cole est-il parti à cette heure ?

— Il m'a expliqué qu'il devait rentrer car il commence un nouveau job demain matin. Il m'a demandé de te dire qu'il était désolé.

— Désolé pour quoi ?

Maddie haussa les épaules.

— Parce qu'il est parti alors que nous pensions qu'il resterait une nuit de plus ?

L'expression de Sawyer s'assombrit tout à coup. Il se rendit dans la cuisine et alluma la lumière avant de retirer le couvercle de la boîte à biscuits en céramique qui se trouvait sur le comptoir. C'était là qu'ils conservaient leur argent liquide...

Maddie fronça les sourcils.

— Oh ! Sawyer, tu crois vraiment que... Pourquoi penses-tu toujours le pire de Cole ?

Le jeune homme sortit deux billets de la boîte.

— Comme c'est gentil à lui de nous avoir laissé vingt dollars ! railla-t-il. Il y avait cinq cents dollars, Maddie !

Les épaules de la jeune femme s'affaissèrent et des larmes lui montèrent aux yeux.

— Est-ce qu'il a pris quelque chose d'autre ?

— Bon sang, maugréa Sawyer en allant dans la salle à manger où il alluma la lumière.

— Oh non ! s'écria Maddie en posant les yeux sur la belle boîte en bois à l'intérieur de laquelle son prénom avait été sculpté par son père. C'est là que je conserve le bracelet de ma grand-mère...

Sawyer se précipita pour l'ouvrir.

— Il n'y a que des boucles d'oreilles en argent, souffla-t-il en secouant la tête.

Son visage exprimait une colère que Maddie n'avait jamais vue chez lui. Des larmes ruisselaient sur ses joues.

Sawyer la prit dans ses bras.

— Il ne remettra plus jamais les pieds ici, Maddie. Quoi qu'il arrive...

— Maddie ? l'interpella Sawyer. Tu es avec nous ?

Elle sursauta et se retrouva dans la même pièce, mais quelques mois plus tard.

Sawyer et Cole l'observaient avec inquiétude.

— Désolée... Je réfléchissais à quelque chose...

Elle sortit Shane de son siège et caressa sa joue si douce.

Au moment où elle croisa le regard de Cole, un frisson désagréable parcourut son échine. Elle n'avait désormais plus confiance en lui... Elle avait accusé Sawyer d'être trop dur avec son frère, mais en réalité, c'était elle qui s'était montrée trop dure envers Sawyer !

— Cole m'a beaucoup impressionné au centre social, déclara Sawyer. Il a été super avec les gamins !

Laisse tomber, s'enjoignit-elle intérieurement. Si Sawyer était capable de prendre de la hauteur, il fallait qu'elle y arrive aussi. N'avait-elle pas dit elle-même qu'il convenait de se concentrer sur le présent et l'avenir ?

L'avenir, néanmoins, la préoccupait beaucoup. Elle se demandait ce qui allait arriver dans les semaines et les mois à venir...

Cole allait-il reprendre ses fils ?

Allait-elle avoir dix enfants avec Sawyer ?

Maddie aurait aimé avoir une boule de cristal pour lire dans l'avenir.

Quoique...

Un des enseignements qu'elle avait tirés de sa perte de mémoire était que, parfois, il était préférable de ne pas trop en savoir !

12

— Beurk ! J'ai comme l'impression que quelqu'un a rempli sa couche...

Cole fit une grimace dégoûtée et tendit les bras pour éloigner Shane le plus possible de lui.

— Tu peux le prendre, Maddie ?

— Euh... ne crois-tu pas qu'il soit temps que tu apprennes à changer une couche ?

— Ah, non merci ! S'il te plaît, prends-le...

Pardon ? s'étonna Maddie intérieurement. Cole venait-il vraiment de refuser de changer la couche de son fils ?

— Cole, c'est le b.a.-ba quand on est parent...

— Je ne l'ai jamais fait avant, et pour être honnête, je n'en ai aucune envie... Qui pourrait avoir envie de ça ?

Sawyer haussa un sourcil agacé.

— Personne n'a envie de faire ça, Cole, en effet, mais on n'a pas le choix ! Quand on a des enfants, on le fait, point barre.

— Bon, OK, souffla Cole.

— Viens avec moi dans la salle de bains, je vais te montrer comment t'y prendre, lui proposa Sawyer. Il y a une table à langer.

— Super, fit Cole avec si peu d'enthousiasme que Maddie s'esclaffa.

Et pourtant, il n'y avait là rien de drôle. Il allait falloir que Cole grandisse un peu !

— N'est-ce pas, mon chéri ? dit-elle à haute voix en embrassant la joue rebondie de Max.

Cinq minutes plus tard, Sawyer et Cole étaient de retour. Ce dernier portait Shane avec un air triomphant.

— Ça ne s'est pas si mal passé, raconta-t-il. Bon, c'était dégoûtant, mais je m'en suis sorti. Est-ce qu'on leur donne le biberon avant de passer à table ? J'aime bien les nourrir...

— Ils ont déjà pris leur biberon avant que tu n'arrives, expliqua Maddie. J'aurais bien voulu t'attendre mais tes fils m'ont bien fait comprendre qu'il n'en était pas question.

— Je vois... oh, tu sais quoi ? fit-il en consultant sa montre. MacLeod's ferme dans vingt minutes, n'est-ce pas ? J'ai appelé ce matin pour commander quelque chose de personnalisé pour les jumeaux et ta mère m'a assuré que ce serait prêt ce soir. J'aimerais emmener Max et Shane là-bas et les ramener vêtus de ce que je leur ai acheté... Ta mère a promis de m'aider.

Maddie perçut aussitôt l'hésitation dans le regard de Sawyer.

— Il va falloir installer les sièges dans ta voiture..., finit-il par dire. Et pas d'excès de vitesse surtout !

— Je n'ai que cinq cents mètres à faire, argua Cole. Je me garerai juste devant.

Maddie jeta un coup d'œil par la fenêtre. Il n'avait pas neigé aujourd'hui, donc les routes étaient sûres... Quel risque y avait-il à ce qu'il roule sur une aussi courte distance avec les jumeaux ?

— C'est chouette d'avoir pensé à leur commander quelque chose de spécial, déclara-t-elle.

— Allons-y, décréta Sawyer. Je vais te montrer comment installer les sièges...

Maddie détestait l'idée que Cole emmène les jumeaux quelque part, y compris dans la boutique de ses parents, mais il fallait bien le laisser passer du temps avec ses enfants...

— Ne t'inquiète pas pour tes spaghettis bolognaise, lui dit Cole pendant qu'elle emmitouflait les jumeaux. Je serai de retour dans moins d'une demi-heure.

— Pas de problème...

Une fois les sièges fixés dans le véhicule de Cole, les deux frères installèrent les enfants à l'arrière de la voiture. Maddie les observait depuis la véranda couverte. Elle avait l'impression qu'on était en train de lui arracher le cœur... Sawyer la rejoignit et passa un bras autour de ses épaules.

— À tout de suite ! cria Cole. Et préparez vos portables pour prendre des photos.

— Attends ! dit soudain Sawyer, je vais chercher leur sac. Il y a tout ce qu'il faut dedans... Des couches, du lait... On ne sait jamais, si tu es coincé dans un embouteillage.

— Un embouteillage sur Main Street ! railla Cole en prenant le sac. Allez, merci, frérot !

Maddie et Sawyer suivirent des yeux la guimbarde bruyante de Cole qui s'éloignait à deux à l'heure.

— Je pourrais presque lui mettre une contravention pour rouler aussi lentement, plaisanta Sawyer.

— Cela me rassure quand même, qu'il prenne autant de précautions...

Maddie se tourna vers Sawyer et l'entraîna à l'intérieur.

— Au fait, reprit-elle. Je me suis souvenue du vol du bracelet de ma grand-mère... Quand Cole a parlé de gâteau tout à l'heure, je me suis souvenue de mon anniversaire et tout s'est débloqué dans ma mémoire.

— Hum... je suis désolé.

— Concentrons-nous sur le présent. Tu as passé une bonne journée avec lui aujourd'hui... J'en suis heureuse.

— Moi aussi... Et...

— Et quoi ? demanda Maddie en nouant ses bras autour de son cou.

Sawyer prit son visage entre ses mains et la scruta. Quand il l'embrassa, elle sentit ses genoux trembler. Trembler d'amour... De désir... De tout ce qu'ils avaient vécu et de tout ce qu'ils allaient vivre. Elle aimait cet homme.

—... et j'ai senti quelque chose se modifier en moi, Maddie. Un tout petit peu, en observant Cole et Jake interagir... Quelque chose s'est relâché en moi...

Maddie se figea. Pardon ? Sawyer était-il en train d'exprimer qu'il était – sincèrement – prêt à fonder une famille ?

Comme s'il avait lu dans ses pensées, le jeune homme reprit la parole :

— Je ne dis pas que j'ai complètement changé d'avis, mais je sens que mon opinion évolue.

Maddie le serra contre elle et posa sa tête sur sa poitrine, espérant lui communiquer à quel point ses mots étaient importants pour elle. *Nous sommes sur la bonne voie*, songea-t-elle.

— Je vais mettre le *garlic bread* au four, dit Sawyer.

— Oui, c'est le bon timing. Cole devrait être de retour dans dix minutes.

La jeune femme profita des minutes qui suivirent pour se reposer un peu en l'absence des jumeaux, qui requéraient une attention constante. Elle avait adoré jouer à la maman de Max et Shane au cours de cette semaine, mais il était agréable, aussi, de ne rien faire du tout.

— J'ai baissé le feu sous la sauce bolognaise, indiqua Sawyer en la rejoignant. Le *garlic bread* est prêt. Si Cole n'est pas de retour d'ici dix minutes, il nous faudra l'engloutir à nous seuls...

— Je suis sûre qu'il va bientôt arriver, dit Maddie en souriant.

Pourtant, dix minutes plus tard, Cole n'était toujours pas de retour. Pas plus que vingt minutes plus tard...

Sawyer appela chez MacLeod's et s'entretint avec la mère de Maddie. Cette dernière l'observait avec inquiétude, guettant ses réponses.

— Ta mère confirme que Cole est bien venu avec les jumeaux, l'informa Sawyer après avoir raccroché, et qu'elle l'a aidé à leur enfiler leurs nouveaux pyjamas personnalisés. Cole a quitté la boutique il y a plus de dix minutes...

Mais alors pourquoi n'était-il pas de retour ? s'alarma Maddie. Il ne fallait pas plus d'une minute pour revenir de chez MacLeod's !

— Je viens de lui envoyer un texto, mais il ne répond pas, déclara Sawyer en fixant son portable.

Maddie se saisit de son téléphone et tenta d'appeler Cole.

— Il ne décroche pas... Parce qu'il conduit, peut-être ! À moins que sa voiture ne soit pas équipée du bluetooth...

— Il y a le bluetooth dans sa voiture.

L'estomac de Maddie se tordit d'angoisse.

— Pourquoi n'est-il pas là ? gémit-elle.

Sawyer prit son téléphone et appuya sur une touche.

— Salut, Mobley. Peux-tu te mettre à la recherche d'une Chevy noire ? Mon frère aurait dû revenir chez nous depuis un bon quart d'heure. Nous avons peur qu'il ait eu un accident...

Il précisa la plaque d'immatriculation de la voiture de Cole.

— Aucun accident ne nous a été signalé, lui apprit Mobley. En revanche, une Chevy très bruyante m'a dépassé sur Main Street il y a une quinzaine de minutes. Elle se dirigeait vers l'extérieur de la ville... pas vers chez toi.

Un frisson parcourut l'échine de Sawyer.

— Merci, Mobley, dit-il avant de glisser son téléphone dans sa poche.

— Que se passe-t-il ?

— Mobley a vu Cole quitter Wedlock Street il y a environ un quart d'heure.

— Quoi ? s'exclama-t-elle d'une voix paniquée.

— Je vais le chercher, décréta Sawyer en attrapant sa veste.

— Je viens avec toi.

« Qu'as-tu fait, Cole », maugréait Sawyer intérieurement tandis qu'il roulait à vive allure en direction du ranch Johannsen, qui se trouvait à quinze minutes de la ville.

— Il sera là-bas, n'est-ce pas ? déclara Maddie d'une toute petite voix.

— Je ne vois pas où il pourrait être, en dehors du ranch.

— Il y sera, affirma la jeune femme en hochant la tête. Pourquoi n'est-il pas revenu chez nous ?

— Il n'y a que Cole pour répondre à cette question.

Le reste du trajet s'effectua dans le silence. Ils franchirent enfin le portail du ranch Johannsen et remontèrent le chemin poussiéreux qui menait à la maison principale. Pas de trace de la voiture de Cole devant la maison, ou près des écuries...

Abe Johannsen sortit de la maison et s'avança vers eux. Sawyer le connaissait bien, ainsi que son fils, Joe, qui dirigeait le ranch avec l'aide d'un ou deux ouvriers, et de sa femme, Lauren.

— Bonjour, Abe, le salua Sawyer. Je cherche mon frère, Cole. Il travaille bien pour vous ?

— Oui, oui. Et il travaille dur. Il impressionne beaucoup Joe, qui n'est pas facile à impressionner, crois-moi !

Sawyer fut soulagé de constater que Cole n'avait pas menti. Il travaillait bien dans ce ranch.

— Est-il ici ?

— Oh que oui ! J'ai entendu sa vieille guimbarde passer devant chez moi... Elle fait vraiment un bruit épouvantable. Poursuivez ce chemin pendant une ou deux minutes et vous tomberez sur sa cabane. Oh ! et salue Maddie de ma part !

Abe fit un signe de la main vers la voiture. Maddie le salua à son tour, bien qu'elle n'eût aucun souvenir de lui !

Sawyer le remercia et remonta en voiture. Il confirma à Maddie la présence de Cole au ranch. Un immense soulagement se peignit sur le visage de la jeune femme.

Ils parcoururent la distance qui les séparait de la cabane rustique où vivait Cole et devant laquelle sa voiture était garée. Ils descendirent de voiture et se dirigèrent vers la porte autour de laquelle une guirlande électrique avait été fixée.

Retenant sa respiration, Sawyer frappa à la porte.

Pas de réponse. Il recommença.

— Je sais que tu es là, Cole.

Des bruits de pas se firent entendre, puis la porte s'ouvrit.

Cole apparut, l'air hagard, comme s'il n'arrivait pas à croire ce qu'il avait fait et le réalisait tout juste.

— Il fait très froid, Cole, intervint Maddie. Pouvons-nous entrer ?

— Euh, oui... bien sûr, dit Cole en ouvrant grand la porte.

Les jumeaux étaient dans leurs sièges posés sur un gros tapis tressé. L'un dormait et l'autre luttait contre le sommeil.

— J'ai la situation sous contrôle, comme vous pouvez le constater, déclara Cole. Il est inutile de vous inquiéter pour mes fils.

« *Mes fils* », répéta Sawyer en son for intérieur. C'était la première fois que Cole prononçait ces mots...

— Tu étais censé aller chez MacLeod's et revenir aussitôt lâcha Sawyer.

— Je les ai emmenés chez MacLeod's, oui, commença Cole en se mordillant la lèvre, et il y avait un monde fou. Plusieurs femmes sont venues admirer les jumeaux et m'ont demandé leur prénom... Elles m'ont dit que je devais être très fier d'avoir d'aussi beaux bébés... Et là, j'ai réalisé, que oui, j'étais fier ! Je suis fier d'être leur papa.

Sawyer ne commenta pas. Il ne voyait pas où Cole voulait en venir, mais ne pressentait rien de bon...

Maddie alla s'asseoir sur le sofa élimé et tapota la place à côté d'elle pour que Sawyer vienne s'asseoir. Il connaissait sa femme... Celle-ci lui signifiait de ne pas s'énerver.

— Tu as toutes les raisons d'être fier, Cole, déclara-t-elle.

Celui-ci lui adressa un demi-sourire et s'assit à son tour.

— Maddie, ta mère m'a aidé à leur enfiler leurs nouveaux pyjamas avec leur prénom dessus, et quand je les ai vus les porter, quelque chose s'est produit en moi. Je peux difficilement expliquer quoi. Comme une connexion qui s'est faite... Une évidence...

Sawyer était bien placé pour comprendre. C'était ce qui lui était arrivé, au centre social, quand Cole, Jake et lui étaient ensemble. Quelque chose en lui, qui avait toujours paru immuable, avait fini par bouger...

— Maddie et moi sommes ravis de nous occuper des jumeaux, commença-t-il, et je tiens à ce que tu le saches... Nous aimons ces enfants comme s'ils étaient les nôtres. Si tu ne te sens pas apte à être un père à plein temps et totalement engagé dans ce rôle, nous pouvons les ramener avec nous à la maison.

Cole lui lança un regard acéré.

— Si tu veux tellement un bébé, Sawyer, fais-en un...

Sawyer sentit une bouffée de colère monter en lui. Il jeta un œil vers Maddie sur le visage de laquelle se succédaient une kyrielle d'émotions.

— Nous ne parlons pas de moi, asséna Sawyer, mais de toi et des jumeaux.

— Arrête de parler des « jumeaux » ! Ce sont mes fils ! Shane et Max sont mes fils, et ils doivent vivre avec moi. C'est à moi de les élever.

— C'est à toi de les élever si tu es dans une situation qui te permet de le faire, rétorqua Sawyer.

— Je ferai en sorte de l'être. J'y ai énormément réfléchi. Certes, j'ai beaucoup à apprendre, mais je suis prêt à le faire, tout comme j'ai appris à changer une couche aujourd'hui ! Je n'abandonnerai pas mes enfants comme mon père l'a fait.

Ah... On y était ! Sawyer comprenait que Cole veuille élever ses enfants, car il savait ce que c'était, que d'être rejeté, mais il doutait fortement que son frère soit capable de jouer ce rôle.

— Je comprends ce que tu veux dire, Cole, intervint Maddie. Tu es leur père, oui... mais je comprends aussi les réticences de Sawyer. D'abord, tu travailles à plein temps...

— Comme de nombreux parents, argua Cole en croisant les bras sur sa poitrine. Je peux prendre une nounou...

— Avec ton salaire ? fit Sawyer.

— Je me débrouillerai. Il y a aussi des crèches, elles doivent être moins chères.

Il se tourna vers Maddie.

— Et ne t'avise même pas de me proposer de les garder gratuitement, car il est hors de question que je profite de toi comme ça. Je l'ai déjà fait suffisamment.

Cette déclaration surprit Sawyer, qui observait son frère sans savoir que penser. Cole avait en partie raison... Oui, il avait toute légitimité à élever ses enfants. Et, oui, des parents isolés y parvenaient tous les jours !

Mais d'un autre côté, il y avait le problème lié à Cole lui-même et à l'homme qu'il était. Était-il capable d'être un père digne de ce nom ? Sawyer en doutait fort, tout du moins dans un avenir proche.

— Tu envisages donc d'être un père célibataire, dit-il. Comprends-tu vraiment à quel point ta vie va changer ?

— Absolument, répondit Cole en levant le menton.

Sawyer observa les jumeaux qui dormaient tous deux paisiblement. Il se retint de courir vers eux pour les emmener loin d'ici... De toute façon, il n'avait aucun droit sur eux.

Il n'était pas leur père.

Il s'éclaircit la gorge et dit d'une voix enrouée :

— Bon, écoute, Cole, nous sommes à un quart d'heure d'ici, si tu as besoin de quoi que ce soit. Tu le sais, n'est-ce pas ?

L'expression de Cole s'adoucit.

— Oui, je le sais, ne vous inquiétez pas. Et puis ce sont des bébés faciles, c'est vous-mêmes qui l'avez dit...

Maddie ne commenta pas. Il n'y avait qu'un moyen pour Cole de découvrir ce que c'était que d'élever des enfants... c'était de s'y essayer !

— Puisque tu as pris leur sac, tu as tout ce qu'il te faut pour la nuit, reprit Sawyer. Reviens nous voir demain pour récupérer d'autres affaires, ainsi que leurs couffins...

— Je le ferai.

Maddie paraissait sur le point d'éclater en sanglots. Sawyer comprit qu'il était urgent de partir, mais l'idée de laisser Shane et Max ici lui était insupportable.

— Pense à bien nettoyer les biberons..., conseilla Maddie. Et les tétines aussi. Et mets-leur de la pommade s'ils ont des irritations.

— Oui, oui... J'ai acheté un livre sur la première année des jumeaux chez MacLeod's. Ta mère n'a pas voulu que je le paie... pas plus que les pyjamas d'ailleurs !

— Ça ne m'étonne pas de ma mère. Elle te considère comme faisant partie de la famille.

De la surprise s'afficha sur le visage de Cole qui esquissa un sourire.

Un des jumeaux émit un cri. Maddie se leva aussitôt, puis se rassit. Ce n'était pas à elle d'intervenir...

— Le devoir m'appelle, déclara Cole et se levant.

Maddie et Sawyer se levèrent et marchèrent vers la porte tout en regardant Cole prendre Max et le nicher contre sa poitrine.

— Ça va aller, insista-t-il. Je suis un adulte.

— N'hésite pas à faire appel à nous, répéta Sawyer.

— Si tu as besoin de quoi que ce soit, renchérit Maddie, appelle-nous. De jour comme de nuit...

— Vous pouvez y aller, asséna Cole avec impatience.

Maddie passa son bras dans celui de Sawyer et s'accrocha à lui, ayant besoin qu'il la soutienne.

Ils sortirent et Cole referma la porte derrière eux.

Maddie vacilla, comme si elle avait trop bu.

— Maddie ?

Elle ne dit rien et s'accrocha encore davantage à lui. Ses jambes ne la portaient plus.

Sawyer comprit qu'elle n'allait vraiment pas bien.

Lui était triste et contrarié de laisser les jumeaux, mais Maddie prenait manifestement les choses encore plus à cœur.

— Aide-moi à aller jusqu'à la voiture, souffla-t-elle, livide.

13

Maddie ne pouvait empêcher tout son corps de trembler.

Elle ferma les yeux, à peine consciente de la présence de Sawyer qui répétait son nom.

— Je vais appeler une ambulance, décréta-t-il en sortant son téléphone.

— Tu détestes les cornichons, lâcha-t-elle avec le regard dans le vide. Ton père s'est cassé la cheville un jour, et sa fiancée du moment l'a laissé tomber parce qu'elle ne voulait pas s'occuper de lui... MacLeod's a nettement amélioré son chiffre de ventes par rapport à l'an dernier...

Sawyer la fixa en ouvrant la bouche.

— Maddie... Tu as complètement retrouvé la mémoire ?

Des larmes plein les yeux, la jeune femme hocha vigoureusement la tête.

— Je me souviens ! Oh ! mon Dieu, je me souviens de tout !

Le jeune homme laissa échapper un long soupir de soulagement.

— Tu m'as fait tellement peur, avoua-t-il en la prenant dans ses bras. Ma Maddie est de retour...

Il comprit que le choc de laisser Max et Shane dans cette cabane avec Cole avait ébranlé quelque chose dans son cerveau.

— Oui, je suis de retour ! s'exclama-t-elle, pleurant et riant à la fois. Je me rappelle ma vie à nouveau. Quand je pense à ce que tu as dû traverser cette semaine, Sawyer...

— Euh..., ce n'est pas moi qui ai eu un accident et qui ai perdu la mémoire, lui rappela-t-il.

— Peut-être, mais moi, j'étais dans une ignorance béate ! Toi, tu as dû affronter tes pires craintes. Et tu en ressors plus fort !

Il la contemplait sans comprendre.

— De quoi parles-tu, au juste ?

— Des bébés, bien sûr ! Et de ton frère, voyons !

Sawyer ne se sentait pas vraiment renforcé par ces épreuves. En réalité, c'était même le contraire...

Elle posa sa main sur la sienne.

— Sawyer, je sais que laisser les jumeaux à Cole nous bouleverse, mais il faut que nous lui donnions une chance de faire ses preuves. D'abord, nous n'avons pas le choix, et ensuite, il faut y croire.

— Tu es de retour, murmura-t-il en prenant le visage de Maddie entre ses mains.

Il l'embrassa, doucement d'abord, puis passionnément.

— J'ai tellement de choses à te dire, souffla Maddie, mais la plus importante est que je t'aime.

— Je t'aime aussi, Maddie. Tu le sais, n'est-ce pas ?

— Je le sais, acquiesça-t-elle.

Des pleurs de bébé se firent entendre depuis la cabane. Ils se tournèrent avec un bel ensemble et aperçurent par la fenêtre Cole qui faisait les cent pas, un bébé dans les bras.

— Peut-être devrions-nous rester dans la voiture et le surveiller, suggéra Sawyer.

— Regarde, il fait ce qu'il est censé faire, non ? Je pense que nous pouvons partir l'esprit tranquille. Accordons-lui une chance !

« Si tu veux tellement un bébé, Sawyer, fais-en un ! » Si elle devait à nouveau perdre la mémoire, Maddie était certaine de ne jamais oublier le regard de Sawyer quand Cole avait prononcé ces mots. Sawyer avait paru choqué, mais pas seulement. C'était aussi de la surprise qu'elle avait lue sur son visage. Elle était sûre que quelque chose s'était produit dans l'esprit du jeune homme... Une révélation, peut-être...

Alors, l'espoir que Maddie avait toujours gardé en elle s'était ravivé plus que jamais.

Le lendemain matin, Sawyer attendit en vain un texto de Cole disant que tout allait bien... Ce qui signifiait probablement que tout allait bien !

Malgré tout, il ne pouvait s'empêcher de s'inquiéter... même s'il était à peine 7 heures ! Cole, le cow-boy, ne se levait-il pas avec les poules ? Allait-il travailler aujourd'hui ? Qui s'occuperait des enfants, alors ? Le vieux Abe ? Certainement pas !

Sawyer s'imagina les jumeaux, seuls dans la cabane, hurlant, affamés... Il s'efforça de se rassurer... sans succès ! Cole n'avait aucune expérience avec les bébés. Peut-être croyait-il pouvoir les laisser seuls pendant plusieurs heures et que ceux-ci ne feraient que dormir !

Moose s'avança vers lui et vint poser son museau sur sa cuisse.

— Tu es un bon chien, dit-il en lui tapotant la tête.

Il entendit des bruits de pas au premier étage. Maddie était réveillée... La veille, elle avait appelé le Dr Addison pour lui annoncer qu'elle avait retrouvé la mémoire. Celle-ci lui avait alors conseillé de ne pas combattre la fatigue et de bien se reposer.

— Tu vois, avait-elle dit à Sawyer avant de se coucher, c'est appréciable finalement que Shane et Max ne soient pas là pour me réveiller trois fois dans la nuit !

« Si tu veux tellement un bébé, Sawyer, fais-en un... »

Toute la nuit, Sawyer avait ressassé cette phrase prononcée par son frère. Mais plutôt que de se dire, tout simplement : « *OK, je vais en faire un* », il était encore plus perturbé, car il avait l'impression d'avoir laissé son cœur dans cette cabane...

Il ne pouvait pas rester ainsi à se morfondre. Il fallait qu'il agisse ! Il avait besoin de savoir que les jumeaux n'étaient pas livrés à eux-mêmes dans leur couche sale !

Il monta l'escalier deux à deux au moment où Maddie

sortait de sa douche, ses longs cheveux mouillés collant à ses épaules.

En la voyant, Sawyer se sentit tout de suite rasséréné.

Quelle femme magnifique !

Sa femme.

Elle était tout pour lui.

— Je vais apporter à Cole des affaires pour les jumeaux… tu veux venir avec moi ?

— Tu es tellement transparent, Sawyer Wolfe ! s'esclaffa Maddie. Tu tiens à t'assurer que Max et Shane vont bien, n'est-ce pas ? Tu les imagines seuls ?

— Exactement ! Ce n'est pas si improbable, non ?

Le sourire de Maddie disparut.

— J'espère que non… Je suis sûre que tout va bien. Soit Cole a pris sa journée, soit il a demandé à quelqu'un de s'occuper des jumeaux.

— Au vieux Abe ? fit-il en haussant un sourcil incrédule.

— Je n'en sais rien ! Allons-y…

Ils furent soulagés de découvrir que ni Max, ni Shane, n'étaient en larmes ou affamés, seuls dans la cabane. Cole les avait laissés aux bons soins de Joe et Lauren qui avaient proposé de s'en occuper le temps que Cole trouve une nounou. Ils lui avaient aussi accordé une augmentation et ne tarissaient pas d'éloges envers lui. Selon eux, il abattait deux fois plus de travail que leur précédent ouvrier !

Sawyer et Maddie furent invités à entrer dans la ferme pour dire bonjour à leurs neveux. Joe et Lauren paraissaient absolument ravis de s'en occuper, et Max et Shane avaient l'air aussi heureux que possible !

Sawyer se sentit infiniment soulagé.

— Je suis vraiment contente que nous ayons décidé de venir ici, lui dit Maddie sur le chemin du retour. Je me sens tellement mieux maintenant… Je suis sûre que tout va bien se passer désormais.

— Tu n'as peut-être pas tort. Cole est capable du meilleur comme du pire... J'oublie souvent le meilleur !

En l'occurrence, Cole avait su reprendre sa vie en main. Il avait trouvé un bon job qui lui permettait, en outre, d'être logé et nourri. Il avait trouvé des personnes dignes de confiance pour s'occuper de ses enfants quand il travaillait et avait déjà entrepris des recherches pour trouver une nounou...

Sawyer se dit qu'il pourrait proposer à son frère de l'aider à réaménager la cabane... Ajouter une cloison pour créer une nurserie, par exemple. Quant à Maddie, elle pourrait utiliser ses talents de décoratrice afin de transformer ce repaire de cow-boy en une petite maison confortable et chaleureuse...

— J'ai quelque chose à te demander, dit Maddie, alors qu'ils arrivaient dans Main Street.

Sawyer se gara sur le parking près de la chapelle. Ils avaient prévu d'acheter les cadeaux pour les familles dont ils avaient recueilli les souhaits.

— Je t'écoute, fit-il en se tournant vers elle.

— Sawyer, j'ai vraiment besoin de savoir où nous allons, toi et moi... Allons-nous vraiment avoir dix enfants ? Ou bien commencerons-nous par en avoir un – ou deux en même temps, puisqu'il y a des jumeaux dans la famille...

Sawyer voyait où elle voulait en venir. Elle souhaitait savoir s'il était prêt à être père. Pas parce qu'il avait fait un marché avec le ciel, mais parce qu'il en avait vraiment envie !

Néanmoins, le jeune homme n'était pas prêt à répondre à cette question... C'était *la* question qui sous-tendait sa vie depuis toujours...

Sawyer jeta un œil vers la chapelle juste au moment où le beagle d'Annie Potterowski ramassait dans sa gueule la moitié d'un bagel qu'un homme venait malencontreusement de laisser tomber par terre. Il s'en amusa intérieurement. *C'est bien, Champ ! Contente-toi des choses que les gens laissent tomber plutôt que de les leurs chiper.*

Il lui faudrait néanmoins réprimander à nouveau Annie Potterowski qui continuait à laisser Champ se balader librement sur le terrain de la chapelle… Ne lui avait-il pas recommandé d'équiper Champ d'une laisse courte ?

Plus facile pour toi de t'intéresser à ce chien, plutôt que de répondre à la question que ta femme vient de te poser, hein !, songea-t-il.

— Sawyer ?

Il s'éclaircit la gorge.

— Je me sens tellement indécis en ce moment… À cause de Cole. Certes, les choses semblent bien se passer, mais on ne sait jamais…

— Il faut que nous laissions Cole tranquille, répliqua Maddie. Et cesse de te trouver des excuses, Sawyer Wolfe ! Je veux savoir si tu as changé d'avis ou non, sur le fait de fonder une famille…

— Je t'ai promis dix enfants, si c'est ce que tu veux, répondit-il en se tournant vers elle. Alors oui, fondons une famille…

Aurait-il dû se sentir heureux d'accepter enfin de lui donner ce qu'elle désirait le plus au monde ? Sans doute… Et pourtant, il avait l'impression de s'enfoncer encore davantage dans des sables mouvants.

« Si tu veux tellement un bébé, Sawyer… fais-en un ! », lui avait dit son frère. Mais pourquoi était-ce si dur pour lui de se faire à cette idée ? Il aimait Shane et Max. Il avait adoré s'occuper d'eux au quotidien… Alors pourquoi se sentait-il encore aussi effrayé ? Car c'était bien de la peur qui l'étreignait. Il était le chef de la police de cette ville et il ressentait de la peur ! C'était inconcevable !

Le visage de Maddie s'était décomposé.

— Rien n'a changé, donc, conclut-elle d'un ton dépité. Tu as marchandé pour que je vive, le ciel t'a entendu, et maintenant tu respectes ta part du marché… Super… J'aurai donc la famille que je désire avec un mari qui n'a aucune envie de donner vie à des enfants…

Elle ouvrit soudainement la portière et descendit précipitamment du véhicule.

Non, non, non ! Cela ne pouvait pas se produire encore une fois ! Une bouffée de panique submergea Sawyer. Il sortit à son tour du SUV pour se lancer à sa poursuite. Mais Maddie avait déjà disparu. Il était plus de 9 heures et toutes les boutiques étaient ouvertes et fréquentées par les acheteurs de dernière minute. Il regarda à travers la vitrine de plusieurs magasins mais ne la vit pas.

Il sortit son portable de sa poche et lui envoya un texto :

Maddie, il faut que nous discutions. S'il te plaît…

Sa réponse ne se fit pas attendre :

Pas maintenant.

Le cœur lourd, Sawyer alla à l'épicerie afin d'acheter un gros jambon, auquel il ajouta une carte-cadeau de deux cent cinquante dollars. Il se rendit ensuite chez MacLeod's, espérant y retrouver Maddie. La jeune femme n'y était pas, et April et Jenna étaient toutes deux accaparées par les nombreux clients. Il choisit un pyjama chaud pour bébé, comme demandé dans la liste dressée par la famille en difficulté, puis ressortit de la boutique et se mit en quête d'un camion benne jaune. Pour finir, il acheta dix paires de grosses chaussettes en laine décorées du blason de Wedlock Creek.

Après avoir mis toutes ses emplettes dans un sac cadeau, il le déposa au centre social. La femme qui l'accueillit récupéra les cadeaux avec un grand sourire.

Il ne lui restait plus qu'à faire l'acquisition du vélo pour Jake. Il y avait un magasin de vélos à l'autre bout de Main Street, dans lequel Sawyer n'eut aucun mal à dénicher le vélo dont rêvait Jake Russtower... Un vélo tout-terrain à rayures orange équipé d'un porte-bouteilles et d'un panier dans lequel Jake pourrait mettre son sac à dos. Sawyer acheta également un casque.

En retournant au centre social, il se demanda si Cole viendrait faire du bénévolat le soir même... C'était vraiment peu probable... À moins que Sawyer ne lui propose de veiller sur les jumeaux pour lui laisser la possibilité de se rendre au centre. Jake ne serait-il pas déçu si son héros ne venait pas ?

Il envoya un texto à Cole :

Veux-tu venir au centre social tout à l'heure ? Je suis sûr que Jake sera ravi de te revoir. Je peux rester dans les gradins et m'occuper des jumeaux… J'ai acheté un vélo pour Jake, ainsi qu'un casque. Je pense les lui offrir tout à l'heure…

La réponse de Cole ne se fit pas attendre.

J'accepte ton offre de t'occuper des jumeaux pendant que je passerai du temps avec Jake. Il me semble que tu devrais donner le vélo au père de Jake, pour qu'il le lui offre lui-même pour Noël…

Sawyer resta quelques instants immobile, surpris par cette réponse. Mais oui... cela avait du sens... Que Vince Russtower le mérite ou pas, c'était exactement ce qu'il fallait faire pour Jake.

Tu as totalement raison, Cole. Je n'y avais pas pensé…

Cole répondit aussitôt :

Tu vois, il m'arrive de bien me comporter…

Sawyer sentit ses yeux s'embuer. Il était vrai que Cole pouvait le surprendre, dans le meilleur sens du terme !

Il secoua la tête pour se ressaisir et reprit sa route vers le centre social. En remontant Main Street, il aperçut Vince Russtower en train de regarder la vitrine de Wedlock Creek Toys. C'était une coïncidence bienvenue !

Il se gara et s'avança vers Vince qui fixait un hélicoptère téléguidé dont le prix s'affichait à 39,90 dollars.

— Bonjour, Vince.

Celui-ci se retourna et fit un signe de tête à Sawyer.

— Mon fils Jake n'arrête pas de parler de vous et de votre frère, déclara-t-il.

— En bien, j'espère !

— Il vous idolâtre..., dit Vince en se tournant à nouveau vers la vitrine. À une époque, Jake me considérait un peu comme son héros, mais depuis que je me suis marié et que j'ai eu un bébé, nous ne passons plus autant de temps ensemble.

— Peut-être pourriez-vous passer un peu de temps avec

Jake, ne serait-ce qu'un soir par semaine. Venir au centre une heure plus tôt, par exemple...

— C'est ce que je vais faire chaque lundi et chaque vendredi à partir de maintenant, affirma-t-il. Amy, ma femme, me l'a suggéré. Jake lui a confié qu'il avait envie de passer du temps avec moi.

Ouah ! pensa Sawyer. Encore un point à mettre au crédit de Cole !

— Bon sang, j'aimerais tellement avoir les moyens d'offrir cet hélico à Jake ! s'exclama Vince. Je suis sûr qu'il lui plairait. Malheureusement, notre budget est très serré et je n'ai pu lui acheter qu'un livre dont il avait envie, ainsi que des tatouages éphémères.

Sawyer hocha la tête. La déception qui se lisait sur le visage de Vince lui faisait mal au cœur.

— Savez-vous que Jake a accroché une lettre au sapin de Noël du centre social ? Il a exprimé le souhait d'avoir un vélo, et il se trouve que c'est moi qui ai récupéré sa lettre. Le vélo est dans mon coffre de voiture... et le casque aussi.

Vince écarquilla les yeux.

— Vous avez acheté un vélo à mon fils ?

— Mon frère et moi pensons que cela aurait plus de sens si c'est vous qui lui offriez ce cadeau pour Noël... Qu'en dites-vous ?

Vince l'observait, bouche bée.

— Pourquoi feriez-vous cela pour moi ?

Il regarda ses pieds, mal à l'aise.

Sawyer comprit ce qu'il sous-entendait. « Pourquoi feriez-vous cela pour moi, alors que j'ai volé du matériel de puériculture au centre social ? »

Sawyer sourit. Tout le monde avait le droit à une deuxième chance... Vince lui faisait bonne impression. Sans doute avait-il évolué depuis ce fâcheux incident.

— Parce que c'est Noël, et parce que vous venez chercher Jake au centre tous les soirs et que vous portez son sac sur votre épaule..., affirma-t-il. Vous êtes là pour lui, Vince ! Peut-être pas autant qu'il le souhaiterait, mais c'est normal, car vous avez un autre enfant... Offrez-lui ce vélo ! Ce sera votre cadeau et il en sera ravi.

Il lui tendit la main. Vince la prit et la lui serra.

— Je ne sais pas quoi dire, si ce n'est merci... Je n'oublierai jamais ce geste.

Quelques minutes plus tard, le vélo et le casque avaient été transférés du coffre de Sawyer à celui de Vince.

En remontant Main Street, Sawyer se demanda ce qu'il pouvait offrir à Maddie... Il fallait qu'il trouve un cadeau hors-norme pour une femme hors-norme !

Une heure plus tard, il avait fait l'acquisition d'un médaillon en or en forme de cœur. Dans le médaillon, elle pourrait glisser une petite photo de ses neveux d'un côté, et de l'autre, une des jumeaux de sa sœur, quand ils seraient nés.

Ce médaillon était chouette, mais ce n'était pas assez...

Alors Sawyer continua à étudier les vitrines de Main Street à la recherche du cadeau parfait pour Maddie.

Mais plus il y pensait, plus il réalisait quelque chose...

Quelque chose dont il était urgent de faire part à sa femme !

Maddie accrocha à ses oreilles les boucles à l'effigie de Woodstock que Sawyer lui avait offertes pour Noël quand ils avaient seize ans.

Elles étaient terriblement ringardes, mais les minuscules Woodstock portaient un pull de Noël rouge et vert, ce qui la faisait toujours sourire.

Et Dieu sait qu'elle avait besoin de sourire !

Elle avait passé les dernières heures à réfléchir...

Et elle avait fini par réaliser que le plus beau cadeau qu'elle puisse faire à Sawyer était de le laisser être qui il était.

Pour elle, il était le meilleur père en puissance, mais pour des raisons qui lui appartenaient, il ne voulait pas le devenir...

Ce dont Maddie s'était finalement rendu compte, c'était qu'elle aimait Sawyer Wolfe de façon pleine et entière, et ce depuis toujours. Et depuis toujours, Sawyer Wolfe avait été clair : il ne voulait pas d'enfants. Il l'avait dit et répété, et n'avait jamais dévié de cette position. Cela faisait sept ans qu'elle tentait d'intégrer cela, mais elle n'avait jamais réussi à l'accepter...

Tant pis ! Elle ferait une tante formidable ! Pour Shane et Max, mais aussi pour les futurs jumeaux de sa sœur. Elle s'occuperait beaucoup d'eux. Et puis elle recommencerait à effectuer du bénévolat à la maternité de l'hôpital de Brewer. Elle le ferait sans amertume, parce que ce qu'elle désirait par-dessus tout, c'était que Sawyer reste dans sa vie.

Elle le réalisait maintenant avec une acuité qui lui avait échappé jusque-là. Elle ne serait donc pas mère, mais sa vie serait riche et heureuse malgré tout.

Bon... certes, il lui faudrait un peu de temps pour accepter d'abandonner son rêve le plus cher, mais elle se sentait en paix avec la décision qu'elle avait prise.

Elle entendit la clé tourner dans la serrure. Ce bruit, qui signifiait que son mari rentrait à la maison, elle voulait l'entendre tout le reste de sa vie...

— J'ai quelque chose pour toi, lui annonça Sawyer en lui montrant un sac de chez MacLeod's. Heureusement, la boutique était tellement bondée que ta mère et ta sœur ne se sont même pas aperçues de ma présence. J'ai pu passer en caisse avec une vendeuse sans qu'elles me voient...

Maddie fronça légèrement les sourcils.

— Pourquoi tant de mystères ?

— Parce que la première personne qui doit apprendre la nouvelle, c'est toi !

— De quoi s'agit-il ?

— Attends un peu... Avant que je n'oublie, laisse-moi mettre ton cadeau de Noël sous le sapin.

Il sortit un petit paquet de sa poche et s'agenouilla pour le déposer au pied du sapin, sur l'un des cadeaux des jumeaux.

Maddie l'avait suivi.

— Si je comprends bien, ce que tu as rapporté de chez MacLeod's n'est pas mon cadeau de Noël...

— En effet. C'est plutôt un cadeau pour tous les jours...

Il plongea la main dans le sac et en ressortit une boîte rectangulaire enveloppée dans du papier cadeau.

Maddie inclina la tête.

— Qu'as-tu donc bien pu m'acheter chez MacLeod's Multiples Emporium ?

Sous l'œil attentif de Moose, couché au pied de la cheminée, elle déchira le papier et souleva le couvercle de la boîte.

À l'intérieur, il y avait un pull en laine écru sur lequel était écrit en lettres dorées : Future maman.

Maddie le fixa sans broncher avant de lever les yeux sur Sawyer.

— Je ne suis pas sûre de comprendre...

— C'est un pull de grossesse. Quand je l'ai payé, la caissière m'a raconté qu'elle avait offert le même à sa sœur, et qu'il lui allait encore même si elle était presque au terme de sa grossesse.

— Euh... au risque de me répéter... je ne suis pas sûre de comprendre !

Sawyer prit alors son visage entre ses mains et la sonda du regard.

— J'avais peur, Maddie. Je ne l'avais pas compris. Je n'avais pas réalisé jusqu'à ce matin que c'était la peur qui me bloquait, au sujet des enfants... J'ai toujours cru qu'il s'agissait d'autre chose. Mais en fait, c'est ni plus ni moins de la peur !

Le cœur de Maddie se dilata à mesure que l'espoir en elle renaissait. Elle contempla le pull entre ses mains tandis que ses yeux s'emplissaient de larmes.

— Es-tu en train de me dire que...

— Je dis que je suis désolé de t'avoir empêchée si longtemps de réaliser ton rêve de devenir maman. Je suis navré de t'avoir autant déçue. Je veux fonder une famille, Maddie. Et ce dès aujourd'hui. Et je ne veux pas dix enfants. J'en veux juste un pour commencer. Ou deux... Des jumeaux, ce serait chouette, non ?

Maddie posa le pull sur la table et se jeta dans ses bras.

— Et moi, j'étais sur le point de te dire que j'étais d'accord pour ne pas avoir d'enfants... Tout ce que je désire vraiment, c'est être avec toi.

— Je veux être père, renchérit Sawyer. Je pense même que je suis fait pour ça ! Et nous savons déjà, toi et moi, que tu es faite pour être mère...

Le téléphone de Sawyer vibra à l'arrivée d'un texto de Cole.

On est bien invités pour Noël, n'est-ce pas ?

Sawyer montra son téléphone à Maddie avant de répondre au message.

Vous feriez bien de venir tous les trois ! Il se pourrait que nous ayons dévalisé les magasins pour nos neveux…

Ils seront heureux d'être gâtés par leurs oncle et tante ! Bonne nouvelle : j'ai trouvé une nounou ! Nous étions ensemble au lycée… J'étais même fou amoureux d'elle ! Son père, Mike Bauer, est policier… Tu as sans doute croisé Bea des dizaines de fois !

Sawyer se remémora une petite rousse très bavarde avec de très beaux yeux verts.

Super ! Invite-la à nous rendre visite le soir du réveillon…

Cole répondit par un émoji hilare :

C'est déjà fait !

Sawyer remit son téléphone dans sa poche avec un sourire.

— Je crois que nous allons vivre un Noël mémorable. Ce sera le plus beau Noël que nous ayons jamais eu !

Maddie l'embrassa sur les lèvres.

— Et si nous allions au premier étage pour nous atteler dès maintenant à fonder notre famille ?

Sawyer accueillit cette proposition avec un sourire gourmand. Il souleva Maddie dans ses bras et l'emmena pour réaliser leur plus cher désir commun.

Vous avez aimé ce roman ? Retrouvez d'autres histoires se déroulant à Wedlock Creek !

1. *Deux berceaux pour une mère*
2. *Des triplés pour un détective*
3. *Savoir vivre et savoir aimer*
4. *Un papa pour ses jumeaux*
5. *Un Noël mémorable*

DONNA HILL

Attirée par son rival

Traduction française de
MARIE MOREAU

PASSIONS

HARLEQUIN

Titre original :
AFTER THE LIGHTS GO DOWN

© 2023, Donna Hill.
© 2023, HarperCollins France pour la traduction française.

1

— C'était *News at Ten* sur WNCC, présenté par Paul Waverly. Je vous souhaite une bonne nuit et vous donne rendez-vous demain soir.

Paul conclut par son sourire inimitable et son visage disparut de l'écran pour laisser place à une page de publicité.

Confortablement installée sur le canapé du salon, Layne soupira et prit la télécommande pour éteindre la télévision. Elle porta son verre de vin blanc à ses lèvres et en but une gorgée. Comme d'habitude, Paul avait été parfait. C'était décidément un grand professionnel. Les téléspectateurs l'adoraient. Il faisait régulièrement la couverture des magazines et apparaissait sur WNCC tous les soirs à 22 heures. Il aurait pu aller travailler n'importe où, y compris à New York, sur une grande chaîne nationale. Mais à chaque proposition alléchante, il répondait que sa vie était en Caroline du Nord, et WNCC faisait aussi en sorte de lui donner envie de rester en lui versant un salaire à six chiffres, en lui remboursant ses frais et en lui fournissant un luxueux appartement dans le centre de Charlotte.

Layne se leva et se dirigea vers la salle de bains pour prendre une douche bien chaude. Elle avait un rendez-vous téléphonique tôt le lendemain matin et il était presque minuit.

Après s'être enduit le corps d'une huile subtilement parfumée, elle enfila une chemise de nuit en satin dont la couleur pêche contrastait avec sa peau noire, puis elle alla chercher son verre de vin et se mit au lit. Juste à cet instant, elle entendit la clé tourner dans la serrure.

Comme à chaque fois, son cœur se mit à battre plus fort.

— Salut, ma chérie.

Elle posa son verre sur la table de chevet et se releva pour aller à la porte de la chambre. Elle leva les yeux vers lui, l'enlaça et caressa ses joues brunes couvertes d'une barbe naissante.

— Tu as été génial, murmura-t-elle en l'embrassant. Comme toujours.

Elle saisit les revers de sa veste sur mesure pour l'attirer plus près d'elle. Il avait déjà desserré sa cravate et déboutonné le col de sa chemise blanche.

Il passa le bras autour de la taille de Layne et la serra contre lui.

— Je parie que tu dis ça à tous les garçons, plaisanta-t-il avant de prendre possession de sa bouche.

Avec Paul, Layne avait découvert des sensations qu'aucun homme ne lui avait procurées avant lui. Elle gémit doucement en sentant ses mains expertes se promener sur sa chemise de nuit. Comme il faisait glisser ses fines bretelles sur ses épaules, elle défit la boucle de sa ceinture et baissa lentement la fermeture Éclair de son pantalon.

Son histoire avec Paul l'avait retenue en Caroline du Nord beaucoup plus longtemps que prévu. À la fin de ses études de journalisme et de sciences politiques, en sortant major de sa promotion de l'Université Columbia de New York, elle avait eu un plan bien précis en tête : passer un an dans une chaîne locale afin d'avoir une première expérience et de commencer à se constituer un réseau, puis rejoindre Washington et travailler pour une grande matinale, le *DC Morning Show*. C'était son objectif depuis le jour où, adolescente, elle avait découvert Cynthia Medley, la première femme noire qu'elle ait vue présenter les informations à la télévision et interviewer les grandes personnalités politiques du pays. Fascinée par ses compétences, son aisance et son style, Layne avait fait d'elle son modèle.

Puis elle avait rencontré Paul, le présentateur vedette de WNCC, si charismatique, brillant et sexy qu'il était nommé tous les ans « célibataire le plus convoité de Charlotte ».

Cela s'était passé au mois de juillet, alors qu'elle travaillait depuis moins de deux semaines pour la même chaîne que lui. Tandis qu'elle se trouvait en régie afin de préparer la salle pour l'équipe suivante, Paul était entré. Jusque-là, Layne l'avait croisé dans les couloirs mais n'avait échangé avec lui que des regards, des sourires et quelques formules de politesse. Jamais ils ne s'étaient trouvés seuls dans une salle à peine éclairée.

— Je tenais à me présenter en bonne et due forme, avait-il dit en avançant vers elle.

C'était la première fois qu'elle entendait de si près la voix qui entrait chaque soir dans des millions de foyers. Elle n'avait pu s'empêcher de frissonner et avait senti ses joues s'enflammer. Arrivé tout près d'elle, il avait mis les mains dans les poches, comme pour se retenir de caresser le bras nu de Layne. C'était en tout cas la sensation qu'elle avait eue.

— Paul Waverly, avait-il dit sobrement.

Non sans stupeur, elle s'était rendu compte qu'elle mourait d'envie qu'il la touche.

— Layne Davis, avait-elle répondu avec un sourire.

Il avait acquiescé en plissant ses sublimes yeux couleur café. Puis il avait murmuré :

— Je sais.

— Vous savez ? s'était-elle étonnée.

— J'essaie de me tenir au courant de l'arrivée de nouveaux membres au sein de l'équipe.

— Ah, oui. Eh bien, avait-elle ajouté en s'éclaircissant la voix, c'est un honneur de vous rencontrer... officiellement.

— En réalité, je me suis renseigné.

— Comment cela ?

— Sur vous. Pour savoir qui vous étiez.

— Et ?

— Disons simplement que ce qu'on m'a dit m'a plu. Mais...

Je n'ai pas pour habitude de me fier aux dires des autres. J'aime me faire ma propre idée sur les choses et sur les gens, que ce soit dans un contexte professionnel ou personnel.

Elle avait eu la gorge trop sèche pour lui répondre. Il avait une présence si magnétique, un tel pouvoir de séduction...

— J'espérais que vous accepteriez mon invitation à déjeuner, avait-il poursuivi. Pour que vous me disiez tout sur la jungle new-yorkaise.

Avec ce sourire, il aurait pu lui demander de le suivre n'importe où.

Leur attirance avait été aussi forte qu'immédiate. Sans que Layne ait eu le temps de s'en apercevoir, quatre ans s'étaient écoulés et elle n'avait toujours pas quitté la Caroline du Nord. Comme à son arrivée, elle travaillait à la production, mais son statut avait évolué et on lui confiait de plus en plus souvent des reportages qui lui donnaient l'occasion de passer à l'antenne. Elle n'avait pas oublié son rêve de devenir un jour présentatrice d'une grande émission d'information. Le jour où elle aurait une occasion à saisir, elle serait prête.

— Je n'avais qu'une idée en tête, dit Paul en continuant à l'embrasser. Rentrer pour te retrouver.

Il la souleva et la porta jusqu'au lit qu'ils partageaient depuis le début de leur relation. Elle se demandait parfois s'il n'avait pas versé un peu de potion de magique dans son verre de vin lors de leur premier déjeuner ensemble. Sinon, comment expliquer qu'il ait acquis un tel pouvoir sur elle ? Comment expliquer qu'elle soit incapable de lui résister et qu'elle ait le corps en feu dès qu'il posait les mains sur elle ?

Quand ils furent étendus dans les bras l'un de l'autre et qu'elle le sentit aller et venir en elle, elle ne put contrôler les cris de plaisir qui s'échappaient de ses lèvres. Chaque mouvement de Paul la menait un peu plus près de l'extase.

Allongé au-dessus d'elle, il glissa les mains sous les fesses de Layne et accéléra peu à peu. Elle trembla et se cramponna à ses épaules puissantes. Les soupirs rauques de Paul se mêlèrent aux gémissements de Layne. Le regard brûlant, il baissa la tête et dévora ses seins de baisers tandis qu'elle se serrait autour de lui pour mieux sentir son sexe. Paul fixa de nouveau les yeux sur elle et la regarda jouir.

— Layne, murmura-t-il dans un souffle. Layne, je t'aime.

— Je t'aime, Paul, dit-elle d'une voix haletante.

Puis il se laissa aller et atteignit l'orgasme à son tour.

Quand il s'effondra sur elle, elle noua les jambes autour de lui pour qu'il reste en elle et caressa sa nuque humide.

— Je t'aime, Paul, répéta-t-elle doucement.

Quelques instants plus tard, il s'étendit à côté d'elle et l'embrassa dans le cou en l'enlaçant. Elle était si bien dans ses bras...

Elle respira profondément. Elle menait une belle vie. Peut-être pas exactement celle dont elle avait rêvé, mais elle était... presque comblée. La plupart du temps. Elle aimait son travail, était entourée d'amis et vivait une relation intense avec un homme qui ne voulait que son bien. Que demander de plus ? Et quand ce serait le bon moment, ils cesseraient de se cacher et vivraient leur amour au grand jour.

Elle ferma les yeux et glissa vers le sommeil en écoutant la respiration de Paul. Vraiment, elle ne voyait pas ce qu'elle aurait pu vouloir d'autre.

Leurs horaires décalés les aidaient à préserver le secret de leur relation. Tout en passant presque toutes ses nuits chez Paul, Layne avait gardé le deux-pièces dans lequel elle habitait toujours officiellement. Et comme elle devait être au travail à 10 heures du matin alors que Paul n'arrivait pas avant 15 heures, personne n'avait remarqué qu'ils étaient en couple.

— À ce soir, ma chérie, dit Paul en l'embrassant.

Elle frissonna de plaisir et lui rendit son baiser.

— À ce soir, répondit-elle. Sois sage d'ici là.

— Tu sais que tu peux me faire confiance, plaisanta-t-il avec un clin d'œil irrésistible.

Puis il afficha un air plus sérieux et prit le visage de Layne entre ses mains.

— Bientôt, nous dirons à tout le monde que nous sommes ensemble, murmura-t-il. Je te le promets.

Elle lui répondit par un sourire forcé. Elle se sentait prête et ne voyait pas pourquoi il fallait encore attendre. Mais ce n'était pas le moment d'entamer cette conversation.

— À ce soir, dit-elle en l'embrassant une dernière fois.

Puis elle prit son sac et sortit.

Une fois assise au volant de l'Audi grise qu'elle s'était offerte pour son trentième anniversaire, elle démarra et se mit en route. Paul avait voulu lui en faire cadeau, mais elle avait tenu à l'acheter elle-même. Loin de se laisser décourager, il lui avait offert à la place un bracelet en diamant et un week-end romantique à Vail, où le personnel d'un palace avait été aux petits soins pour eux et où Layne avait appris les rudiments du ski. Paul était merveilleux, mais malgré tout l'amour qu'elle éprouvait pour lui, elle ressentait un manque. Non pas dans leur relation, mais dans sa vie. Bien que satisfaite, elle avait toujours en tête un objectif plus grand qu'elle ne pourrait atteindre qu'en quittant Charlotte.

Elle se gara dans le parking sous-terrain de la tour qui abritait les locaux de WNCC et s'arma de courage pour affronter une nouvelle journée trépidante. Si elle devait reconnaître une chose, c'était que ce travail ne connaissait pas la monotonie. L'actualité se renouvelait sans cesse et transmettre l'information au public était une mission certes difficile, mais surtout passionnante.

Elle monta dans l'ascenseur pour se rendre au dixième étage. En avançant sur la moquette beige du couloir qui étouffait le bruit de ses pas, elle regarda au mur les photos des « stars » de la chaîne et des invités les plus prestigieux reçus en studio au fil des ans. Elle ralentit machinalement en passant devant le portrait de Paul et sourit en rêvant du jour où elle deviendrait à son tour une célébrité de la télévision.

Mais cela n'arriverait pas ici. Elle en était à peu près sûre. Son destin était devant elle. Elle devait juste trouver la bonne voie.

— Bonjour, dit-elle à chaque fois qu'elle croisa un collègue.

Elle s'arrêta en salle de pause pour prendre un bagel et une tasse de café et poursuivit son chemin jusqu'au bout du couloir où se trouvait son bureau. Après avoir passé son badge devant la serrure électronique, elle poussa la porte et s'installa à sa petite table de travail encombrée de dossiers et de pense-bêtes. Une minute plus tard, elle était assise face à son ordinateur, sa tasse de café à la main.

En dehors de ses reportages occasionnels, sa tâche principale était d'organiser la venue des invités dans les différentes émissions, ce qui impliquait souvent d'amadouer leurs agents qui semblaient s'être donné le mot pour compliquer la vie de Layne. Leurs exigences allaient de la limousine à la mise à disposition d'eau de source citronnée, ce qui donnait à Layne l'occasion de montrer ses compétences dans des domaines variés. C'était l'avantage de travailler pour une chaîne de télévision locale, où l'on apprenait à être polyvalent plutôt que de se concentrer sur une seule spécialité.

Alors qu'elle consultait sa messagerie, son téléphone portable se mit à sonner. Elle sourit en voyant le nom inscrit sur son écran.

— Salut, Tina, dit-elle en décrochant.

— J'espère que tu es bien assise, répondit d'emblée son amie.

Après avoir obtenu son diplôme de journaliste en même temps que Layne, Tina Gerard était entrée directement au *Washington Post* où elle travaillait encore aujourd'hui. Leur amitié s'était forgée pendant leurs années d'études, qu'elles avaient passées en colocation. Tina avait bien essayé de convaincre Layne de venir s'installer avec elle dans la capitale, mais Layne avait préféré s'en tenir à son plan initial.

— J'ai environ dix minutes devant moi avant que quelqu'un me demande quelque chose, prévint Layne en riant.

— Fais ta valise, prépare ton CV et tes meilleures vidéos et monte dans le premier train pour Washington.

— Pardon ? demanda Layne en se redressant sur son siège en cuir.

— Tu te souviens de mon oncle Ernest ?

— Oui, oui, bien sûr. Pitié, va droit au but !

— Eh bien, il est membre honoraire du conseil d'administration de WWDC. La chaîne de tes rêves, Layne ! Et il a toujours des amis dans l'organigramme.

Layne sentit son cœur s'emballer.

— Mais encore ? dit-elle avec impatience.

— J'ai obtenu un rendez-vous pour toi ! Pour que tu passes un entretien ! Enfin, mon oncle a tout organisé, pour faire plaisir à sa nièce préférée.

Layne resta sans voix pendant quelques secondes.

— Tina, tu es sérieuse ? demanda-t-elle quand elle eut retrouvé l'usage de la parole.

— Je ne plaisanterais pas avec toi sur un sujet qui te tient autant à cœur. Et attends, ce n'est pas tout.

— Qu'est-ce qu'il peut bien y avoir de plus ?

— L'entretien ne sera qu'une formalité. Si tu veux le poste d'assistante de production... tu peux considérer qu'il est à toi.

Cette fois, Layne eut le souffle coupé.

— Tina..., murmura-t-elle. C'est incroyable.

— C'est pourtant la réalité !

— Je n'en reviens pas. Je... C'est exactement ce que j'attendais !

— Oui. Et maintenant que c'est arrivé, tout ce que tu as à faire, c'est rassembler tes affaires, dire adieu à tes collègues et à tes patrons et me rejoindre à Washington. Une fois que tu seras à WWDC, tu n'auras pas à attendre longtemps avant de décrocher un poste de présentatrice. J'en suis sûre.

— C'est un rêve qui se réalise.

— Tu es attendue d'ici à la semaine prochaine. Deanna Mitchell, la directrice de production, veut te rencontrer et donner son accord avant que tu sois officiellement engagée.

— Tu la connais ? demanda Layne avec une angoisse soudaine.

— Non. J'ai entendu dire qu'elle n'était pas facile, mais elle connaît bien son métier. Le *DC Morning Show* est numéro 2 des audiences grâce à elle. Elle serait ta supérieure directe, c'est pourquoi tu as tout intérêt à la convaincre que ta place est dans son équipe.

— Rien de plus facile, commenta Layne avec ironie.

— Elle va forcément succomber à ton charme. Pour information, elle est passionnée de mode et ne supporte pas les gens mal habillés. Elle appréciera sûrement si tu portes des vêtements de marque.

— C'est bon à savoir.

Layne passa mentalement en revue sa garde-robe et fit une grimace de nervosité.

— Je trouverai quelque chose, ajouta-t-elle.

— Tu as intérêt. Et évidemment, tu dormiras chez moi. Cela nous rappellera le bon vieux temps !

Layne rit en se remémorant leurs soirées folles dans tout ce que New York comptait de boîtes de nuit, de restaurants et de lieux de culture. Elles avaient passé de merveilleuses années ensemble.

— Dès que tu seras organisée, poursuivit Tina, donne-moi la date de ton arrivée. Et je vais t'envoyer l'adresse e-mail de Deanna Mitchell pour que tu entres en contact avec elle.

— Vraiment, Tina, je ne sais pas comment te remercier.

— Je t'en prie, tu sais combien ça me fait plaisir. Mais nous pourrons faire un beau cadeau à oncle Ernest !

— Comme tu dis !

Layne entendit quelqu'un frapper à la porte de son bureau.

— Entrez ! dit-elle.

Marlo, l'une de ses collègues, apparut sur le seuil.

— Désolée de te déranger, Layne, tu es demandée en studio.

— Merci, j'arrive, répondit-elle.

Puis elle s'adressa de nouveau à Tina :

— Je dois te laisser. Je t'appelle ce soir. Vraiment, encore merci. Je t'embrasse.

— Moi aussi, je t'embrasse. Et félicitations.

Layne raccrocha, ferma les yeux et prit quelques instants pour savourer sa joie. Elle avait tellement de chance !

Puis elle sursauta et son euphorie se dissipa d'un coup. Comment rester avec Paul en partant vivre à Washington ?

Paul s'assit au volant de sa Tesla blanche et n'eut qu'à appuyer sur un bouton pour voir s'allumer son tableau de bord tactile. Son moteur électrique démarra et il roula en silence sous les yeux admiratifs des passants.

En général, il ne cherchait pas à se faire remarquer. La notoriété que lui procurait son émission quotidienne lui suffisait amplement. Sa voiture de luxe faisait juste partie de l'image que son employeur voulait qu'il donne, mais au fond, il était très différent de ce personnage public. C'était du moins ce qu'il voulait croire. Bien sûr, il avait de l'ambition et profitait volontiers des avantages de son métier et de sa position sociale, mais il aurait aussi bien pu renoncer à toute cette agitation pour se consacrer à l'écriture du thriller politique qu'il avait en tête depuis deux ans. Avoir plus de temps pour voyager, s'offrir une maison au bord de la mer, pourquoi pas… et surtout épouser Layne.

Cette pensée le fit sourire.

Pendant toute son enfance, il avait vécu dans l'amour que ses parents se portaient mutuellement et que son frère et lui avaient reçu d'eux. Il avait longtemps rêvé de suivre leur exemple, de construire une relation comme la leur et de fonder une famille à son tour. Mais les exigences de sa carrière avaient relégué sa vie privée au second plan et pendant des années, il n'avait eu que de brèves liaisons. Les femmes qu'il avait fréquentées n'avaient pas supporté son rythme de travail et ses horaires insensés. Elles s'étaient systématiquement lassées au bout de quelques semaines, ce qui lui avait valu une réputation de séducteur et avait fait de lui « le célibataire le plus convoité de Charlotte ».

Il avait fini par croire qu'il ne reproduirait jamais le modèle de ses parents, qu'il était temps pour lui d'y renoncer. Puis il avait rencontré Layne. Dès qu'il l'avait vue, il avait été séduit au point de vouloir tout de suite en savoir plus sur elle. Il avait ressenti le besoin de la connaître, de se rapprocher d'elle. Cette attirance immédiate les avait conduits à rester discrets, et au fil des mois, il était devenu beaucoup plus difficile pour eux de garder le secret de leur relation que de la faire durer.

Heureusement, tout cela était sur le point de changer. Il pensait de plus en plus souvent au couple qui animait la célèbre matinale *Morning Joe*, sur MSNBC, tout en vivant un mariage heureux. Il était désormais convaincu que Layne et lui pouvaient aussi être officiellement unis tout en continuant à travailler ensemble, sans que cela pose de problème. Puisqu'ils en avaient envie tous les deux, ils y arriveraient.

Tout était prêt.

Il se gara dans le parking de sa salle de sport, prit son sac et descendit de voiture. Tout en marchant, il téléphona à Layne, qui décrocha à la troisième sonnerie. Comme à chaque fois qu'il l'appelait pendant ses heures de travail, il entendit au son de sa voix qu'elle était pressée, peut-être en train de courir dans un couloir.

— Salut, ma chérie. Je sais que tu es débordée alors je serai rapide. J'ai prévu de t'inviter à dîner ce soir, ça fait longtemps que nous ne sommes pas sortis en amoureux.

En réalité, leur situation les empêchant de s'afficher, ils n'allaient au restaurant en tête à tête que lorsqu'ils partaient en week-end. Mais ce soir, ce serait différent.

— C'est vrai ? demanda-t-elle avec une surprise évidente.

— Oui. Un bon dîner, du bon vin, peut-être quelques pas de danse.

— En quel honneur ? répliqua-t-elle en riant. En général, nous devons organiser nos escapades comme des agents secrets.

— C'est samedi, je ne travaille pas et j'ai envie de passer la soirée dehors avec la femme que j'aime.

Il entendit sa respiration, puis elle répondit :

— Avec grand plaisir. Je finis à 18 heures. Et... j'aurai quelque chose à t'annoncer.

— J'ai hâte. On se retrouve à la maison. J'ai réservé pour 20 heures.

— Je t'embrasse, mon amour, chuchota-t-elle.

— Je t'embrasse aussi.

Il raccrocha au moment où il franchissait la porte de la salle de sport. Un peu d'exercice allait l'aider à dissiper la tension qui le tenaillait.

Layne mit son téléphone contre son cœur et se mordilla la lèvre en réfléchissant. Le hasard faisait peut-être bien les choses. Un dîner dans un grand restaurant, n'était-ce pas l'occasion idéale pour annoncer la nouvelle à Paul ?

Elle avait le cerveau en ébullition depuis sa conversation avec Tina. En un instant, elle était passée de la jubilation à l'angoisse. Comme promis, Tina lui avait envoyé les coordonnées de Deanna Mitchell, avec qui Layne avait pris rendez-vous pour le mercredi suivant. Elle n'avait même pas à s'occuper elle-même de son billet d'avion. Tout allait si vite, tout à coup, après des années d'immobilité ! Quelles allaient être les conséquences pour sa relation avec Paul ? Comment faire pour qu'elle se poursuive ? L'amour à distance était toujours difficile, et plus encore pour deux personnes ayant un rythme de travail aussi effréné qu'eux.

S'efforçant de mettre ces réflexions de côté pour se concentrer sur son travail, Layne poussa la porte de la régie et rejoignit près de la table de mixage l'équipe technique de *Live with Tess*, l'émission de cuisine diffusée l'après-midi sur WNCC. Tess Hampton avait un public fidèle et ses cours de cuisine faisaient de très belles audiences.

Layne se pencha vers l'assistant réalisateur pour lui chuchoter à l'oreille :

— Mike, il faudra transmettre ça à Tess pendant la coupure pub.

Mike regarda les trois fiches cartonnées qu'elle posait à côté de son clavier et acquiesça d'un signe de tête.

— Nous allons les enregistrer sur le prompteur. Encore une consigne de Harold Morgan, je suppose ? demanda-t-il avec un sourire narquois.

Harold Morgan, le président de la chaîne, utilisait régulièrement cette émission pour faire passer des messages de dernière minute, le plus souvent des éloges destinés à telle ou telle personnalité influente. Il le faisait par la voix de Tess, qu'il avait recrutée deux ans plus tôt et qui, d'après les rumeurs, n'était pas seulement son employée. Ces commérages ne simplifiaient pas la vie de Tess, loin de là. Malgré son talent et son travail, une suspicion de favoritisme persistait. C'était précisément pour éviter ce genre de choses que Paul et Layne avaient tenu à cacher leur relation.

— Je ne suis que la messagère, répondit Layne sans contredire Mike.

Alors qu'elle reprenait le chemin de son bureau, elle fut arrêtée dans le couloir par Linda Kreps, productrice de *Midday Charlotte*, l'émission de la mi-journée. Linda était une femme pleine d'énergie et de caractère. Avec ses cheveux blonds toujours décoiffés et ses yeux dont on distinguait le bleu ciel à travers ses lunettes, elle ne cherchait à se mettre en valeur ni par la moindre touche de maquillage, ni par des tenues recherchées. À vrai dire, son placard ne semblait contenir que des pantalons en toile kaki et des chemises sahariennes. Sa compagne, au contraire, avait tout d'un mannequin, ce qui ne les empêchait pas de former un couple parfaitement assorti.

— Layne, justement, je te cherchais, dit Linda.

— Je t'écoute ?

— Le gala de la fondation Carolina Arts a lieu demain soir, et je voudrais que ce soit toi qui le couvres.

Layne fit de son mieux pour masquer sa stupeur.

— Ah oui ? répliqua-t-elle.

— Oui. Ce sera l'occasion pour toi de parler avec des gens

influents et de te faire remarquer par les gros bonnets de la chaîne.

— Eh bien... C'est génial ! Merci, Linda.

Pourquoi maintenant ? Juste au moment où l'offre rêvée arrivait de Washington, une nouvelle porte s'ouvrait chez WNCC. Les événements tels que ce gala grouillaient de philanthropes, d'artistes, de personnalités politiques et de toutes sortes de célébrités. Si elle parvenait à décrocher la bonne interview...

— Un problème ? demanda Linda.

— Non, non. Pas du tout. Je me demandais juste ce que j'allais porter, improvisa Layne avec un grand sourire.

— Parfait. Passe me voir dans mon bureau avant de partir, mon assistant te donnera ton laissez-passer et toutes les informations nécessaires. Ton caméraman sera Ron. Et au fait, tu as le droit de venir accompagnée. Je suis sûre que tu as quelqu'un, même si tu es discrète.

Sur ces mots, Linda lui fit un clin d'œil et s'éloigna.

Layne resta immobile pendant quelques instants. Que de surprises depuis ce matin ! Que pouvait bien encore lui réserver cette journée ?

2

Paul et Layne s'habillèrent avec le souci du moindre détail, tout en se disputant sur le ton de la plaisanterie pour savoir lequel des deux avait monopolisé la douche plus longtemps que l'autre. Puis ils descendirent gaiement dans le parking souterrain et s'installèrent dans la confortable Lexus bleu marine de Paul. Moins voyante que la Tesla, elle convenait mieux pour cette sortie qu'ils voulaient relativement discrète.

En se préparant pour leur premier dîner au restaurant depuis de longues semaines, ils s'étaient mis d'accord pour faire attendre leurs annonces respectives jusqu'à la fin du repas.

Layne se sentait aussi nerveuse qu'impatiente. Sur le trajet, elle ne cessa de regarder Paul à la dérobée, séduite par son charisme et l'élégance de son costume gris anthracite. Ce n'était pas seulement son mètre quatre-vingt-dix et son corps musclé qui le rendaient aussi imposant. Il avait une allure naturelle, une beauté et un charme qui n'appartenaient qu'à lui. Elle l'aimait. Cela ne faisait aucun doute. Mais en pensant à l'avenir qui se dessinait devant elle, elle eut le cœur serré en se demandant ce que cela signifiait pour leur relation.

Paul affirmait que sa vie était à Charlotte : ses racines, son travail, sa famille très unie, ses amis et Layne, tout se trouvait ici, et il n'avait pas l'intention de changer cela. De sorte qu'elle avait cessé de lui parler de son rêve d'aller faire une grande carrière de présentatrice à Washington. Pour Paul, voyager pour son métier ou pour les vacances était une chose, mais pour rien au monde il n'aurait quitté définitivement sa ville natale. Du moins pas dans un futur proche.

Layne croisa les doigts en les serrant avec anxiété. Leur amour avait-il une chance d'être plus fort que l'éloignement ?

Alors qu'elle jetait un nouveau regard vers Paul, elle remarqua qu'il agrippait le volant en se mordillant la lèvre. De toute évidence, quelque chose le tracassait. Pourtant, même si elle ignorait ce dont il prévoyait de lui parler, il ne lui avait pas donné l'impression qu'il s'agissait d'une mauvaise nouvelle. Au contraire, il avait eu l'air très gai, au moins jusqu'à ce qu'ils montent en voiture. Mais à présent, elle le voyait dans un état qui ne ressemblait pas du tout à Paul Waverly, d'ordinaire calme et sûr de lui.

— Tout va bien ? demanda-t-elle en posant la main sur sa cuisse.

— Absolument, répondit-il avec un sourire crispé. Pourquoi ?

— Tu serres ce volant comme si tu voulais l'étrangler.

— Non, ça va, répondit-il en riant. J'ai juste hâte d'être dehors avec toi à mon bras, comme n'importe quel couple.

Il profita d'un feu rouge pour la regarder et prit la main qu'elle avait posée sur sa cuisse pour la porter à ses lèvres. Layne lui sourit, puis se cala de nouveau au fond de son siège en cuir. *Tout va bien se passer*, se dit-elle pour se rassurer. *Tout va bien se passer.*

Quelques minutes plus tard, quand Paul s'arrêta devant une magnifique devanture aux vitres fumées, Layne resta bouche bée en lisant le nom inscrit sur l'enseigne en lettres dorées. Ils étaient chez Pierre, l'un des restaurants français les plus luxueux et prisés de la ville. Layne savait qu'il fallait parfois y effectuer sa réservation plus d'un mois à l'avance.

Le cœur battant, elle attendit que Paul confie sa clé au voiturier, après quoi ils furent accueillis par un portier en livrée noire.

— Soyez les bienvenus chez Pierre, leur dit-il. Je vous souhaite de passer une excellente soirée.

Ils le remercièrent et entrèrent dans une salle à l'atmosphère feutrée, où tout n'était qu'harmonie et élégance. Sous de grands lustres qui diffusaient une lumière douce et chaude, Layne admira les tables rondes couvertes de nappes blanches et ornées de bouquets de lys. Sur chacune d'elles, la flamme des bougies faisait scintiller le cristal, l'argent et la porcelaine. Une épaisse moquette rouge étouffait le bruit des pas.

Guidée par la main de Paul dans le bas de son dos, Layne s'approcha avec lui du guichet de l'hôtesse.

— Bonsoir, leur dit la jeune femme avec une pointe d'accent étranger très étudié. Bienvenue chez Pierre. Votre table est prête, monsieur Waverly.

Comme les journalistes qui passaient à l'antenne, elle avait dû travailler son ton de voix pour qu'il soit parfait. Layne sourit en imaginant sa façon de parler lorsqu'elle sortait avec ses amis.

L'hôtesse fit un signe discret à un serveur qui arriva aussitôt.

— Table 11, Arnold, lui dit-elle en lui confiant les cartes des plats et des vins.

Tandis qu'il les conduisait vers une alcôve qui allait leur offrir plus d'intimité que la salle principale, Layne fut soulagée de ne croiser aucune de leurs connaissances. Toutefois, l'hôtesse avait appelé Paul par son nom sans qu'il se soit présenté, et elle n'était sans doute pas la seule à l'avoir reconnu. Il ne restait qu'à espérer que le personnel de cet établissement, habitué à recevoir des célébrités, avait le sens de la discrétion.

Ils prirent place sur une banquette de cuir en forme de fer à cheval, qui leur permettait de se faire face tout en étant proches l'un de l'autre. Installés près de la fenêtre donnant sur la rue, ils pouvaient profiter de l'animation de l'extérieur sans être vus des passants. C'était vraiment le cadre idéal.

Arnold leur donna les cartes, puis se tint droit à côté de leur table, les mains croisées dans le dos.

— Je m'appelle Arnold Stevens, leur dit-il. Je serai votre serveur attitré ce soir. Voici Michelle, ajouta-t-il lorsqu'une jeune femme vint se poster à côté de lui, qui va prendre vos commandes pour le vin et les hors-d'œuvre. Je vais vous laisser le temps de choisir vos entrées avant de revenir vous voir.

Sur ces mots, il leur sourit et s'éloigna.

Layne eut envie de rire. Elle n'avait pas l'habitude de fréquenter des lieux où il y avait une telle mise en scène ! Mais elle devait reconnaître que c'était très agréable d'être traitée avec autant d'égards.

— Dis-moi ce que tu veux boire, dit Paul.

Après avoir consulté la carte des vins, Layne leva les yeux vers Michelle.

— Nous commencerons par une bouteille de Terlato, s'il vous plaît, lui dit-elle.

— Un pinot gris, très bonne idée, approuva Paul.

— Si vous le souhaitez, dit Michelle, je peux aller chercher le vin pendant que vous choisissez vos hors-d'œuvre.

— Volontiers, merci, répondit Paul.

Quand ils furent seuls, Paul se pencha vers Layne et lui prit la main.

— Alors, qu'en penses-tu ? demanda-t-il avec un regard malicieux.

— Si tu voulais m'impressionner, c'est réussi, répondit-elle avec un sourire ravi.

Paul la dévora du regard avant de murmurer :

— Je t'ai dit que tu étais d'une beauté à couper le souffle ce soir ?

Layne sentit le feu lui monter aux joues. Quand Paul la regardait comme cela, avec ce mélange d'amour et de désir, elle perdait toujours ses moyens. Ce soir, pour lui faire honneur, elle s'était apprêtée avec un soin tout particulier. Sa robe de cocktail en satin bleu roi, évasée de la taille aux genoux, avait un col bateau dont la découpe en V était élégamment suggestive. Elle portait le bracelet que lui avait offert Paul pour ses trente ans, auquel elle avait associé les deux petits diamants qui brillaient à ses oreilles.

— Non, répondit-elle doucement en baissant les paupières. Mais ne te prive surtout pas.

Elle redressa la tête, le regarda dans les yeux et lui sourit. À cet instant, Michelle revint et leur servit à chacun un verre de vin.

— Avez-vous choisi des hors-d'œuvre ? leur demanda-t-elle.

— Je suis très tentée par les gougères, répondit Layne.

— Avec des rillettes de saumon, ajouta Paul.

— Très bien, je vais vous apporter cela. Arnold viendra prendre votre commande pour les entrées.

Tandis que Michelle s'éloignait, Paul leva son verre pour trinquer avec Layne.

— À nous. À notre soirée. À notre avenir.

— À nous, répéta-t-elle en portant son verre à ses lèvres.

Elle commençait à avoir une idée de ce que Paul avait en tête. Si elle voyait juste, elle se demandait comment la soirée allait se terminer. Elle se mit à imaginer différents scénarios, puis l'instant présent prit le dessus et elle savoura autant le repas d'exception que ce merveilleux moment en amoureux. Prise par sa conversation avec Paul, tantôt profonde, tantôt légère, elle oublia son anxiété, jusqu'au moment où ils eurent fini le plat principal.

En voyant Paul prendre une profonde inspiration, elle sentit soudain son cœur s'emballer. Il s'éclaircit la voix et commença :

— Je... Je sais que nous devions attendre le dessert, dit-il avec une gêne inhabituelle. Je sais aussi que je ne suis pas l'homme le plus romantique qu'on puisse imaginer et que ce secret autour de notre relation n'a pas été facile pour toi. Mais je veux que tu saches que... je t'aime. Que je t'aime et que je veux passer le reste de ma vie avec toi.

Layne arrivait tout juste à respirer. Les tempes battantes, elle se rendit compte que sa vue se brouillait. Comme Paul baissait les yeux, elle suivit son regard et vit sa main ouverte sur la table. Au milieu de sa paume était posée une petite boîte carrée en velours rouge, dont le couvercle était soulevé. C'est là qu'elle découvrit une bague éblouissante, un superbe saphir monté sur un anneau en platine et entouré de diamants étincelants.

La stupeur et l'émerveillement la laissèrent sans voix.

— Épouse-moi, Layne. Poursuivons notre route… ensemble.

Sans attendre sa réponse, il prit délicatement sa main gauche et fit glisser la bague sur son annulaire.

— Paul, murmura-t-elle, les yeux emplis de larmes.

— Ma chérie, j'espère que tu pleures de joie.

Elle cligna des yeux et admira la pierre qui brillait à son doigt. Elle avait la tête qui tournait.

— Oui, répondit-elle avec émotion.

— Je pense que nous pourrions annoncer la nouvelle dès cette semaine aux ressources humaines.

Elle acquiesça et s'éclaircit la voix.

— Oui, tu as raison. Et ensuite, nous en parlerons au reste de l'équipe.

Paul lui prit les deux mains et les porta à ses lèvres.

— Je t'aime, murmura-t-il. Nous allons être le couple le plus heureux du monde et j'ai hâte que nous commencions notre vie ensemble.

Il lui embrassa les mains en la regardant dans les yeux.

— Et toi ? demanda-t-il. Quelle nouvelle voulais-tu m'annoncer ?

Layne avait la gorge si nouée qu'elle eut du mal à parler.

— Eh bien, répondit-elle d'une voix hésitante, j'ai deux choses à te dire.

— Garde-les en tête, dit-il en l'interrompant.

Il fit signe à Arnold, qui accourut aussitôt.

— Oui, monsieur Waverly ?

— Nous avons quelque chose à fêter, ma… fiancée et moi, déclara Paul. Pourrions-nous avoir une bouteille de votre meilleur champagne ?

— Je vous l'apporte tout de suite.

Paul se tourna vers Layne et lui sourit en passant le pouce sur sa bague de fiançailles.

— Tu es heureuse ? demanda-t-il tout bas.

— Oui, très. Un peu submergée par l'émotion, mais heureuse, bien sûr.

— Depuis le début, tu subis les contraintes de notre relation sans jamais t'en plaindre.

— Jamais, tu es sûr ? intervint-elle avec un sourire.

— Bon, peut-être une ou deux fois, concéda-t-il en riant. Mais les choses vont changer, promit-il en reprenant son sérieux. Tu vas pouvoir vendre ton appartement et venir t'installer chez moi.

— Vendre mon appartement ? répéta-t-elle avec surprise.

Même si elle dormait chez Paul la plupart du temps, cet appartement était le sien. Elle l'avait acheté, meublé et décoré par elle-même, grâce à ses efforts et son travail. Quand elle y entrait, elle éprouvait une satisfaction toute particulière.

— Bien sûr, répondit Paul. Nous vivrons chez moi en attendant de trouver notre maison à tous les deux. Pourquoi garderais-tu ton appartement ?

— Parce qu'il est à moi, justement, répondit-elle un peu plus sèchement qu'elle l'avait prévu.

Arnold arriva à cet instant avec leur bouteille de champagne. Après l'avoir débouchée de façon théâtrale, il versa le liquide doré dans deux flûtes qu'il plaça devant eux. Puis il posa la bouteille sur la table, dans un élégant seau à glace, et s'inclina avec courtoisie avant de s'éloigner.

Paul leva sa flûte en regardant Layne dans les yeux.

— Cette soirée est celle des surprises et des célébrations, dit-il. À toi de m'annoncer la nouvelle dont tu m'as parlé.

Il semblait avoir déjà écarté la remarque de Layne, comme si elle n'avait aucune importance. Elle s'abstint néanmoins d'insister, de peur de gâcher ce beau moment.

— C'est vrai, répondit-elle en prenant à son tour sa flûte de champagne.

Elle la fit délicatement tinter contre celle de Paul et but une gorgée en fermant les yeux. C'était un tel délice...

Pas ce soir, décida-t-elle aussitôt.

— En fait, dit-elle d'un ton léger, j'ai *deux* choses à t'annoncer.

— Oh ! Je suis tout ouïe.

— Linda Kreps m'a demandé de couvrir demain soir le gala de la fondation Carolina Arts ! s'exclama-t-elle en s'efforçant de contenir sa joie pour ne pas crier.

— C'est vrai ? Bravo, ma chérie, c'est génial ! Ce sera l'occasion de rencontrer du beau monde. Je suis fier de toi, dit Paul avec un sourire qui illumina le cœur de Layne. C'est amplement mérité.

— Merci. Et… j'ai le droit de venir accompagnée, ajouta-t-elle avec un clin d'œil.

— Ah, dit Paul en inclinant la tête. Et à qui comptes-tu faire profiter de la fête ?

Elle se pencha vers lui, se passa la langue sur les lèvres et chuchota :

— Eh bien, figure-toi que je connais un garçon extraordinairement séduisant, intelligent, drôle et sexy, qui me fait mourir de plaisir quand il me fait l'amour. J'ai très envie de lui demander de m'accompagner.

— Intéressant. Et est-ce que ce garçon a un nom ?

Elle se pencha un peu plus et lui fit signe de s'approcher. Après lui avoir murmuré quelque chose à l'oreille, elle se redressa et lui sourit. Des flammes brillaient dans les yeux de Paul. Il sourit à son tour.

— Tant pis pour le dessert, dit-il.

Et il demanda l'addition.

Quelques instants plus tard, alors qu'ils attendaient sur le trottoir le retour du voiturier, Layne se serra contre Paul et décida de remettre au lendemain son autre annonce. La superbe bague qu'elle portait représentait ce dont elle avait rêvé. C'était tout ce qui comptait ce soir.

Mais pourquoi l'idée de lui parler de Washington la rendait-elle aussi nerveuse ?

Le dimanche matin, Paul et Layne suivaient presque toujours le même rituel. Après une grasse matinée, ils lisaient les journaux au lit et commandaient un généreux petit déjeuner à leur restaurant préféré du quartier, spécialisé dans la cuisine espagnole. Ensuite, ils faisaient l'amour en prenant tout leur temps, puis regardaient un film.

Layne posa la tête au creux de l'épaule de Paul. Le rythme tranquille des battements de son cœur avait toujours le pouvoir de l'apaiser. Ce qu'elle vivait était tellement inattendu ! Même en regardant sa bague de fiançailles, elle avait encore du mal à croire qu'elle ne rêvait pas.

Elle allait se marier avec l'homme qu'elle aimait. Il avait tenu sa promesse. Il voulait construire son avenir avec elle. Ce n'était peut-être pas une si mauvaise idée que Layne se sépare de son deux-pièces, après tout.

Son estomac se noua. Si elle obtenait ce poste à Washington, ce qui était en bonne voie d'après Tina, elle vendrait son appartement de toute façon.

— Ça va ? demanda Paul en tournant la tête pour essayer de la regarder.

— Oui, bien sûr. Pourquoi ?

— J'ai senti ton corps se raidir d'un coup.

— Non, ça va, assura-t-elle.

Elle ferma les yeux. Il y avait entre Paul et elle une sorte de télépathie qui ne cessait de l'émerveiller. C'était l'une des nombreuses raisons pour lesquelles elle aimait être en couple avec lui. Mais c'était aussi pour cela qu'elle devait parler à Paul au plus vite. Il allait rapidement se rendre compte qu'elle lui cachait quelque chose d'important.

Elle s'écarta de lui pour s'asseoir au bord du lit.

— Je vais reprendre un verre de jus de fruits, dit-elle. Tu en veux ?

Il caressa son corps nu du regard et esquissa un sourire en coin.

— Seulement si tu promets de me l'apporter dans cette tenue-là, répondit-il.

— Obsédé, lança-t-elle en riant.

Elle prit son soutien-gorge accroché par une bretelle

au pied du lit et le jeta sur Paul. Il l'attrapa d'une main en bougeant à peine.

— Avec toi, plaisanta-t-il, je ne peux pas faire autrement.

Après avoir attrapé la chemise qu'il avait portée la veille, elle l'enfila et se rendit pieds nus dans la cuisine. Une fois seule, elle posa les mains à plat sur le plan de travail en granit et respira profondément pour se donner du courage.

C'était le moment. Elle ne pouvait pas remettre cette discussion à plus tard. Son rendez-vous avec Deanna Mitchell avait lieu dans quelques jours.

Les tempes battantes, elle ouvrit le réfrigérateur et remplit deux verres de jus de fruits. De retour dans la chambre, elle en posa un sur la table de chevet de Paul.

— Merci, ma chérie.

Elle s'assit près de lui et lui caressa le visage.

— Il faut que je te dise quelque chose, commença-t-elle. En fait, c'est la deuxième partie de ce dont je voulais te parler hier soir.

Il posa son journal, se redressa et prit la main de Layne.

— Oui ! répondit-il avec enthousiasme. Je t'écoute, ma chère fiancée.

— Tina m'a appelée hier. Tu sais, l'amie dont je t'ai parlé, qui vit à Washington.

— Bien sûr, je vois qui est Tina.

— Tu sais que j'ai toujours rêvé de travailler pour le *DC Morning Show.*

Elle sentit Paul se crisper et vit son sourire s'effacer doucement.

— Eh bien, poursuivit-elle, l'oncle de Tina fait partie du conseil d'administration de la chaîne, et il se trouve qu'un poste s'est libéré et qu'il a obtenu pour moi un rendez-vous avec la directrice de production.

Après avoir parlé avec précipitation, elle se tut et attendit, sans trouver la force d'ajouter que l'entretien ne serait qu'une formalité et que le poste était pour elle si elle le voulait.

Paul plissa les yeux, comme s'il était soudain ébloui par le soleil matinal.

— D'accord, dit-il lentement. Et tu comptes y aller ?

À sa façon de poser la question, Layne sentit que pour lui, la seule réponse possible était « non ».

— Oui.

Il fronça les sourcils et lui lâcha la main.

— Pourquoi ? demanda-t-il.

— Pourquoi ? répéta-t-elle avec stupeur.

— Oui. Pourquoi entamer le processus ?

Elle cligna des yeux, sidérée par sa réaction.

— Paul. C'est l'objectif pour lequel je travaille depuis des années. La moindre des choses serait quand même d'écouter ce qu'ils ont à me proposer. Je *veux* entendre ce qu'ils ont à me proposer.

— Dans quel but, Layne ? S'ils veulent t'engager, tu envisages sérieusement de partir ?

La gorge serrée, elle se tint droite et soutint son regard incrédule.

— Oui, répondit-elle. S'ils m'offrent le poste, je l'accepterai.

Un silence pesant emplit la pièce. Paul resta un instant immobile, puis se laissa tomber contre les oreillers empilés derrière lui.

— Et nous ? Je viens de te demander en mariage. Hier soir ! Tu disais pourtant que c'était ce que tu voulais !

— Pourquoi je ne pourrais pas avoir les deux ?

Il rejeta la tête en arrière et émit un rire amer.

— Les deux ! Comment voudrais-tu que ça marche, Layne ? Moi ici et toi à Washington ? Depuis le temps que nous sommes obligés de nous cacher… Ce qui ne me plaisait pas plus qu'à toi, au passage. Et juste au moment où nous pouvons officialiser notre relation, tu veux que nous vivions notre mariage à distance ? C'est bien ce que tu es en train de me dire ?

— Nous pouvons y arriver, Paul.

Il se leva si brusquement qu'elle eut un mouvement de recul pour l'éviter. Il traversa la chambre sans dire un mot, ramassa son boxer et l'enfila. Puis il sortit un T-shirt et un bas de survêtement de sa commode et se tourna vers Layne. Son visage exprimait à la fois la déception, la tristesse et la colère. Il prit une longue inspiration.

— Va à cet entretien. Écoute ce qu'ils ont à te dire. Nous en reparlerons à ton retour.

Il marcha vers la salle de bains attenante et ajouta :

— Je vais m'habiller et sortir courir.

Le bruit sourd de la porte fit à Layne l'effet d'un coup de poing. Elle ferma les yeux, soupira, puis se leva pour ramasser machinalement les vêtements qu'ils avaient jetés aux quatre coins de la chambre en rentrant hier soir. Déjà, dans l'ascenseur privé qui menait chez Paul, ils avaient commencé à s'embrasser passionnément. Ils en étaient sortis enlacés, en tombant presque sur le sol du grand salon, et s'étaient précipités dans la chambre qui était ce matin à l'image de leur désir fiévreux de la veille.

Layne mit la veste et le pantalon de Paul dans le panier à linge destiné au pressing, puis elle ôta la grande chemise qu'elle portait pour l'ajouter au tas. À cet instant, Paul sortit de la salle de bains en tenue de sport. Il posa sur son corps nu un regard brûlant, puis se détourna aussitôt.

— Je pars au moins une heure, dit-il en se dirigeant vers la porte. Peut-être plus longtemps.

Elle le regarda s'en aller. En sentant sa bague de fiançailles, elle baissa les yeux et eut envie de pleurer. Elle avait beau avoir à son doigt un symbole de grandes promesses, elle était plus que jamais envahie par l'incertitude.

Cela faisait presque deux semaines que Layne n'avait pas mis les pieds dans son appartement. Il y faisait sombre et l'atmosphère lui parut étouffante. À peine entrée, elle posa son petit sac de voyage et alla d'une fenêtre à l'autre pour tout ouvrir en grand. Puis elle se laissa tomber dans un fauteuil placé face à la grande vitre du salon. La lumière du soleil éclairait les lames du parquet en bois dur et les minuscules particules de poussière qui flottaient dans l'air. Les légers rideaux blanc cassé ondulaient légèrement. Elle posa la tête contre le grand dossier de son siège et ferma les yeux.

Elle avait rangé la chambre de Paul, jeté les boîtes de leur petit déjeuner et rassemblé ses affaires. Puis, sans attendre qu'il soit rentré, elle avait promené un dernier regard autour d'elle et était partie. Elle avait eu besoin d'air. Elle n'aurait pas voulu dire des choses qu'elle regretterait ensuite.

S'il était aussi perturbé d'apprendre qu'elle allait passer un entretien d'embauche, comment allait-il réagir quand elle lui annoncerait qu'elle partait travailler à Washington ? Il ne s'était pas privé d'exprimer son avis sur les relations à distance...

Elle respira profondément, rouvrit les yeux et se leva. Faire le ménage l'aidait souvent à s'éclaircir les idées, et il était temps qu'elle s'occupe un peu de son joli deux-pièces.

Deux heures plus tard, douchée et confortablement installée dans son canapé avec un verre de vin, elle regarda son salon impeccable et s'efforça de réfléchir à sa situation.

Il n'était pas question qu'elle annule son rendez-vous avec Deanna Mitchell. Et si, comme Tina le lui avait annoncé, le poste était pour elle, elle n'imaginait pas une seconde le refuser. C'était son rêve depuis des années. Paul le savait. Depuis leur rencontre. S'il n'était pas prêt à la moindre concession... eh bien...

Elle regarda la bague qui brillait à son doigt.

Eh bien...

Sa réflexion resta en suspens.

Elle sentit la faim lui tirailler l'estomac et se rendit compte qu'elle n'avait pas fait de courses depuis des semaines. Elle posa son verre sur la table basse, prit son ordinateur sur ses genoux et passa commande en ligne pour se faire livrer. Puisqu'elle devait s'attendre à passer plus de temps chez elle, elle avait besoin de quelques provisions. Le site Internet lui annonça une livraison d'ici deux heures.

Il était près de 16 heures et elle n'avait aucune nouvelle de Paul. Il était rentré depuis un bon moment, cela ne faisait aucun doute. Il avait dû se rendre compte qu'elle n'était pas seulement sortie faire un tour. Elle regarda son téléphone. Pas un appel manqué, pas un message. Elle soupira et jeta son portable à l'autre bout du canapé.

Bon. Il avait sans doute besoin d'air, lui aussi. Mieux valait le laisser tranquille pour l'instant. Paul était un homme sensé et pondéré. Il allait prendre le temps de la réflexion, peser le pour et le contre et en conclure que c'était faisable. Layne en était convaincue. Elle avait besoin d'y croire.

— Alors, frérot, c'était le grand soir hier. Tu as fait ta demande ? demanda Eric en prenant une gorgée de bière. Depuis le temps que tu avais cette bague dans ta poche !

Le frère aîné de Paul étendit ses longues jambes et fronça les sourcils.

— À voir la tête que tu fais, ajouta-t-il, je dirais qu'elle a refusé. Que se passe-t-il ?

Ils étaient installés sur la terrasse de la maison d'Eric. Paul soupira, s'appuya au dossier de sa chaise longue et répondit :

— Oui, j'ai fait ma demande. Et elle a dit oui.

— C'est une bonne nouvelle, non ? Pourquoi cette mauvaise mine ? demanda Eric en se penchant pour tapoter le bras de Paul. Il est trop tôt pour avoir le trac, plaisanta-t-il.

Il dut voir à l'expression de Paul qu'il y avait un vrai problème car il reprit aussitôt son sérieux. Paul lui raconta alors la conversation qu'il avait eue un peu plus tôt avec Layne.

— Je vois, dit Eric. Alors… que se passera-t-il si elle décroche ce poste à Washington ? Tu envisages de t'installer là-bas avec elle ?

— Ma vie est ici. Ma famille. Ma carrière, que j'ai mis quinze ans à construire.

Et qui est sur le point de faire un bond en avant, ajouta-t-il intérieurement.

Eric prit un air pensif avant de répondre :

— Tu n'as peut-être pas envie d'entendre ça, frérot, mais Layne a aussi une carrière à mener. Tu as toujours su qu'elle avait des objectifs professionnels en tête.

— Elle a un travail ici ! Un très bon poste ! Et de nouvelles portes vont sûrement s'ouvrir pour elle après le gala de ce soir.

— Donc, si je te comprends bien, elle devrait se satisfaire de ce qu'elle a au lieu d'essayer de réaliser ses rêves.

Paul lança à son frère un regard noir.

— Quand j'ai décidé de demander Layne en mariage, expliqua-t-il, je nous voyais comme maman et papa. Comme Tricia et toi. Un couple uni, tous les jours, pour toujours. Ce n'était pas un mariage à distance que j'imaginais. Quand pourrions-nous nous voir ? Une fois par mois, au mieux ? Comment fonder une famille dans ces conditions ? Je ne vois pas comment cela pourrait marcher.

— Cela marcherait si vous le décidiez, répondit calmement Eric. Écoute, je te comprends. Derrière ton image d'animateur télé célèbre et populaire, tu es juste un type comme les autres. Et c'est très bien. La seule chose, c'est que parfois, nous sommes obligés de nous adapter à ce qui nous arrive, même si ce n'est pas forcément agréable.

Paul secoua lentement la tête.

— Je... je ne nous vois pas vivre comme ça.

— Parce que tu n'y arrives vraiment pas ou parce que tu es trop têtu pour essayer ?

Paul but une longue gorgée de bière fraîche pour se donner le temps de réfléchir. C'était une excellente question, et s'il voulait garder un espoir pour Layne et lui, il allait devoir trouver une réponse.

— Il y a autre chose, répondit-il finalement.

— Quoi donc ?

— C'est encore confidentiel pour l'instant. Je viens tout juste de signer le contrat.

— Arrête de faire durer le suspense !

— Je vais avoir ma propre émission d'information.

— Quoi ? s'exclama Eric en se redressant brusquement.

— Oui, tu as bien entendu, dit Paul en feignant le détachement.

— Eh ! Tu aurais dû commencer par là ! Félicitations, c'est une grande nouvelle.

— C'est vrai, reconnut Paul en riant.

— Layne est au courant ?

Paul fit non de la tête.

— Pourquoi ? s'étonna Eric.

— Tu vas trouver ça idiot, mais tant que je n'avais pas signé, j'avais du mal à croire que c'était bien réel. Je suis en pourparlers avec la chaîne depuis des mois à ce sujet, mais j'avais interdiction de divulguer le projet. Il aurait suffi que cela s'ébruite pour que tout s'écroule d'un coup.

— Tout de même... Tu ne pouvais pas le dire à Layne ?

— Tu me connais, je ne peux pas m'empêcher d'être un peu superstitieux. Je n'arrivais pas à en parler tant que ce n'était pas signé. Pas même à Layne. C'est après avoir conclu un accord définitif avec la direction de la chaîne que j'ai décidé de la demander en mariage. J'ai su qu'avec mon nouveau statut, nous ne risquerions plus d'être regardés de travers.

Il soupira et conclut d'un ton dépité :

— J'avais prévu d'emmener Layne en week-end à Miami et de partager la nouvelle avec elle quelques jours avant l'annonce officielle. C'est raté.

— C'est vrai que tout paraît plus compliqué maintenant. Je ne vois pas comment tu pourrais partir.

— Exactement. C'est impossible.

— Mais tu sais, une fois que Layne sera au courant, elle comprendra forcément ta situation. Elle ne te demandera pas de la suivre à Washington. Elle restera à Charlotte, vous vous marierez et vous serez très heureux ensemble.

Paul ne répondit pas. Il aurait aimé avoir les mêmes certitudes que son frère. Quand il avait trouvé son appartement vide en rentrant ce matin, il avait compris que rien ne serait facile à partir de maintenant. Qu'allait-il faire si Layne acceptait ce poste à Washington ?

Ils avaient tous les deux besoin d'un peu d'air. Quelques jours de pause leur feraient sans doute du bien. Elle allait se rendre au gala, puis à Washington, et quand elle serait de retour, il lui parlerait de sa nouvelle émission et ils reprendraient les choses là où ils les avaient laissées.

— Et que deviendra ta tranche actuelle de 22 heures à minuit ? demanda Eric après un bref silence.

— Elle ne change pas pour l'instant. Dans un premier temps, ma nouvelle émission sera proposée une fois par mois. Elle deviendra hebdomadaire dès que les audiences seront satisfaisantes.

— C'est génial. Vraiment, je suis fier de toi !

En disant ces mots, Eric sourit et fit tinter sa bouteille de bière contre celle de Paul.

Le fait que Paul et Layne travaillent en horaires décalés avait ses avantages, mais elle espérait tout de même que dans les prochains jours, ils auraient l'occasion de se croiser dans les locaux de WNCC. Ils ne pourraient pas s'ignorer et cela les amènerait à se reparler. Ils pouvaient tous les deux se montrer très butés, et sans une occasion comme celle-ci, un certain temps risquait de s'écouler avant que l'un d'eux fasse le premier pas vers l'autre.

C'était ainsi que cela se passait en général. Lorsqu'ils avaient un désaccord, chacun restait chez soi jusqu'à ce qu'une circonstance les réunisse, un événement professionnel ou la diffusion d'une série qu'ils regardaient toujours ensemble. Autrement, l'un ou l'autre oubliait qu'ils étaient fâchés et accourait vers l'autre pour lui parler avec enthousiasme d'une pièce de théâtre ou d'un concert de jazz à venir, ou pour discuter d'un article intéressant paru dans la presse.

Mais c'était différent cette fois. Layne avait fait son sac et était partie de chez Paul dans l'intention de... de quoi ? De ne jamais revenir ? C'était une idée ridicule, évidemment.

Elle regarda la bague de fiançailles posée sur l'étagère avant de se pencher vers le miroir pour appliquer du mascara sur ses cils. Elle compléta son maquillage par un rouge à lèvres écarlate, puis ajouta une épingle au chignon qui rassemblait son épaisse chevelure noire et bouclée. Quand ce fut fait, elle se retourna et s'approcha de son lit pour prendre la robe qu'elle avait préparée pour le gala. Elle ôta son peignoir et enfila son fourreau argenté, qui la couvrait jusqu'aux genoux tout en soulignant ses formes et dont les paillettes scintillaient légèrement quand elle bougeait.

Pour finir, elle chaussa des escarpins à talons et prit son petit sac à main. L'Interphone sonna.

— Oui, Victor ? dit-elle au réceptionniste de sa résidence.

— M. Ron Harrison est ici.

— Merci, vous pouvez lui dire que je descends tout de suite.

Au dernier moment, elle décida de prendre un châle léger, au cas où il ferait frais. Elle le mit sur son bras et s'assura que sa pochette contenait bien ses clés, son téléphone, son tube de rouge à lèvres et son poudrier. C'était l'avantage des nouvelles technologies. Aujourd'hui, un journaliste n'avait besoin que d'un smartphone pour partir en reportage.

Elle se regarda dans la glace et sourit à son propre reflet. Paul ne savait pas ce qu'il manquait.

En entrant dans la salle de réception, Layne n'aurait su dire à quoi elle s'était attendue, mais ce qu'elle vit la laissa bouche bée. Les photos et vidéos qu'elle avait pu voir de ce type d'événements ne lui avaient pas fait imaginer autant de faste. Comme elle aurait voulu que Paul soit là pour partager ce moment avec elle...

Elle se tourna vers Ron, qui avait échangé son jean et ses baskets habituels contre un costume bleu nuit et des chaussures en cuir impeccables. Il avait même peigné sa tignasse blonde de manière qu'elle ne lui tombe plus devant les yeux. Cette nouvelle allure lui donnait presque des airs de Brad Pitt, songea Layne en riant intérieurement.

— Ce n'est pas avec notre salaire que nous aurions pu participer à cette soirée, chuchota-t-il en relevant la bandoulière de son sac sur son épaule.

Contrairement à Layne, il avait dû apporter un trépied, des micros et des câbles électriques.

— Je ne te le fais pas dire, répondit-elle sur le ton de la connivence.

Toutefois, au fond d'elle, elle croyait fermement qu'il n'en serait pas toujours ainsi. Ce monde-là lui ouvrirait un jour ses portes. Elle avait l'occasion d'y faire un bref passage ce soir, mais une fois installée dans les hautes sphères du monde médiatique, elle y aurait pleinement sa place.

— Allons-y, dit-elle à Ron. Linda m'a donné la liste des personnalités à interviewer et celles dont nous devrons recueillir les déclarations. Notre mission est de collecter autant de matière que possible sans être envahissants.

Ils avancèrent côte à côte, se frayant un chemin entre les costumes sur mesure et les robes de grands couturiers. Des pierres précieuses brillaient au cou, aux mains et aux oreilles des femmes, et la fragrance subtile de parfums de luxe flottait dans l'air.

La salle était éclairée par deux énormes lustres en cristal, dont la lumière dorée se reflétait dans les baies vitrées qui s'élevaient jusqu'au plafond. Ces fenêtres immenses offraient une vue à couper le souffle sur le ciel étoilé.

— À mon avis, répondit Ron, nous ne risquons pas de déranger. Ces gens adorent qu'on leur tende le micro. Ils ont toujours quelque chose à dire et se réjouissent de voir leur visage sur un écran. Tu as déjà été en salle de montage. Tu sais comme moi que nous coupons souvent la moitié des interviews car nos interlocuteurs passent plus de temps à parler d'eux-mêmes qu'à répondre à la question posée.

— Tu marques un point, concéda-t-elle avec un sourire amusé.

— Je vais m'installer là, dit-il en désignant un espace bien en vue sur leur gauche. C'est un endroit stratégique.

— Parfait. Je vais chercher la table à laquelle nous sommes placés.

Elle ne tarda pas à trouver ce qu'elle cherchait et découvrit avec stupeur les convives en compagnie desquels ils allaient dîner. WNCC avait loué une table entière où avaient pris place Harold Morgan, le président de la chaîne, tranquillement assis entre sa femme et Tess Hampton, ainsi que l'équipe de direction au complet. Tous étaient venus accompagnés.

Layne les salua chaleureusement.

— Ah, bonsoir, Layne, lui répondit Harold. Je suis sûre que vous connaissez tout le monde.

— Oui.

Stanley Martin, le seul membre afro-américain de la direction, se leva et invita Layne à s'installer à côté de lui. Elle le remercia, s'assit sur la chaise qu'il lui présentait et posa sa pochette sur la table.

Les serveurs ne tardèrent pas à venir pour apporter du vin, de l'eau et un assortiment de hors-d'œuvre. Il y avait de la bisque de homard, du mesclun, des canapés de terrine et de la chair de crabe sur lit de laitue.

Stanley se pencha vers Layne et lui dit tout bas :

— Vu le niveau des hors-d'œuvre, quelque chose me dit que le plat principal ne sera pas un simple blanc de poulet pané.

— La fondation dépense apparemment son budget repas avec beaucoup de soin, renchérit Layne en riant.

— J'ai eu l'occasion de voir votre travail, poursuivit Stanley en buvant une gorgée de vin.

— Ah. Est-ce une bonne ou une mauvaise nouvelle pour moi ?

Il sourit et répondit :

— Je pense que vous avez un potentiel considérable. C'est

la raison pour laquelle j'ai suggéré à Harold de vous confier la couverture de cet événement.

Par chance, Layne avait appris à garder le contrôle de ses émotions. Cela lui évita de cracher sa gorgée de vin sur le smoking de Stanley. Elle cligna des yeux, avala et s'éclaircit la voix en reposant son verre sur la table.

— C'est *vous* qui le lui avez suggéré ? demanda-t-elle.

— Oui. Pourquoi êtes-vous étonnée ?

Il s'était approché d'elle en disant cela, non ?

— Je ne me doutais même pas que vous saviez qui j'étais, dit-elle tout en luttant pour rassembler ses esprits.

Il la regardait fixement, avec une intensité qui ne semblait pas avoir sa place dans une discussion professionnelle. Elle ne savait pas comment réagir. Elle aurait volontiers repris du vin, mais elle sentait que ses mains tremblaient et n'osait pas attraper son verre.

Stanley inclina la tête et esquissa un sourire, puis il récita le CV de Layne aussi facilement que s'il avait parlé de sa propre carrière. Il évoqua même des détails de certains reportages qu'elle avait effectués et fit allusion à ce que ses collègues pensaient d'elle.

En l'écoutant, elle se demanda si elle devait être flattée ou terrifiée. Avec tout ce qu'il savait sur elle, n'était-il pas probable qu'il soit au courant de sa relation avec Paul ? Elle avait renoncé à porter sa bague de fiançailles ce soir, préférant rester discrète tant que tout n'était pas réglé entre eux. Mais surtout, pourquoi Stanley s'était-il à ce point renseigné sur elle ?

— Il faut se rendre à l'évidence, dit-il en chuchotant. Nous sommes peu nombreux dans ce milieu. Alors dès que je peux aider un membre de notre communauté à s'y faire une place, je n'hésite pas.

Il fit une pause et sembla s'approcher encore plus de Layne pour ajouter :

— Je peux être un allié très précieux.

— Je vois.

Elle se passa nerveusement la langue sur les lèvres.

— Ce soir, poursuivit Stanley, c'est à vous de prouver que je ne me suis pas trompé dans mes recommandations.

Il se redressa, leva sa flûte en guise de salut et but le reste de son champagne.

— Vous devriez passer me voir dans mon bureau la semaine prochaine, suggéra-t-il.

À cet instant, sa voisine de droite lui tapota l'épaule pour attirer son attention et il se détourna de Layne, qui put de nouveau respirer. Ce répit était bienvenu, tant l'échange qu'elle venait d'avoir avec Stanley Martin l'avait mise mal à l'aise. Plus que ce qu'il lui avait dit, c'était son attitude qui lui avait paru étrange. Son regard, le ton de sa voix, sa façon de s'approcher d'elle...

Elle parvint à se ressaisir et à participer à la conversation générale au fil du repas, jusqu'au moment où elle put rejoindre Ron.

— Tu as dîné ? lui demanda-t-elle.

— Oui, j'étais avec les autres techniciens dans une plus petite salle, c'était très sympa.

Il sourit, puis regarda Layne et fronça les sourcils.

— Ça ne va pas ? lui demanda-t-il.

— Si, si. Je crois que je suis juste un peu anxieuse.

— Ne t'inquiète pas, je suis sûr que tout va bien se passer. Respire à fond, et dès que tu es prête, nous pouvons commencer.

La suite de la soirée se déroula effectivement sans encombre. Elle interrogea les invités prévus et fit son intervention en direct dans le journal de 23 heures, en y incluant une interview de la présidente de la fondation et des déclarations de différentes personnalités. Quand tout fut fini, elle était épuisée mais satisfaite du travail accompli.

— Si je n'enlève pas ces talons, plaisanta-t-elle en se laissant tomber sur un siège, je vais me mettre à hurler.

— Quelle soirée, répondit Ron en rangeant son matériel. Tu as été super.

— Réussite collective. Je n'aurais rien pu faire sans toi.

Ton œil affûté, ta maîtrise technique, ton sens du rythme... J'ai eu de la chance que tu sois choisi pour m'accompagner.

— Merci, je suis flatté.

— J'espère que nous aurons d'autres occasions de travailler ensemble, dit-elle en se relevant péniblement.

— Moi aussi.

Elle était sincère. Néanmoins, si son impression était juste et si son évolution dépendait du bon vouloir de Stanley Martin, ses jours chez WNCC étaient comptés, car elle n'était pas prête à payer n'importe quel prix pour une promotion.

Elle n'avait plus qu'une seule priorité : réussir son entretien pour donner sa démission et poursuivre sa carrière à Washington, comme elle en rêvait depuis toujours.

Confortablement installée dans l'avion qui la menait de Charlotte à Washington, Layne ne vit pas le temps passer. Mille pensées contradictoires se bousculaient dans son esprit. Elle était enthousiasmée par ce qui lui arrivait, mais comment ne pas s'inquiéter pour son avenir avec Paul ? Ils avaient à peine échangé quelques mots depuis qu'elle s'était réinstallée chez elle. Leurs conversations téléphoniques avaient été brèves et superficielles, comme si aucun d'eux n'osait aborder le sujet sensible. Il l'avait appelée avant qu'elle monte dans l'avion pour lui souhaiter bonne chance, mais elle était sûre que le cœur n'y était pas. De son côté, lorsqu'elle avait voulu lui parler de Stanley Martin et du sentiment désagréable qu'elle avait eu lors du dîner de gala, elle y avait finalement renoncé, de peur de jeter de l'huile sur le feu. Juste avant de raccrocher, elle lui avait tout de même dit qu'elle l'aimait et qu'ils prendraient le temps de se parler quand elle serait de retour à Charlotte. Il lui avait répondu qu'il l'aimait aussi.

Comme promis, Tina attendait Layne à son arrivée à l'aéroport. Elles tombèrent dans les bras l'une de l'autre, et comme Layne n'avait pas de bagage enregistré, elles purent rejoindre le parking sans attendre.

— Nous allons passer chez moi pour déposer ta valise, dit Tina, puis je t'emmènerai déjeuner. Je te donnerai des détails sur ce qui t'attend ici, et toi, tu me raconteras le gala de la fondation que tu as couvert dimanche soir. J'ai vu tes vidéos sur Internet, c'était fantastique ! Et tu étais sublime.

— Merci, répondit Layne en rougissant. C'est vrai que c'était quelque chose.

— Quelque chose ?

— Je pourrai t'en dire plus quand j'aurai une assiette pleine devant moi, promit Layne en riant.

Pendant la demi-heure de trajet qui suivit, elles échangèrent quelques nouvelles et évoquèrent des souvenirs de leurs années d'études. À plusieurs reprises, leurs versions respectives s'opposèrent tant qu'elles s'esclaffèrent.

— Pour des journalistes sérieuses et expérimentées, nous manquons un peu de précision, dit Tina en riant.

Après s'être garée dans le parking souterrain de l'Essex House, elle conduisit Layne dans le vaste hall d'entrée du bâtiment.

— D'habitude, expliqua Tina, je prends l'ascenseur pour monter directement du sous-sol à mon étage, mais nous faisons un petit détour pour que tu visites.

Layne resta bouche bée en découvrant le sol en marbre, les grandes tables en verre et les luxueux canapés disposés dans plusieurs coins de la salle. Elle vit que le hall donnait à sa gauche sur un restaurant, et à sa droite sur une salle de sport richement équipée.

— Attends... tu vis dans un hôtel ?

— Mais non ! répondit Tina. Ces espaces sont mis à la disposition des résidents. Il y a aussi une garderie et un centre d'affaires. Les services se trouvent au rez-de-chaussée, et les appartements du premier au huitième étage. Nous avons même un toit-terrasse sur lequel nous pouvons organiser des fêtes l'été.

— Ouah ! Quand tu m'as parlé de ton déménagement l'année dernière, je n'imaginais pas un endroit comme celui-ci.

— Moi non plus, je ne m'attendais pas à ça il y a deux ans, quand j'ai entendu parler de la rénovation de ce quartier. Montgomery Grant...

— Montgomery Grant ? La star de l'immobilier ?

— Oui, c'est lui qui est à l'origine de ce projet. Il l'a conçu avec celle qui est devenue sa femme, Lexington, qui s'est chargée du design. Un centre de loisirs a ouvert il y a quelques semaines, juste de l'autre côté de la rue, et il y aura bientôt de nouveaux commerces.

— Très impressionnant.

Dès son arrivée, Layne avait remarqué que les gens qui fréquentaient l'Essex House étaient de toutes origines. Cette diversité faisait plaisir à voir, d'autant qu'elle était inhabituelle dans un bâtiment aussi luxueux.

— Montgomery Grant se donne beaucoup de mal pour redonner de l'éclat et de la vie à ce quartier de Washington, tout en veillant à ce que les logements restent accessibles. Il tient beaucoup à la mixité sociale et ethnique. Cette zone qui était laissée à l'abandon, gangrenée par la criminalité, est métamorphosée. Il y fait bon vivre, et attends un peu de voir la carte du restaurant. Elle est supervisée par Alonzo Grant, le cuisinier des célébrités et frère de Montgomery.

— Tu es sérieuse ? Je l'ai déjà vu à la télévision.

— Bienvenue à Washington ! répondit Tina en riant.

— Alors tu crois que ce Stanley Martin essayait de te faire des avances ? demanda Tina avant de prendre une bouchée de salade au saumon.

— Je ne peux pas l'affirmer, mais c'est vraiment l'impression que j'ai eue. Pas à cause de ce qu'il disait, plutôt par le ton de sa voix et son attitude. Tu vois ce que je veux dire. Que je me fasse des idées ou non, le fait est que j'ai eu une sensation désagréable.

— Je n'ai qu'un seul conseil à te donner : garde tes distances. Et si tu passes effectivement dans son bureau, veille à ce que la porte reste ouverte ou à ne pas t'y trouver seule avec lui. N'accepte surtout pas un rendez-vous tard le soir.

— Oui, oui, je sais tout ça, répondit Layne en soupirant. C'est tout de même incroyable que nous en soyons encore là.

— Ma chérie, c'est triste à dire, mais il y a des choses qui ne changent pas.

— Ou trop lentement.

— Si tu as envie de te détendre dans l'après-midi, suggéra Tina, il y a une piscine olympique chauffée dans la résidence.

— Oh ! je ne dirais pas non. Un peu d'exercice me fera le plus grand bien.

Les locaux de la chaîne WWDC se trouvaient dans un immeuble de quinze étages écoconçu, au cœur de Georgetown. Comme on le lui avait indiqué, Layne monta jusqu'au dixième étage et s'adressa à la jeune femme de la réception.

— Bonjour, dit-elle, je suis Layne Davis. J'ai rendez-vous avec Deanna Mitchell.

— Soyez la bienvenue, répondit la réceptionniste. Deanna vous attend, je vais la prévenir que vous êtes arrivée.

Elle prit son téléphone et échangea quelques mots avec son interlocutrice avant de s'adresser de nouveau à Layne.

— Je vous accompagne, lui dit-elle.

Elle la mena jusqu'à une porte en verre dépoli. Quand elle eut frappé trois petits coups, une voix autoritaire lui répondit :

— Oui, entrez.

Layne sentit son anxiété monter de plusieurs crans d'un coup. La jeune femme ouvrit la porte et s'effaça pour la faire entrer.

— Bonjour, madame, dit Layne en avançant vers Deanna.

La productrice se leva pour la saluer, non sans la dévisager d'un regard perçant.

— Je vous en prie, asseyez-vous, dit-elle d'un ton neutre

après lui avoir serré la main. Nous sommes très heureux que vous ayez pu vous libérer pour cet entretien.

Sur ces mots, elle se réinstalla derrière son bureau. Layne ôta son manteau, le posa sur le bras du fauteuil et s'assit en mettant son sac sur ses genoux.

— Avez-vous fait bon voyage ? demanda Deanna en croisant ses longs doigts fins.

Son vernis à ongles écarlate était assorti à son rouge à lèvres.

— Très bon, merci.

— Bien. J'ai déjà entendu des choses merveilleuses à votre sujet, et je vous ai vue à l'écran une fois ou deux. Maintenant, parlez-moi de vous et dites-moi pourquoi, selon vous, vous auriez votre place chez WWDC.

Elle leva ses yeux vert menthe et regarda fixement Layne. S'efforçant de parler d'une voix calme et assurée, Layne lui fit un résumé de son parcours, en insistant sur les étapes importantes de ses études et de sa carrière. Quand elle eut fini, Deanna esquissa un sourire à peine perceptible.

— De toute évidence, commenta Deanna, vous avez la formation et l'expérience requises. Il est fréquent que les journalistes les plus brillants fassent leurs armes au sein d'antennes locales avant de devenir célèbres. Mais il faut savoir que le fonctionnement d'une grande chaîne nationale est très différent de ce que vous avez connu jusque-là. La somme de travail et les attentes sont beaucoup plus élevées. Le poste à pourvoir à la production du *DC Morning Show* requiert une grande flexibilité. Il faut pouvoir se rendre disponible en urgence pour couvrir un événement, rédiger un papier ou rassembler une équipe. Il faut même être capable, pour le cas où ce serait nécessaire, de remplacer un présentateur. Tout le monde doit se donner à fond, 100 % du temps.

— Bien sûr.

Deanna prit une longue inspiration et se leva.

— J'espère que vous n'avez pas prévu de partir tout de suite, dit-elle. Je voudrais que vous rencontriez quelques-uns de nos collaborateurs et que vous visitiez le studio. Et bien sûr, par la suite, je vous transmettrai mes impressions sur vos vidéos.

Layne sentit son cœur cogner sourdement contre sa poitrine.

— Je suis à votre disposition, répondit-elle. Je ne repartirai à Charlotte que samedi matin.

— Parfait. Vous pouvez laisser vos affaires ici si vous le souhaitez, je vous emmène.

— Merci.

Layne la suivit en laissant son manteau mais en prenant son sac avec elle. Le sourire aux lèvres, elle découvrit avec fascination le décor dans lequel son rêve allait peut-être bientôt se réaliser. Elle fit son possible pour retenir les noms et les visages des gens que lui présentait Deanna, mais son état euphorique rendait tout cela un peu flou.

À la fin de la visite, Deanna l'invita à déjeuner, mais Layne aurait été incapable de dire ce qu'elle avait commandé tant son esprit était ailleurs. Elle ne pensait qu'à une chose : aujourd'hui ou demain, lundi au plus tard, on allait lui proposer le poste qu'elle voulait depuis toujours.

— Vous séjournez dans l'hôtel que nous vous avons proposé ? demanda Deanna tandis qu'elles reprenaient le chemin de son bureau.

— Non, j'ai beaucoup apprécié cette invitation, mais je suis accueillie chez une amie que j'ai connue à l'université. Nous ne nous voyons pas souvent et c'était l'occasion de passer du temps ensemble.

— Ah, oui, Tina.

Layne fut frappée et gênée par le ton presque dédaigneux de la voix de Deanna.

— En général, poursuivit la productrice, je me charge moi-même de trouver les talents que je recrute. Quand les recommandations viennent d'ailleurs...

Elle s'assit à son bureau sans finir sa phrase. Layne s'efforça de garder le sourire.

— Quoi qu'il en soit, dit Deanna, j'étais absolument enchantée de vous rencontrer en personne. Je vais regarder attentivement vos vidéos, en discuter avec certaines personnes, puis je reviendrai vers vous.

— Entendu.

Layne reprit son manteau et serra la main de Deanna.

— À bientôt, dit Deanna.

— Merci de m'avoir reçue et de m'avoir accordé votre temps, répondit Layne avec un grand sourire.

D'un signe de tête semblable à celui d'une reine, Deanna lui indiqua qu'elle pouvait disposer.

— Alors, raconte-moi tout ! dit Tina avec excitation.

Elle avait emmené Layne dans son restaurant mexicain préféré, où on venait de leur servir deux margaritas et des nachos avec du guacamole.

— Eh bien, pour ce qui est de Deanna..., répondit Layne. J'ai eu du mal à la cerner. Elle peut se montrer chaleureuse et encourageante, puis devenir froide et distante en une fraction de seconde. À la fin de l'entretien, j'ai eu le sentiment qu'elle était agacée qu'on lui ait demandé de me recevoir, que je n'aie pas été choisie par *elle*.

— Ah, je vois. Mais malgré cela, tu corresponds exactement au profil qu'ils recherchent. C'est ce qui compte.

Layne mâcha avec gourmandise une bouchée de nacho au guacamole en se remémorant les événements de la journée.

— Je sais que je peux faire du bon travail, dit-elle avec conviction. Je suis faite pour ça, je le sens.

— Tu le sais et je le sais, affirma Tina.

Elle fit une pause avant d'ajouter :

— Que vas-tu faire avec Paul ?

— Je n'ai rien à faire tant que je n'ai pas reçu l'offre officielle de WWDC.

— Voyons, tu sais bien que tu vas la recevoir. Alors ?

Layne soupira.

— Nous trouverons une solution, répondit-elle. Je dois y

croire. Paul m'aime et ne me souhaite que le meilleur. Ce sera difficile d'être séparés, mais je sais qu'il veut mon bonheur.

— D'accord. Mais… est-ce que vous vous êtes parlé tous les deux ? Au moins un peu ?

Layne caressa sa bague de fiançailles, qu'elle avait remise.

— Pas vraiment, murmura-t-elle. Mais nous allons le faire. À mon retour.

Tina était partie travailler. Elle devait rentrer à 19 heures et avait promis à Layne une dernière soirée de fête avant son départ le lendemain matin.

Il était presque 10 heures lorsque le portable de Layne sonna. C'était la représentante des ressources humaines de WWDC. En entendant sa proposition d'embauche, Layne dut fermer la bouche en serrant les lèvres pour s'empêcher de crier. Elle écouta aussi attentivement que possible ses explications sur les documents qu'elle allait recevoir par e-mail.

— Vous avez deux jours ouvrés pour les lire et nous les retourner signés, précisa son interlocutrice. Comme nous sommes vendredi, cela vous laisse jusqu'à mardi.

— C'est parfait.

— Je vais juste vérifier votre adresse e-mail.

Layne confirma ses coordonnées.

— Merci, ajouta-t-elle. Je vais guetter ma messagerie. Bonne journée.

Après avoir raccroché, elle serra son téléphone dans sa main et s'écria :

— J'ai réussi ! Ça y est, j'ai réussi !

Elle se mit à danser sur place, puis se figea et sentit une brûlure dans sa gorge. Ses larmes coulèrent sans qu'elle puisse les retenir. Elle était déchirée entre un bonheur immense et la peur qu'elle ne pouvait plus ignorer : celle de perdre Paul.

3

Trois ans plus tard
Washington, DC

Layne ôta son micro-cravate et le tendit à Cherie Farmer, son assistante technique. À vrai dire, Cherie était si compétente et polyvalente qu'elle jouait davantage le rôle de bras droit. C'était une magicienne du son et de l'image, grâce à qui Layne apparaissait toujours sous son meilleur jour à l'écran, même en pleine tempête ou au milieu des sirènes de pompiers. Ensemble, elles formaient une équipe de choc.

Elles étaient assises dans le camion régie qu'elles utilisaient pendant la durée du National Book Festival. Tous les auteurs qui comptaient, les lecteurs passionnés et les acteurs majeurs du monde de l'édition étaient rassemblés à l'occasion de cet événement. Il y avait des dizaines d'interviews à effectuer en quelques jours.

Layne avait obtenu un entretien exclusif avec deux lauréates de grands prix littéraires. Les femmes étant, cette année encore, nettement moins représentées que les hommes, elle avait décidé d'en faire son fil rouge tout au long du festival afin d'attirer la lumière sur elles.

— Notre série de reportages va faire un malheur, dit Cherie en rangeant son matériel.

Layne sourit et s'assit pour enlever ses chaussures et se masser les pieds.

— Oui, nous avons capté de beaux moments, et j'aime beaucoup les réactions du public que nous avons recueillies. C'est du beau travail !

Elles se tapèrent dans la main et Cherie s'assit à côté d'elle.

— Tu sais, Layne, je tiens à te remercier d'avoir encore fait appel à moi. Notre collaboration est un vrai moteur pour ma carrière. Les gens voient que tu apprécies mon travail et me regardent différemment.

— Tout le mérite te revient, assura Layne. Tu as tellement de qualités ! Dès notre premier reportage ensemble, pour l'ouverture du centre commercial créé par Montgomery Grant, j'ai su que tu étais la meilleure et que nous étions faites pour nous entendre. Si je réussis dans ce que je fais, c'est parce que je peux compter sur toi.

— Et tu le pourras toujours, promit Cherie avec un sourire complice. Tu voudras assister au montage ?

— Bien sûr. Il faudra découper en vidéos courtes le direct que nous avons fait tout à l'heure.

— Je suis sûre qu'elles seront diffusées lundi matin dans le *DC Morning Show*.

— Sans doute.

— Après tous les contenus que tu as produits pour cette émission, ils pourraient te donner plus de temps en plateau. Il serait temps !

— Cela pourrait bien arriver. D'après les rumeurs, Brett Conway est sur un siège éjectable. Si c'est vrai, il faudra bientôt un nouveau présentateur pour le remplacer.

— Quoi ? s'exclama Cherie en écarquillant les yeux. J'ai effectivement entendu dire qu'il avait des ennuis, mais au point de perdre sa place ? Et... tu penses que tu es dans la course ?

— Écoute, nous faisons de l'excellent travail. Notre reportage sur la crise du logement nous a valu un prix. Ce n'est pas rien. Je me démène depuis le début avec cet objectif en vue, alors...

Elle prit la main de Cherie et ajouta :

— En tout cas, sois sûre d'une chose : quand j'aurai le poste, je te prendrai avec moi. Tu as ma parole.

Assise sur le canapé de son salon, Layne finissait ses fettucine aux légumes en regardant distraitement les informations sur WWDC. L'une de ses vidéos faites au festival venait de passer, puis la présentatrice avait invité les téléspectateurs à se rendre sur le site Internet de la chaîne pour découvrir ses reportages en intégralité.

Layne sourit et poussa un soupir de satisfaction. En arrière-plan de sa vidéo, on distinguait le contour du Capitole, la Maison-Blanche et le Washington Monument. Cela lui rappela le jour où, par un froid glacial, elle avait fait le voyage jusqu'à la capitale pour assister à l'investiture du président Obama. Si elle avait eu le moindre doute sur sa vocation de devenir journaliste ici, au cœur des institutions, il s'était dissipé ce matin de janvier. Sa place était là. Et maintenant qu'approchaient les élections de mi-mandat, elle comptait bien faire son maximum auprès de Deanna pour être chargée de couvrir l'événement. Elle avait prouvé sa capacité à traiter des sujets les plus légers comme des plus graves et à mener des interviews de qualité, lors desquelles elle ne se laissait pas intimider par ses invités. Elle méritait désormais un poste de présentatrice et sentait qu'elle n'aurait plus longtemps à attendre avant de l'obtenir.

Elle tapota sur la tablette reliée à sa télévision et se connecta à la chaîne YouTube de WNCC pour prendre des nouvelles de Charlotte. Son cœur se serra quand le visage de Paul apparut sur son grand écran. Son sourire la fit fondre comme au premier jour. En écoutant sa voix profonde, elle se remémora le temps où il lui avait murmuré à l'oreille des paroles tendres ou sensuelles.

Les trois ans qui s'étaient écoulés depuis leurs adieux lui semblaient une éternité. Paul avait dit qu'il comprenait que ce déménagement à Washington était quelque chose que Layne devait faire pour elle-même. Il comprenait, avait-il insisté, et ne voulait que son bonheur. *Mais*… il y avait toujours un *mais*. *Mais* il savait aussi ce qu'il voulait pour lui-même, et la carrière qu'il avait commencé à construire plus de dix ans auparavant était ancrée à Charlotte. Il avait souligné que cela, Layne l'avait toujours su. Elle l'avait su quand ils avaient commencé à se voir, puis quand leurs rendez-vous étaient devenus quotidiens, quand l'attirance s'était changée en amour et quand leur liaison secrète avait fait place à une demande en mariage. *Mais*… bien qu'elle lui ait dit des centaines de fois qu'elle voulait faire sa vie avec lui, elle avait décidé de partir plutôt que de l'épouser.

Elle ferma les yeux et se blottit au fond du canapé. Même si elle comprenait la déception et l'amertume de Paul, les paroles qu'il avait prononcées lui faisaient encore mal. À chaque fois qu'elle y pensait le jour ou en rêvait la nuit.

Paul et elle étaient deux personnes ambitieuses et déterminées. Leur passion commune était en partie ce qui les avait réunis, mais aussi ce qui les avait séparés. Alors qu'ils auraient pu suivre des voies parallèles, leur parcours professionnel les avait finalement menés dans des directions trop éloignées.

Après la prise de poste de Layne chez WWDC, ils avaient essayé pendant quatre mois de vivre leur amour à distance. Mais entre l'emploi du temps de Paul et les missions de dernière minute de Layne, se retrouver, même le temps d'un week-end, leur était devenu impossible. Après des annulations répétées, il avait fallu se rendre à l'évidence. Layne avait remarqué le regard de Paul, son attitude distante les rares fois où ils se voyaient, ses remarques sur la « nouvelle vie trépidante » de Layne. Malgré ce qu'il prétendait, il lui en voulait d'avoir choisi sa carrière au détriment de leur couple. Il était seulement trop fier pour le dire en ces termes. Au bout de ces quatre mois, lors d'une conversation d'une heure par vidéo, ils avaient convenu que c'était fini.

Mais cela n'empêchait pas Layne de penser à lui, de brûler de le voir et de le toucher, de vouloir entendre sa voix et sentir ses caresses. Il lui manquait et elle se demandait s'il éprouvait la même chose, au moins un peu. Elle se réfugiait dans le travail pour combler le vide laissé par son absence, en se disant que lorsqu'elle décrocherait enfin le poste de présentatrice, elle saurait qu'elle n'avait pas fait tout cela pour rien.

Elle avait perdu Paul, mais sa vie d'aujourd'hui était celle qu'elle avait voulue. Ce qu'elle avait lui suffisait. Pour le moment.

Le lundi matin, en arrivant au bureau, Layne se rendit tout de suite compte qu'un bruit courait dans les couloirs. Des groupes formés çà et là chuchotaient et gesticulaient, sans qu'elle parvienne à saisir le contenu des conversations. Elle ne perçut que quelques mots en marchant jusqu'à son bureau. *Deanna. Scandale. Présentation. Urgence.*

Elle tomba sur Cherie qui sortait de la salle de pause.

— Tu sais ce qui se passe ? lui demanda-t-elle tout bas.

— Une pagaille incroyable !

— Quoi ? Explique-moi tout, lui enjoignit Layne en l'attirant dans son bureau.

Elle referma la porte et se mit face à Cherie pour l'écouter.

— Il paraît que Deanna a renvoyé Brett Conway. La sécurité l'a accompagné à la sortie il y a quelques instants et il va être remplacé sur-le-champ. Il n'est plus le présentateur du *DC Morning Show*.

— Tu es sérieuse ?

— Absolument. D'après ce qu'on m'a dit, les charges portées contre lui étaient trop graves pour que le conseil d'administration continue à le soutenir.

Layne s'assit dans son fauteuil en cuir et posa son sac cabas sur son bureau.

— La place est libre, murmura-t-elle pour elle-même.

Elle avait déjà l'esprit en ébullition.

— Une réunion d'urgence va se tenir dans une heure, dit Cherie. Tu as dû recevoir un e-mail à ce sujet.

Layne alluma aussitôt son ordinateur et repéra le courrier

de Deanna dans sa messagerie. Elle était effectivement convoquée avec le reste de l'équipe.

Elle respira profondément et ne put s'empêcher de sourire. Son cœur se mit à battre sourdement.

— C'est mon moment, dit-elle avec conviction. Je suis la remplaçante toute désignée. La plus expérimentée de notre équipe. J'ai été devant et derrière la caméra, cela fait trois ans que je donne tout pour cette émission. C'est maintenant.

Cherie s'approcha d'elle et lui adressa un grand sourire.

— C'est pour toi, assura-t-elle.

— C'est pour *nous*, corrigea Layne.

Quand l'heure de la réunion fut arrivée, Layne se rendit avec Cherie dans la grande salle de conférences. Tous les membres de l'équipe du *Morning Show* prirent place autour de la table sans cesser de chuchoter en cachant leur bouche derrière leur main. Layne s'assit avec son amie en bout de table pour avoir une vue d'ensemble et apprécier au maximum le moment où Deanna allait annoncer qu'elle était choisie pour remplacer Brett.

— Merci à tous d'être venus, commença Deanna.

Elle était debout entre la directrice des ressources humaines et l'assistante de celle-ci.

— Comme vous devez désormais le savoir, poursuivit-elle, Brett Conway, qui faisait partie de cette entreprise depuis près de dix ans, a été licencié aujourd'hui.

Elle donna un petit coup de menton avant d'ajouter :

— Il était devenu le visage du *DC Morning Show*. C'est en grande partie grâce à son travail que l'émission a atteint la deuxième place de sa tranche horaire en termes d'audiences. Cependant, ajouta-t-elle en s'éclaircissant la voix, son succès et ses années de service ne peuvent nous faire ignorer les graves accusations portées contre lui. Nous les avons prises au sérieux, et après des mois d'enquête interne, nous sommes parvenus à la conclusion qu'elles étaient fondées. En raison des poursuites judiciaires à venir, je n'entrerai pas dans les détails et ne nommerai pas les parties concernées. Mais évidemment, ces événements vont entraîner des changements importants pour notre émission.

À ce moment, l'expression de Deanna se fit moins sévère. Son regard s'adoucit et elle sourit légèrement.

— Je suis heureuse, et même enchantée, de vous annoncer le nom de la personne qui remplacera Brett à la présentation du *Morning Show*.

Layne gigota nerveusement sur sa chaise. Cherie lui serra la main.

L'assistante des ressources humaines fit quelques pas pour aller ouvrir la porte.

Deanna poursuivit :

— Je vous prie d'accueillir le nouveau présentateur du *DC Morning Show*, M. Paul Waverly !

Layne se figea. Ses oreilles se mirent à bourdonner. Elle eut chaud et sa vue se brouilla. Lorsqu'elle ouvrit sa bouche pour parler, aucun son n'en sortit.

— Qu'est-ce que c'est que ça ? siffla Cherie.

Elle lança à Layne un regard incrédule et lui saisit le bras.

— Layne, chuchota-t-elle, je suis tellement désolée.

Layne n'arrivait toujours pas à articuler un mot. Apparemment Paul faisait un discours, mais elle n'entendait rien de ce qu'il disait. Elle avait la tête qui tournait et crut qu'elle allait être malade.

— Je... je dois sortir, dit-elle d'une voix étranglée.

Elle s'enfuit par la porte de derrière et courut aux toilettes.

Face à la glace, elle regarda fixement son reflet. Elle s'appuya sur le lavabo et prit de longues inspirations pour essayer de calmer ses tremblements. Comment était-ce possible ? Paul ? Ici à Washington ? Lui qui avait dit qu'il ne quitterait *jamais* Charlotte, même pas pour elle ? Pourtant il était bien là, venu pour occuper ce poste de présentateur, en sachant parfaitement qu'il prenait à Layne ce qu'elle voulait plus que tout. Qu'avaient-ils bien pu lui offrir ?

Des larmes lui inondèrent les yeux et coulèrent sur ses joues.

Elle passa le reste de la journée dans un épais brouillard, faisant son travail de façon machinale. Elle trouva une excuse pour éviter le verre organisé en fin de journée en l'honneur de Paul Waverly, et quand Cherie lui proposa de sortir pour se changer les idées, elle préféra décliner. En dépit de leur amitié, Layne ne lui avait jamais parlé de Paul. C'était une partie de sa vie qu'elle gardait pour elle.

Une fois arrivée chez elle, elle referma la porte de son appartement, se débarrassa de ses chaussures, abandonna son sac sur le sol de l'entrée et se traîna jusqu'au salon. Son téléphone portable sonna. Elle le sortit de sa poche de jean et vit le visage de Tina apparaître sur l'écran. Quand elle voulut lui dire bonjour, sa voix se brisa.

— Layne ? Que se passe-t-il ?

Malgré ses efforts, elle ne put retenir ses sanglots.

— Layne ! Tu m'inquiètes, dis-moi ce qui t'arrive.

— Tu ne vas pas me croire, balbutia Layne entre deux hoquets.

— De quoi parles-tu ?

— Paul. Il est ici, à Washington. C'est lui, le nouveau présentateur du *Morning Show*.

Tina resta un instant bouche bée, les yeux écarquillés. Puis elle marmonna un juron avant d'ajouter :

— J'arrive tout de suite.

Elle raccrocha sans laisser à Layne le temps de répondre.

— Donc, parmi tous les journalistes de ce pays, Deanna a choisi Paul Waverly et a réussi à le convaincre de venir présenter l'émission qui vous avait séparés, lui et toi, résuma Tina. C'est vraiment...

Layne renifla et s'essuya la joue du revers de la main. Elle ne pleurait plus de chagrin mais de colère. Après avoir fini son deuxième verre de vin, elle prit la bouteille que Tina avait apportée et se resservit.

— Je ne sais ni quoi penser, ni quoi faire, confia-t-elle en soupirant.

— Quand vous êtes-vous parlé pour la dernière fois ? demanda Tina.

— Il y a plus de deux ans.

— J'imagine que Deanna n'est pas au courant pour vous deux.

— Je ne vois pas comment elle le serait. En tout cas, certainement pas par moi. Et ici comme à Charlotte, personne ne sait que nous avons été en couple. Nos fiançailles ont été si brèves que nous ne les avons jamais annoncées. Seulement, je ne sais pas ce qui se passe dans la tête de Deanna. Je me rappelle juste l'impression que j'ai eue lors de notre rencontre. Elle avait l'air de m'embaucher à moitié sous la contrainte. Mais c'était une sensation, rien de plus. Je ne sais pas vraiment, et c'est bien ça le problème.

— Deanna est connue pour sa motivation et sa détermination sans limites. Elle est prête à tout pour obtenir ce qu'elle veut et n'hésite pas à marcher sur ceux qui se mettent en travers de son chemin. C'est ce que le conseil d'administration apprécie chez elle. Et c'est pourquoi c'était si important qu'elle approuve ton recrutement.

Tina s'interrompit le temps de boire une gorgée de vin, puis elle reprit :

— Bon, il va bien falloir que tu parles à Paul à un moment ou l'autre. Il sait que tu es là.

— Exactement ! Il le sait. Il sait à quel point je voulais ce poste et pourtant... Tu as raison, soupira-t-elle. Je ne pourrai pas l'éviter éternellement. Nous allons travailler ensemble.

Elle faillit s'étouffer en prononçant le mot « ensemble ».

— Je vais devoir m'y préparer, à la fois mentalement et émotionnellement.

Elle finit son verre et regarda Tina.

— Il faut que nous commandions à dîner, dit-elle à son amie avec un sourire de dépit. Ce n'est pas une bonne idée de boire sans manger.

— Tu as raison, et je meurs de faim ! Pizza ?

— Une chacune, approuva Layne en riant.

Pendant que Tina passait commande sur son téléphone, Layne laissa son regard se perdre dans le vague. Comment Paul avait-il pu lui faire cela ? Était-ce pour la punir d'être partie ? Ces trois ans avaient-ils fait de lui un homme vindicatif ? Elle ne voyait pas quel autre motif que la cruauté et l'esprit de vengeance aurait pu le faire agir ainsi.

4

Paul entra dans l'appartement meublé qu'il occupait sur la Cinquante-neuvième Rue, desserra sa cravate et déboutonna son col de chemise. Puis il avança sur le parquet massif pour s'approcher du bar. WWDC ne regardait pas à la dépense pour lui assurer un confort absolu. Il se servit un verre de cognac Hennessy et s'installa sur le canapé pour regarder distraitement un documentaire sur l'évolution des quartiers de New York. Au bout de quelques minutes à peine, ses pensées le ramenèrent à Layne.

Ses sentiments pour elle n'avaient pas changé. Il avait cru le contraire pendant quelque temps, l'avait même espéré. Il avait tout fait pour cela. Il s'était plongé dans le travail et aventuré dans des liaisons sans lendemain, vides de sens, en se disant que ces femmes l'aideraient à tourner la page. Puis était arrivée la proposition de Deanna Mitchell.

Un an plus tôt, à Chicago, lors de la convention annuelle de l'association nationale des journalistes afro-américains, il avait prononcé un discours sur l'importance des médias locaux dans l'information des différentes communautés. À l'issue de sa prise de parole, de nombreux confrères étaient venus le féliciter, et il avait remarqué derrière eux, un peu en retrait, la présence d'une femme qui le regardait fixement en sirotant une flûte de champagne. Son sourire énigmatique avait intrigué Paul.

Peu à peu, le groupe qui l'entourait s'était dispersé et Paul s'était retrouvé face à face avec Deanna. C'était une très belle femme, dont le teint olivâtre et les yeux vert menthe laissaient planer le mystère sur ses origines. Il avait seulement reconnu en elle quelque chose d'exotique.

— Monsieur Waverly, avait-elle dit en s'approchant de lui d'une démarche féline. Votre présentation était passionnante.

— Merci.

— Deanna Mitchell, avait-elle ajouté en lui serrant la main. Directrice de production du *DC Morning Show*.

Paul était resté sans voix. *Le* DC Morning Show. *Layne.*

— Vous m'avez beaucoup impressionnée, avait poursuivi Deanna. Cela fait quelque temps que je suis votre carrière de loin et je peux vous affirmer que passer sur une chaîne nationale vous permettrait d'accéder à des sphères dont vous n'avez pas idée. Vous avez trop d'envergure pour rester où vous êtes.

— Je le prendrais presque comme un compliment, avait-il répondu sur le ton de la plaisanterie.

— Veuillez excuser mon franc-parler. Le tact n'est pas ma première qualité.

— Je ferai avec.

Deanna avait ri, puis avait poursuivi :

— Mais je vous ai parlé sérieusement ! Vous méritez mieux qu'une antenne locale. Vous avez le charisme d'une star, monsieur Waverly. C'est une chose que je sais parfaitement reconnaître.

Elle avait alors sorti de sa pochette une carte visite qu'elle lui avait tendue.

— Je vous demande de m'appeler le jour où vous serez de passage à Washington.

Sur ces mots, elle lui avait souri et s'était éloignée fièrement.

Après avoir jeté un œil sur la carte, Paul l'avait rangée dans la poche intérieure de sa veste. Il n'avait pas envisagé une seconde de donner suite à la prise de contact de Deanna, même si Layne lui manquait terriblement. Il avait plutôt cherché à se convaincre que tout ce dont il avait besoin se trouvait à Charlotte et qu'il serait bientôt remis de leur séparation.

Il avait mis cette rencontre de côté et s'était de nouveau jeté à corps perdu dans le travail pour oublier le manque qui le faisait souffrir. Les nuits où il avait voulu assouvir le désir qui le consumait, il s'était rendu compte qu'il ne trouvait de satisfaction avec aucune femme, aussi belle et sensuelle soit-elle.

Inévitablement, le souvenir de Layne avait continué à hanter son esprit, encore et encore. Est-ce qu'elle pensait à lui, à tout ce qu'ils avaient vécu ensemble ? Regrettait-elle parfois d'avoir quitté Charlotte ? Avait-elle rencontré quelqu'un ? Était-elle heureuse ? Ces questions l'avaient obsédé. Jusqu'au jour où Deanna Mitchell lui avait téléphoné pour lui faire une proposition qui l'avait totalement stupéfié. Il n'avait pas eu besoin d'y réfléchir longtemps pour savoir qu'il aurait été stupide de refuser.

Il se leva et marcha de long en large dans l'appartement. Il avait eu un choc en revoyant Layne quelques instants plus tôt, dans la salle de conférences. Après le choc étaient venues la joie, puis l'angoisse, et finalement la colère. Car après avoir rêvé d'elle pendant si longtemps, le fait de la voir en chair et en os avait réveillé sa souffrance et son sentiment de trahison. Et quand elle s'était levée pour sortir en pleine réunion, il l'avait vraiment pris comme une insulte de sa part.

Il soupira et se dirigea vers la luxueuse salle de bains pour prendre une douche. De toute façon, il était là maintenant. Il n'était plus question de faire marche arrière. Et l'ironie avait voulu que le poste que convoitait tant Layne lui revienne, à lui. La vie réservait bien des surprises.

— Salut, Layne, comment tu te sens ? demanda Cherie quand elles se rencontrèrent dans le couloir.

— Il faut faire avec, répondit Layne en esquissant un sourire forcé.

— Peut-être qu'il s'écrasera en vol, chuchota Cherie.

Layne étouffa un rire. Si Cherie avait connu Paul, elle aurait su qu'il ne fallait pas compter sur cette éventualité.

— Peut-être, répéta-t-elle sans y croire une seconde. Mais quoi qu'il en soit, je ne compte pas me préoccuper de Paul Waverly. J'ai déjà bien assez à faire.

Elle regarda l'heure sur son téléphone.

— Je dois préparer mes interviews, conclut-elle en arrivant devant son bureau.

— À plus tard ! dit gaiement Cherie.

Elle poursuivit son chemin et Layne entra dans son bureau. Une fois seule à l'intérieur, elle s'appuya contre la porte et ferma les yeux. Son cœur battait à mille à l'heure. Depuis l'instant où elle était entrée dans les bureaux de WWDC, elle redoutait à chaque seconde de tomber sur Paul. Que faire si cela arrivait ? Que se diraient-ils après tout ce temps ? Feraient-ils semblant de ne pas se connaître ? Ce serait difficile, étant donné que Deanna savait qu'ils venaient tous les deux de WNCC.

Elle se redressa et fit quelques pas pour allumer la télévision fixée au mur. Le *DC Morning Show* commençait tout juste et Carl Bellows, le présentateur par intérim, recevait Paul pour annoncer son arrivée prochaine aux téléspectateurs.

Le souffle coupé, Layne vit son visage envahir l'écran et écouta sa voix profonde en se mordant la lèvre inférieure. Elle était hypnotisée. Il n'avait qu'à apparaître et prononcer quelques mots pour que son charme opère. Elle savait que dès la première émission, il endosserait son rôle comme s'il avait été créé sur mesure pour lui et tous les fidèles de la chaîne l'adopteraient.

Elle soupira. Peut-être que ce poste était effectivement fait pour lui, et non pour elle. Elle cligna des yeux pour contenir ses larmes et se rendit compte que ses mains tremblaient. Elle jura et serra les poings. Tant d'efforts, tant de travail et de sacrifices... Tout cela pour se retrouver au point de départ.

Comment allait-elle s'y prendre pour continuer à faire son

travail comme si de rien n'était ? Un peu plus tard dans la journée, elle allait devoir participer à la réunion de préparation pour l'émission de demain. En présence de Paul.

Elle avait deux heures devant elle pour recouvrer son sang-froid et se tenir prête à regarder Paul dans les yeux pour lui souhaiter la bienvenue sans faiblir.

Elle gémit et se prit la tête entre les mains. Finalement, la sonnerie de son portable la força à rouvrir les yeux.

— Salut, Tina, dit-elle en décrochant.

— J'appelle pour prendre de tes nouvelles, lui dit son amie. Je voulais m'assurer que tu n'avais pas encore étranglé Paul à mains nues.

— Très drôle. Je vais bien. Je crois. Je ne l'ai pas encore vu, mais cela ne va pas tarder. Nous avons une réunion tout à l'heure.

— Bon, dis-toi que tout va bien se passer. Ce n'est qu'un homme, après tout.

— Oui, oui.

— À vrai dire, Layne, je voulais aussi te parler d'autre chose. Tu sais qu'en tant qu'assistante de rédaction au *Post*, je suis chargée de confier certains reportages aux journalistes.

Layne devina que ce que Tina avait à dire n'allait pas lui plaire.

— Oui, et alors ? demanda-t-elle précipitamment.

— Nous allons envoyer un reporter chez WWDC pour écrire sur la première semaine de Paul et faire une longue interview de lui.

— Non, tu n'es pas sérieuse.

— Si, et ce n'est pas tout.

Layne attendit la suite, les tempes battantes.

— C'est moi qui vais faire ce reportage, déclara Tina.

Elle expliqua à Layne la raison pour laquelle elle devait se charger elle-même de ce travail, mais Layne eut toutes les peines du monde à l'écouter. Elle avait l'impression que le monde entier était contre elle.

Après avoir raccroché, elle s'installa à son bureau et

s'efforça de se concentrer sur ce qu'elle avait à faire. Puis vint le moment qu'elle redoutait. À contrecœur, elle se leva, prit son ordinateur et son téléphone et se rendit en salle de réunion. En marchant dans le couloir, elle ne cessait de se répéter : « Sois professionnelle, tu sais le faire ».

Arrivée devant la grande porte de la salle, elle afficha une expression neutre et entra. Elle se dirigea aussitôt vers le fond en évitant de regarder autour d'elle. Un instant plus tard, Cherie arriva en courant et s'assit sur la chaise d'à côté. Elle se pencha vers Layne et chuchota :

— Il paraît que Deanna va faire une annonce aujourd'hui.

— Encore ? répliqua Layne d'un ton sarcastique.

Mais au fond, elle était plus angoissée que jamais. Cela ne s'arrangea pas quand Paul fit son entrée avec Deanna. Quand tout le monde fut assis, Craig, le directeur technique, commença son compte rendu de l'émission de ce matin, en détaillant les points positifs et négatifs. C'était un exercice dans lequel il excellait, grâce à sa capacité à être à la fois juste, précis et exigeant. Ces séances permettaient à chacun de progresser chaque jour sans jamais se sentir montré du doigt, et ceux qui le souhaitaient pouvaient aussi en profiter pour formuler des remarques ou des questions.

Quand ce fut fini, Deanna se leva pour parler.

— C'est le moment, glissa Cherie.

Layne tapa nerveusement du pied sur le sol.

— Comme d'habitude, dit Deanna, vous avez tous été excellents. C'est grâce à vous si le *DC Morning Show* est resté numéro 2 pendant tout ce temps. Et maintenant que nous avons Paul Waverly aux commandes, ajouta-t-elle en faisant un geste théâtral vers lui, je ne doute pas que nous passerons bientôt numéro 1.

Ses propos lui valurent des applaudissements nourris, qu'elle interrompit d'un geste pour continuer :

— Avec la campagne de communication qui va accompagner l'arrivée de Paul, je suis sûre que nos chiffres d'audience ne tarderont pas à dépasser tout ce que nous avons connu jusqu'à présent.

Après ces mots, elle se tourna vers Paul et lui fit signe de la rejoindre. Il se plaça debout à côté d'elle, affichant ce mélange d'assurance et d'humilité qui le caractérisait. Il avait cette faculté unique de donner à chaque personne l'impression qu'il s'adressait à elle en particulier, que ce soit à l'écran ou dans la réalité. Personne ne résistait à l'intensité de son regard et au timbre envoûtant de sa voix.

Il sourit, mit les mains dans ses poches et prit la parole.

— Merci, Deanna. Et merci à vous tous pour votre accueil chaleureux. Dès le début de ma carrière, je m'étais promis de ne jamais quitter Charlotte. Je m'y sentais chez moi pour de nombreuses raisons. Mais... Deanna peut être très persuasive.

Son haussement de sourcils ne manqua pas de faire rire l'assemblée.

— Elle m'a confié une grande responsabilité, poursuivit-il, mais avec les talents réunis dans cette salle, je n'ai aucune crainte pour notre avenir commun. Nous allons avancer tous ensemble et notre succès sera collectif.

Layne roula des yeux.

— J'ai autre chose à vous annoncer, reprit Deanna. Dans ce contexte de changements majeurs, il me paraît important que Paul ait à ses côtés l'un de nos meilleurs éléments pour assurer la production de l'émission. J'ai nommé... Layne Davis.

Abasourdie, Layne jura entre les dents. Cherie lui donna une tape sur le bras.

— Layne, félicitations ! C'est génial ! Au moins, ce n'est pas un inconnu. Vous avez travaillé ensemble chez WNCC. Et puis... il n'est pas désagréable à regarder.

En voyant tous les regards se tourner vers elle, Layne se força à sourire et répondit aux applaudissements de ses collègues par un signe de tête.

— Merci, Deanna, dit-elle en luttant pour articuler. Et merci à tous. Je me réjouis de travailler avec M. Waverly.

Ce qu'elle avait évité depuis la veille se produisit alors. Elle rencontra le regard de Paul et vit qu'il la fixait avec insistance. Son cœur se mit à battre violemment.

— Bien, conclut Deanna, ce sera tout pour aujourd'hui. Bravo à tous. Layne, tu peux rester une minute ?

— Je compte sur toi pour le déjeuner, chuchota Cherie. Je veux que tu me dises s'il sent aussi bon qu'il en a l'air. À 13 heures chez Mulberry.

Elle rit et quitta la salle avec ses affaires sous le bras.

Lentement, Layne rangea son ordinateur portable dans sa housse, replaça sa chaise et s'assura qu'elle ne laissait rien derrière elle. Puis elle inspira profondément et avança en direction de Paul et Deanna avec l'impression de marcher sur des sables mouvants. Elle arrivait à peine à respirer.

— Layne Davis, Paul Waverly, dit Deanna quand elle les eut rejoints. Mais je crois que je n'ai pas besoin de faire les présentations puisque vous avez été collègues chez WNCC. Paul, vous connaissez sûrement les compétences de Layne, devant et derrière la caméra.

— Ravie de te revoir, dit Layne à Paul. Je me réjouis de travailler avec toi.

Il cligna des yeux et sembla hésiter brièvement avant de lui répondre.

— C'est réciproque, dit-il en lui tendant la main. Je n'ai entendu que des choses positives sur ce que tu as accompli depuis ton arrivée ici.

Layne glissa sa main dans la sienne et ce fut comme si le temps était suspendu. L'émotion lui noua la gorge.

— Eh bien, balbutia-t-elle en s'éclaircissant la voix, bienvenue chez WWDC.

— J'espérais que nous pourrions prendre un moment pour échanger nos idées concernant l'émission, dit-il.

Sa voix avait toujours le même pouvoir sur elle. Et bien qu'elle ait ôté sa main de la sienne, elle sentait toujours la chaleur de sa peau au creux de sa paume. Si elle ne partait pas au plus vite, elle risquait de s'évanouir ou de hurler.

— Bien sûr, répondit-elle. Un peu plus tard dans la journée ?

— Quelle heure te conviendrait ?

Son sourire la fit osciller sur ses pieds.

— Je trouve que c'est une excellente idée, intervint Deanna en faisant un pas pour se mettre entre eux deux. J'aimerais participer à cette réunion. J'ai moi-même quelques suggestions dont je souhaiterais vous part, Paul. Et nous pourrons discuter de l'interview que vous allez donner au *Post*.

Elle se tourna vers Layne et ajouta :

— Je crois que la journaliste est l'une de tes connaissances, Tina Gerard.

À en juger par le ton de sa voix, il était clair qu'elle se rappelait le rôle essentiel qu'avait joué Tina dans le recrutement de Layne.

— En effet, répondit Layne sans se laisser intimider.

— Je serai libre après 15 heures, dit Paul.

— Alors disons à 16 heures, dans mon bureau, décida Deanna.

— Parfait, répondit Layne avec un enthousiasme feint. Je serai là. Veuillez m'excuser, je dois y aller. Les journées sont trop courtes !

Elle tourna les talons et s'enfuit, les jambes tremblantes et le cœur battant la chamade.

Dès qu'il fut seul dans le luxueux bureau qu'on lui avait attribué, Paul se hâta de desserrer sa cravate pour respirer. Il avait les nerfs à vif.

Revoir Layne, lui parler, la toucher, sentir son parfum… Cet instant avait fait rejaillir des souvenirs qu'il n'avait jamais vraiment réussi à enterrer. Mais elle l'avait regardé avec une indifférence aussi douloureuse que le vide qu'elle avait laissé dans le cœur de Paul en quittant Charlotte.

C'était donc cela, la comédie qu'elle voulait jouer. Celle de deux anciens collègues qui ne s'étaient pas fréquentés en dehors du cadre professionnel et dont les rapports se limiteraient au travail.

Il marcha jusqu'à la fenêtre et contempla le dôme du Capitole qui se dressait non loin de là. Il enfouit les mains dans ses poches et prit une longue inspiration. Sa mâchoire se contracta malgré lui. D'un geste nerveux, il regarda la montre en platine que Layne lui avait offerte pour ses trente-cinq ans.

Trois heures. Dans trois heures, il allait de nouveau se trouver face à elle. Et puisqu'elle voulait jouer, il était prêt à jouer avec elle.

— Ça alors ! dit Tina au téléphone. C'est toi qui as été nommée productrice ? Qui sait, c'est peut-être un signe.

Si Layne avait été contrariée plus tôt d'apprendre que Tina allait suivre Paul pendant une semaine, sa rancœur s'était vite envolée. Elle savait que son amie ne faisait que son travail et n'avait aucune intention de la blesser. Et quand elle avait besoin de se confier à quelqu'un, surtout à propos de Paul, Tina était la seule personne vers qui elle pouvait se tourner.

— Un signe de quoi ? D'apocalypse ?

— Tu exagères, dit Tina en riant. Ce n'est pas aussi dramatique. Vous êtes séparés depuis trois ans. Cela vous a laissé le temps à tous les deux de tourner la page, d'avancer dans votre vie.

— Objectivement, tu as raison, reconnut Layne en soupirant. Mais cela ne tient pas compte de... ce que je ressens.

— Qu'est-ce que tu ressens ? demanda Tina avec douceur.

— Je ressens... plein de choses. Tristesse. Confusion. Colère. Abattement.

— Mais, Layne, est-ce que tu l'aimes toujours ?

Elle inspira faiblement avant de répondre :

— Je ne veux pas l'aimer.

Layne avait craint de ne pas être d'humeur à bavarder avec Cherie, mais finalement, la gaieté de sa collègue et amie eut le mérite de la détendre un peu. Grâce à leur conversation légère et spontanée et à leur repas réconfortant fait de burgers et de frites, Layne se sentait nettement plus solide quand elle entra dans le bureau de Deanna. Du moins jusqu'au moment où Paul, déjà assis à la petite table de conférences, se retourna pour lui lancer un bref regard.

Elle se sentit faiblir mais parvint à se ressaisir aussitôt.

— Layne, viens nous rejoindre, dit Deanna d'un ton magnanime. Tu veux boire quelque chose ? De l'eau, du café ?

Elle lui montra d'un geste le plateau posé au centre de la table.

— Non, merci, Deanna, répondit Layne.

Elle s'assit avec eux et sortit son ordinateur pour le poser devant elle. Moins d'un mètre la séparait de Paul. Elle sentait son parfum et la chaleur de son corps. Sa présence avait sur elle cette force magnétique à laquelle elle n'avait jamais su résister.

— Layne, dit Deanna. J'espère que tu es aussi enthousiasmée que moi par l'idée de ce tandem que tu vas former avec Paul.

— Absolument. C'est fantastique.

— Je suis d'accord, renchérit Paul. Deanna n'a fait que chanter tes louanges et tu avais déjà une très bonne réputation chez WNCC. D'après mes souvenirs, ajouta-t-il après une courte pause.

Layne jeta un œil vers lui, puis tourna immédiatement la tête.

— Tu disais que tu avais des idées à nous soumettre, Deanna ?

— Oui, répondit-elle.

Puis elle s'adressa à Paul :

— J'ai dû déplacer des montagnes pour vous faire venir, vous savez. Mais je sais que cela en valait la peine, et pour m'assurer que nous démarrons sur de bons rails, je veux valider au préalable tout ce qui doit passer à l'antenne, au moins pendant le premier mois.

Layne haussa les sourcils avec étonnement. Bien sûr, en tant que directrice de production, Deanna avait ce pouvoir, mais elle en usait rarement. Elle s'entretenait régulièrement avec les cadres du *Morning Show* et leur transmettait ses consignes, mais comme elle produisait aussi d'autres émissions, elle était trop occupée pour superviser chaque minute de diffusion. Si elle avait pris cette décision, c'était qu'il y avait pour elle un gros enjeu personnel. De toute évidence, elle n'avait pas droit à l'erreur.

Paul croisa les bras mais se garda de tout commentaire.

— Tu es une excellente assistante de production, dit Deanna à Layne, mais devenir productrice implique encore plus de travail. Chaque matin, de 10 heures à midi, toutes les séquences dépendront de toi. Bien sûr, tu travailleras main dans la main avec Paul, qui devra systématiquement donner son approbation.

— Entendu. Et bien sûr, précisa Layne, je tiens à choisir ma propre équipe.

— Tu me soumettras tes propositions, répondit Deanna.

Layne avait du mal à comprendre. D'un côté, Deanna lui confiait une énorme responsabilité, mais d'un autre, elle voulait garder une prise sur elle.

— J'attends ta liste de noms d'ici à demain matin. Une fois que je l'aurai approuvée, je réunirai tout le monde pour le déjeuner en salle de rédaction.

Sur ces mots, Deanna se tourna vers Paul.

— Dès que vous avez une idée de thème ou d'invité, transmettez-la à Layne afin qu'elle la mette en œuvre. En attendant que tout cela se mette en place, nous allons poursuivre le calendrier établi avec Brett.

— Je n'y manquerai pas, répondit Paul avec un sourire en coin.

— Nous allons devoir nous arrêter là, conclut Deanna en regardant sa montre. Tenez-moi au courant. Et, Layne, j'imagine que tu auras un œil sur l'interview de Paul... avec ton amie.

Layne perçut le ton acerbe de Deanna mais se garda de relever sa remarque.

— Je vais tout de suite m'atteler à ma liste, dit-elle.

Elle salua Deanna et Paul d'un signe de tête et sortit. Une fois dans le couloir, elle eut un mal fou à marcher sans perdre l'équilibre. Cette réunion avait été un supplice. Arrivée devant l'ascenseur, elle l'appela et attendit avec impatience en se balançant d'un pied sur l'autre. Dès que la porte s'ouvrit, elle se précipita à l'intérieur et appuya sur le bouton de son étage. Une seconde avant la fermeture totale de la porte, le visage de Paul apparut. Il n'eut pas le temps de retenir l'ascenseur.

Layne passa le reste de l'après-midi à établir la liste de ceux qu'elle voulait dans son équipe. Ce n'était pas la première fois qu'on lui confiait un travail de ce type, mais jamais elle n'avait joué le premier rôle pour une émission aussi importante. Cette fois, toute la pression était sur ses épaules. Le moindre problème lui serait imputé, et si elle voulait garder l'espoir de décrocher un jour ce poste de présentatrice, elle devait se montrer irréprochable. Et patiente. Car il n'y avait qu'un présentateur du *DC Morning Show*, et pour l'instant, c'était Paul.

5

Paul jeta sa veste sur le canapé et se débarrassa de sa cravate. Voilà, il avait fait son premier jour chez WWDC. Cela lui avait paru plus facile qu'il l'avait imaginé avant de commencer. Après tout, il ne faisait que poursuivre le travail qui était le sien depuis des années.

Ce qui était difficile, c'était de revoir Layne. D'entendre sa voix, de sentir son parfum, toutes ces choses si familières dont il était privé depuis presque trois ans.

Il alla dans sa chambre, s'allongea sur son lit avec les mains derrière la tête et réfléchit en fixant le plafond. Le plus dur, ce n'était pas de la voir mais de supporter sa froideur. Certes, ils avaient pris l'habitude à Charlotte de se comporter comme de simples collègues tout en vivant leur passion secrète. Mais il y avait autre chose à présent. Un véritable mur de glace dressé par Layne. Tout à l'heure, après la réunion dans le bureau de Deanna, il avait voulu la suivre pour discuter avec elle en privé, mais elle s'était dépêchée dans le but évident de prendre l'ascenseur sans lui. Quelques instants plus tard, en passant devant son bureau, il avait failli frapper, mais il l'avait entendue parler et s'était ravisé.

Il avait accepté ce poste parce que Deanna lui avait fait une proposition extraordinaire, mais aussi et surtout pour se rapprocher de Layne. Incapable de l'oublier, souffrant un peu plus chaque jour de leur séparation, il avait espéré renouer avec elle et offrir un nouveau départ à leur histoire.

Son téléphone vibra dans sa poche. C'était un appel de son frère.

— Salut, Eric, dit-il en décrochant.

— Salut, Paul. Félicitations, nous venons de regarder le replay de ton intervention dans la matinale. Pas mal !

— Merci, répondit Paul en riant.

— Alors, comment s'est passé ton premier jour ? Tu as vu Layne ?

— J'ai été très bien accueilli, l'équipe est très sympa et j'avais déjà l'impression d'en faire partie.

— Et Layne ? insista Eric.

— Je l'ai vue.

— Et ?

— Difficile.

Comme Eric continuait à l'interroger, Paul lui expliqua tout ce qui s'était passé.

— Donc vous n'avez pas eu l'occasion de vous parler vraiment.

— Non. J'ai failli aller la voir dans son bureau, mais j'ai changé d'avis au dernier moment.

— Ah, d'accord. Eh bien, peut-être qu'elle reprend juste les habitudes que vous aviez prises chez WNCC.

— Oui, j'ai pensé la même chose.

— De toute façon, vous finirez bien par avoir une conversation, surtout si c'est elle qui produit ton émission.

— Exactement.

Paul se leva et alla jusqu'à la fenêtre pour regarder la capitale qui s'étendait à ses pieds. Il commençait à se demander si tout abandonner pour venir s'installer à Washington n'avait pas été une erreur monumentale.

Layne se gara dans le parking souterrain de l'Essex House sur une place réservée aux invités, prit son sac et monta chez Tina. Son amie l'accueillit avec son affection habituelle.

Tina habitait au huitième étage, dans un appartement de

trois pièces moderne et spacieux qu'elle avait décoré dans un style ethnique chic. Les éléments en bois, les tissus colorés et les beaux cadres évoquant l'Afrique composaient une ambiance à la fois élégante et chaleureuse.

— Installe-toi, dit Tina. Nous allons prendre un verre. Pour la suite, j'ai pensé que nous pourrions dîner en bas. J'ai entendu dire qu'Alonzo Grant était de passage et qu'il apportait sa touche personnelle en cuisine.

— Quelle chance !

Layne ôta ses chaussures et sa veste et s'assit dans le salon. Tina sortit une bouteille de vin et deux verres et la rejoignit.

— Je suis heureuse que tu sois venue, dit Tina. J'avais peur que tu m'en veuilles à cause de cette histoire d'interview.

— Excuse-moi, j'ai mal réagi et je n'aurais pas dû. L'arrivée de Paul me met dans un tel état...

— Je comprends. C'est pourquoi nous allons passer une bonne soirée, déguster un bon dîner et établir un plan d'action.

— Aux plans d'action ! plaisanta Layne.

Elles trinquèrent en riant.

— Alors, demanda Tina en coupant délicatement son filet de bar, comment envisages-tu votre relation de travail ?

— Paul et moi savons tous les deux nous comporter en professionnels.

Layne prit une bouchée de risotto et émit un murmure de plaisir.

— C'est délicieux.

— Je te l'avais dit, répondit Tina.

Elle posa sa fourchette, s'essuya la bouche avec sa serviette en tissu et ajouta :

— Écoute, Layne, je vais être honnête avec toi. Il y a trois ans, tu as pris la décision de suivre ton rêve. Cette décision a entraîné ta rupture avec l'homme dont tu étais amoureuse. Mais trois ans plus tard, tu n'as pas encore atteint ton objectif. Pas tout à fait. Et voilà que l'homme pour qui tu as presque mis ta carrière entre parenthèses pendant des années surgit et prend la place que tu voulais pour toi. Ce n'est pas drôle, mais c'est la réalité. Et je me demande ce qui te met le plus en colère : est-ce d'avoir fait ce sacrifice en vain ou de voir Paul obtenir ce que tu visais ?

Layne soupira et secoua doucement la tête.

— Les deux, répondit-elle. Il y a tellement de choses… En fait, quand j'ai quitté Charlotte pour entrer chez WWDC, j'ai cru que je n'aurais pas à attendre longtemps avant de devenir présentatrice. Je pensais faire mes preuves rapidement, mais j'ai eu beau tout donner, faire de beaux reportages et décrocher des interviews exclusives, cela n'a servi à rien. Parce qu'ils ne m'ont pas vue, je veux dire vraiment *vue*. Mais je n'ai pas dit mon dernier mot. Je vais être la meilleure productrice que le *DC Morning Show* ait jamais eue. Je finirai par avoir ma propre émission, je recevrai les plus grands prix et Paul Waverly regrettera de ne pas être resté en Caroline du Nord. Voilà le plan d'action.

— À ton plan d'action ! approuva Tina en levant son verre.

Cette soirée avec Tina fit le plus grand bien à Layne. Après avoir alternativement ri et discuté sérieusement, elles en vinrent à parler de l'interview que Tina allait faire de Paul. Tina promit de rester totalement objective et de ne se laisser influencer sous aucun prétexte par leur amitié et tout ce que lui avait raconté Layne.

— Je n'en doute pas une seconde, répondit Layne. Tu es une journaliste intègre. Et puis, Paul sait que nous sommes amies, et Deanna aussi. Cela ne passerait vraiment pas inaperçu si tu ne faisais pas ton travail en toute impartialité !

Assises sur le canapé du salon, elles passèrent encore quelques instants à s'amuser et à bavarder avant d'aller se coucher. Layne dormit d'un sommeil profond, et le lendemain, en arrivant au bureau, elle eut l'impression d'avoir retrouvé sa confiance en elle. Elle avait envoyé sa liste à Deanna la veille et avait reçu en retour ce matin un e-mail d'assentiment.

Revigorée, elle réserva une petite salle de réunion pour y rassembler son équipe. C'était aujourd'hui le dernier jour du remplacement effectué par Carl Bellows. À partir de lundi, Layne serait officiellement chargée du contenu de l'émission avec sa nouvelle équipe.

Si tous les techniciens qu'elle avait choisis se connaissaient, ils n'avaient pas forcément eu l'occasion de travailler ensemble. Elle allait passer la journée à répartir les tâches et les responsabilités, former des groupes et échanger avec les auteurs. Et bien sûr, à un moment ou l'autre, elle n'aurait d'autre choix que de s'asseoir en face de Paul.

— Bonjour à tous, dit Layne en entrant dans la salle de régie.

La tranche d'informations du matin venait de s'achever pour faire place aux publicités.

— Comme vous le savez, poursuivit-elle, j'ai l'immense honneur d'avoir été nommée productrice du *DC Morning Show* présenté par Paul Waverly.

Quelques applaudissements et sifflets s'élevèrent autour d'elle.

— Il y a beaucoup de travail, et vous serez tous heureux d'apprendre que je compte sur chacun de vous pour intégrer mon équipe.

Cette fois, les acclamations furent unanimes et enthousiastes.

— J'ai réservé la salle de réunion du deuxième étage pour le déjeuner. Soyez-y à 13 heures précises avec votre énergie, vos idées et votre appétit. Le repas est fourni, précisa-t-elle avec humour.

Cela lui valut de nouveaux applaudissements.

— À tout à l'heure !

Elle sortit dans le couloir et se dirigea vers son bureau. En tournant, elle tomba, presque littéralement, sur Paul.

— Oh ! murmura-t-elle en serrant contre elle la tablette qu'elle avait failli lâcher. Paul.

Il lui prit le bras pour l'aider à retrouver l'équilibre.

— Layne.

— Pardon, dit-elle d'une voix haletante. Je ne faisais pas attention.

Elle se dégagea pour s'écarter de lui.

— Ça me fait plaisir de te voir, dit-il.

Un frémissement la traversa.

— Je... bégaya-t-elle. On se verra à la réunion. 13 heures.

Elle s'échappa et alla s'enfermer dans son bureau. À l'abri des regards, elle libéra ses émotions et se mit à pleurer, pleurer, sans pouvoir s'arrêter. Elle se blottit au fond de son petit canapé, posa la tête sur l'accoudoir et laissa ses larmes couler pendant un moment qui lui parut infini. Puis peu à peu, le flot sembla s'affaiblir, et enfin cesser.

Elle cligna des yeux. Elle devait avoir les paupières gonflées et une mine à faire peur. En se redressant doucement, elle sentit des douleurs dans ses articulations. Elle se leva prudemment, fit quelques mouvements pour se détendre, puis alla chercher le petit miroir rangé dans un tiroir de son bureau. La vue de son visage rougi et boursouflé manqua de la faire crier. Elle avait l'air d'avoir passé la nuit à boire et à faire la fête. Maintenant, son défi était d'atteindre les toilettes sans se faire remarquer.

Elle prit son sac et se glissa dans le couloir à la manière d'une espionne franchissant les lignes ennemies. La tête baissée et les yeux fixés sur sa tablette, elle parvint à son but et poussa la porte pour aller droit aux lavabos. Alors qu'elle s'aspergeait d'eau fraîche, une stagiaire sortit d'une cabine et la salua en se lavant les mains. Puis elle sortit et Layne prit une serviette en papier pour s'essuyer. Heureusement, elle se maquillait peu, si bien qu'elle n'eut pas beaucoup de travail. Elle ôta les traces noires qui entouraient ses yeux à l'aide d'une lingette qu'elle avait dans son sac à main et se remit du mascara. Puis elle appliqua un brillant à lèvres discret et finit par un peu de crème hydratante sur ses joues. Elle se regarda de près, puis de loin, et considéra qu'elle avait retrouvé son apparence normale. Les plis de son chemisier blanc étaient cachés sous la veste bleu marine qu'elle portait avec un jean foncé ajusté. Elle avait une véritable allure de productrice et était prête à faire face à son équipe... et à Paul.

La salle de réunion du deuxième étage était l'une des plus petites du bâtiment, mais elle pouvait tout de même facilement accueillir vingt-cinq personnes. La table était équipée de prises et de supports pour les appareils électroniques, un grand écran occupait une partie du mur, et il y avait une estrade pour les discours et les conférences.

Quand Layne arriva, les employés du traiteur finissaient de disposer le buffet sur une table contre le mur du fond. Il y avait des sandwichs, des salades et des boissons fraîches et chaudes.

— Merci beaucoup, leur dit-elle. C'est parfait.

Ils partirent au moment où l'équipe commençait à arriver. Dix minutes plus tard, tout le monde était assis avec une assiette devant soi.

— Est-ce que M. Waverly va venir ? demanda un technicien.

Layne s'éclaircit la voix.

— Il...

— Oui, en effet, dit Paul en entrant dans la salle. Veuillez excuser mon retard, j'étais retenu par une autre réunion.

Il fit un signe de tête à Layne et sourit au reste de la salle.

— Euh, tu peux prendre une assiette et t'asseoir ici, dit-elle en désignant la place d'honneur. Tu n'as rien raté, nous allions commencer.

Jamais elle ne lui avait autant parlé depuis qu'ils s'étaient revus.

Elle se concentra sur sa présentation et connecta sa tablette au grand écran pour projeter les images qu'elle avait préparées. Elle commença par la répartition des tâches, la composition des groupes de travail et le calendrier. Elle donna la parole à tous ceux qui souhaitaient intervenir, puis passa à la désignation des journalistes pour chaque thème abordé dans l'émission. Cela allait de la politique intérieure aux affaires étrangères, en passant par la culture et l'écologie.

Layne constata avec joie que chacun semblait sincèrement intéressé par la tâche qui lui était confiée, et heureux d'avoir pu s'exprimer. Maintenant que la question pratique était réglée, il fallait passer au fond et programmer le contenu de l'émission pour la semaine à venir. Les techniciens furent libérés, mais par chance, les journalistes et les auteurs étaient assez nombreux pour que Layne n'ait pas à échanger directement avec Paul. À chaque idée qu'ils proposaient, Layne donnait son avis mais laissait le dernier mot à Paul. Il était important à ses yeux que le présentateur soit à l'aise et assume pleinement ce qu'il aurait à défendre face à la caméra.

Au bout de quatre longues heures, épuisée mais satisfaite, elle put clore la réunion. Tout était en place pour la nouvelle formule du *DC Morning Show*. Le service marketing avait déjà changé le plateau. Paul avait son propre thème musical et son slogan. Il n'y avait plus qu'à commencer.

— Bien, je crois que nous avons fait le tour, conclut Layne. Je vous remercie pour votre implication et attends vos notes et vos images à transmettre à l'équipe technique pour vos chroniques respectives. Et bien sûr, nous continuerons nos réunions quotidiennes à chaque fin d'émission.

— Entendu, répondirent plusieurs voix.

Ce fut au tour de Cherie de prendre la parole.

— Je serai chargée d'approuver les invités, mais aussi les dépenses, prévint-elle avec un clin d'œil malicieux. Alors... vous avez intérêt à ce que je sois votre amie.

— Bien, ponctua Layne au milieu des rires, il n'y a plus de questions ? Alors merci à tous, nous avons terminé.

Elle rassembla ses affaires tandis que la salle se vidait. Quand elle releva les yeux, Paul était toujours assis à sa place. Elle se dirigea vers la porte.

— Attends.

Elle s'arrêta et se tourna vers lui.

— Je suis très occupée, prétexta-t-elle.

— S'il te plaît, Layne, il faut que nous parlions.

— Ah oui, Paul ? Vraiment ? De quoi veux-tu parler ? De ton refus de me soutenir quand j'ai décidé de venir ici pour réaliser mon rêve ? Du poste pour lequel je travaille depuis toujours et que *tu* as pris, comme si tu n'avais pas l'embarras du choix ?

Elle se mit à faire les cent pas, sans essayer de masquer sa colère.

— Tu jurais que tu ne quitterais jamais Charlotte. Jamais. Même pas pour moi, Paul. Et pourtant... te voilà ! Quand il s'est agi de ton intérêt personnel, tiens donc, tu as changé d'avis. Alors non, Paul, nous n'avons rien à nous dire, à moins que ce soit à propos de l'émission. Je ferai mon travail et tu feras le tien.

Quand elle sortit en le frôlant, des larmes lui brûlaient les yeux et son cœur battait si fort qu'elle fut prise de vertige.

Elle s'enferma dans son bureau et eut sa seconde crise de larmes de la journée.

Paul récupéra ses affaires dans son bureau et rejoignit directement le parking. La véhémence de Layne ne l'avait pas laissé indemne. Ce qu'elle lui avait dit, le ton de sa voix et son regard plein de fureur, tout cela l'avait atteint en plein cœur. Il avait eu deux raisons d'accepter cette place à Washington, mais sa motivation avait-elle été essentiellement égoïste, comme l'affirmait Layne ? S'était-il vraiment laissé aveugler par les projecteurs d'une chaîne nationale et par son envie de notoriété, au point de ne pas se rendre compte du mal qu'il lui ferait ? Mais il avait eu tellement envie de la revoir...

Il arrivait à sa voiture quand une voix l'appela derrière lui. Il se retourna et vit Deanna.

— Alors ? demanda-t-elle en le rejoignant. Comment s'est passée la réunion ? Vous avez tout ce qu'il vous faut ?

Elle se tenait tout près de lui et le regardait fixement.

— Tout s'est très bien passé. Layne a constitué une équipe formidable.

— Je suis ravie de l'entendre, répondit Deanna en inclinant légèrement la tête. Mais vous êtes sûr que tout va bien ?

— Oui, absolument.

— Si vous n'êtes pas trop pressé, que diriez-vous d'un verre pour vous détendre après cette longue journée ? Je connais un endroit très sympa tout près d'ici.

— Ah, merci, mais... Je suis assez fatigué et j'ai encore beaucoup de notes à lire. Une prochaine fois ?

— Bien sûr. Dans ce cas, bon courage pour votre travail et reposez-vous bien. Nous aurons besoin de vous en pleine forme lundi.

— Bonne soirée, Deanna.

Il lui adressa un sourire crispé, puis se dirigea vers sa voiture. Layne avait été claire : ils n'avaient plus rien à se dire. Elle n'était prête à lui parler et à l'écouter que dans le cadre professionnel. Eh bien, si c'était ce qu'elle voulait, il était peut-être temps qu'il agisse en fonction d'elle.

Layne était dévorée par le trac quand la musique du générique démarra et que le logo du *DC Morning Show* présenté par Paul Waverly apparut sur l'écran. Elle retint son souffle quand le réalisateur donna le signal. Elle avait tellement peur que quelque chose se passe mal et qu'elle en soit la seule responsable... Car cette émission était la sienne. Paul était dans la lumière, mais s'il y avait le moindre problème, c'était elle qui perdrait sa place.

Cherie vint se poster à côté d'elle au moment où Paul prononçait ses premiers mots.

— Il est bon, dit-elle avec admiration.

Il lisait le prompteur avec un naturel déconcertant, savait quand changer de ton et regardait la caméra comme personne.

— Oui, très bon, approuva Layne.

Profitant de l'interruption pour le bulletin météo, elle

regarda le conducteur qu'elle connaissait déjà par cœur. Paul allait être tenu informé dans son oreillette des prochaines séquences de l'émission, puis viendrait l'heure de sa première interview : celle du sénateur Hamilton qui se représentait aux prochaines élections.

L'émission était finie. Paul salua les téléspectateurs d'une phrase qui devait devenir sa signature, leur offrit une dernière fois son regard magnétique, puis son visage disparut de l'écran pour faire place à la publicité. Layne reçut des cris de joie et des acclamations pour célébrer sa première en tant que productrice d'une grande émission, et elle en fut enchantée. Toutefois, elle gardait les pieds sur terre. Ce n'était que le début.

En entrant dans la régie, Paul fut accueilli par les applaudissements de toute l'équipe. Il les interrompit d'un geste de la main.

— Je tiens à vous remercier tous pour votre travail inestimable, dit-il. Grâce à vous, le mien a été un jeu d'enfant.

Son sourire fit frissonner Layne. Dans la semi-obscurité, ils échangèrent un regard et Paul lui fit un signe de tête.

— Encore merci à tous, conclut-il. Nous ferons encore mieux demain !

Il leva les pouces et sortit.

— Merci à tous ! dit Layne. Debriefing à 13 heures !

Elle quitta la régie, suivie de près par Cherie.

— Toutes mes félicitations, Layne. C'est allé comme sur des roulettes.

— C'était un travail d'équipe.

— Une équipe bien dirigée. Je sais que tu espérais devenir présentatrice, mais c'est peut-être un mal pour un bien. Tu réussis ta saison en tant que productrice, l'émission passe numéro 1 des audiences grâce à toi et tu gagnes le droit de créer ta propre émission. Pas mal, non ?

— Chaque chose en son temps, répondit-elle en riant.

— Commence à évoquer cette idée, insista Cherie. Fais-la naître dans l'esprit des gens. Allez, à tout à l'heure !

Elles se séparèrent devant la porte du bureau de Layne, qu'elle poussa puis referma derrière elle. Respirant profondément, elle savoura ce moment de pure satisfaction.

Cherie n'avait peut-être pas tort. Il était peut-être temps pour Layne de repenser son avenir à la télévision. Néanmoins, l'arrivée de Paul chez WWDC risquait de lui rester longtemps en travers de la gorge.

Les premières semaines de la nouvelle formule du *DC Morning Show* se déroulèrent sans heurts. Tous les membres de l'équipe travaillaient bien ensemble et le charisme de Paul faisait le reste. Tout le monde *l'adorait*. Layne pestait intérieurement quand elle entendait les louanges unanimes qui accompagnaient systématiquement le nom de Paul, mais elle devait bien reconnaître que leur collaboration se passait mieux que prévu. Elle acceptait progressivement sa présence et se mit même secrètement à attendre avec impatience le moment où elle allait le voir, entendre sa voix... se souvenir. L'autre bonne nouvelle était que Tina avait finalement confié le reportage et l'interview de Paul à un autre journaliste, ce qui avait grandement simplifié les choses. L'article était fini et devait paraître prochainement dans le *Washington Post*.

Hélas, au bout de trois semaines, la situation dégénéra brusquement. Paul commença à mettre en doute les décisions de Layne et à critiquer ses choix d'invités et sa manière de diriger l'équipe. Au début, elle pensa qu'il s'installait seulement dans son rôle et avait besoin de passer par là pour s'affirmer. Mais il devint de plus en plus désagréable, jusqu'au jour où Layne fut convoquée dans le bureau de Deanna. Elle s'y rendit avec angoisse et frémit en voyant que Paul, déjà assis à la table de conférence, levait à peine les yeux de son téléphone et avait choisi de l'ignorer ostensiblement.

— Je ne perdrai pas de temps à tourner autour du pot, déclara Deanna. Paul est mécontent de ton travail.

Elle invita sèchement Layne à s'asseoir et ouvrit le dossier posé devant elle.

— Il te reproche certains choix, ainsi que des changements survenus alors qu'il commençait à s'habituer à l'ordre des chroniques. En outre, les séances de débriefing ne sont pas aussi productives qu'elles devraient l'être, ou du moins pas autant que lors de son arrivée.

Layne s'efforça de garder son sang-froid.

— Quand j'ai été nommée productrice de cette émission, répliqua-t-elle, c'était pour lui donner un nouvel élan, et c'est ce que j'ai fait. Les audiences ne cessent de monter. Pour la première fois, nous sommes passés numéro 1 de notre tranche horaire. Paul n'est peut-être pas habitué à ma manière de travailler, mais ma mission est d'assurer le succès du *DC Morning Show*, pas de le prendre par la main pour...

— Je te conseille de surveiller ton langage, interrompit Deanna. Tu es peut-être productrice aujourd'hui, mais tu pourrais très bien retourner faire des plannings dans un petit bureau ou des reportages dans la rue. Que tu le veuilles ou non, tes choix devront systématiquement être approuvés par Paul *et* moi, jusqu'à ce que ce problème de communication soit résolu. C'est clair ? Paul, tu es d'accord ? ajouta-t-elle en se tournant vers lui.

— Oui, répondit-il. Merci, Deanna.

Layne était si vexée et humiliée qu'elle resta sans voix. Elle trouva miraculeusement la force de se lever en se cramponnant à la table.

— Autre chose ? demanda-t-elle d'une voix blanche.

— Non, ce sera tout pour l'instant. Merci d'être venue, Layne. Je suis sûre qu'en travaillant ensemble, nous franchirons facilement ce petit obstacle.

Layne hocha la tête et sortit. Elle était à deux doigts de s'effondrer.

Paul n'avait plus besoin de se plaindre de Layne. Il avait réussi à détruire sa confiance en elle au point qu'elle doutait de ses propres décisions et hésitait en permanence. L'équipe ne tarda pas à s'en rendre compte.

— Layne, qu'est-ce qui t'arrive ? demanda Cherie.

— Rien. Je suis fatiguée, c'est tout.

— Arrête, je te connais. La fatigue ne t'a jamais empêchée de travailler. C'est Paul. Il te déstabilise. Que se passe-t-il ? Tu as été incorrecte avec lui ou quoi ?

— Il a juste le syndrome de la superstar.

— Quoi qu'il en soit, tu ne vas pas bien, c'est évident. Et je n'aime pas ça. Je vois bien qu'il te fait du mal.

— Ça va aller, assura Layne. Pour une fois, je vais profiter de ce week-end prolongé pour me reposer au lieu de travailler et je me sentirai mieux après. Le programme est fait pour les deux prochaines semaines en dehors des actualités de dernière minute, donc je vais pouvoir oublier le bureau pendant trois jours complets.

— Tant mieux. Tu l'as bien mérité. Tu as des projets ?

— Non, j'improviserai.

— Ma sœur organise son barbecue annuel pour la fête nationale. Rien de tel qu'un jardin, une bière et des grillades dans une ambiance familiale, et un feu d'artifice en fin de journée. Appelle-moi si tu as envie de venir, tu seras la bienvenue.

— Merci, tu es adorable.

En regagnant son bureau quelques minutes plus tard, Layne trouva un e-mail de Deanna, qui voulait la voir mardi pour faire le point sur le programme. Elle n'en pouvait plus d'être surveillée comme une débutante. Ce harcèlement allait finir par la rendre folle. Elle aimait son travail, mais pas dans ces conditions. Et dire que tout cela, c'était à cause de *lui* !

Cette fois, c'était décidé. Elle n'en supporterait pas davantage.

Elle prit son sac et se dirigea d'un pas furieux vers la porte. En l'ouvrant, elle se trouva nez à nez avec Paul, qui avait manifestement été sur le point de frapper. Elle en resta bouche bée.

— Layne, murmura-t-il. S'il te plaît, il faut que je te parle.

6

Layne était si étonnée qu'elle resta muette. Elle avait eu l'intention d'aller régler ses comptes avec Paul, quitte à en perdre son emploi, et voilà qu'il apparaissait devant elle... et qu'il voulait lui parler !

— S'il te plaît, répéta-t-il.

— Tu as fait tout ce que tu pouvais pour me nuire, à part peut-être réclamer mon licenciement. Tu as contesté toutes mes décisions, tu m'as décrédibilisée devant mon équipe et mes supérieurs hiérarchiques.

Elle était tellement en colère qu'elle ne se rendit compte qu'avec un temps de retard que Paul était entré dans son bureau et avait refermé la porte derrière lui.

— Pourquoi ? s'écria-t-elle. Dis-moi pourquoi ! Tu es venu jusqu'ici pour détruire tout ce que j'avais construit par moi-même. Pourquoi ?

Sa voix se brisa.

— Ce n'est pas ça, répondit-il en secouant doucement la tête. Je veux t'expliquer. Accepte de dîner avec moi pour que je prenne le temps de tout t'expliquer.

— Tu as perdu la tête ?

— Non. Écoute-moi.

Comme il tendait la main vers elle, elle fit un bond en arrière. Il leva alors les mains en signe de reddition.

— Tu as toutes les raisons et tous les droits de penser du

mal de moi. Je me suis trompé. J'étais en colère et je me suis comporté en égoïste.

Layne soupira et croisa les bras avec autorité. Le fusillant du regard, elle attendit qu'il continue.

— Je voudrais me racheter à tes yeux.

— C'est trop tard, Paul.

— Je crois que non, insista-t-il en faisant un pas vers elle. Je *sais* que non. Je t'en prie. Écoute ce que j'ai à te dire, et quelle que soit ta réaction, je ne t'ennuierai plus jamais. J'arrêterai de te gâcher la vie et ferai tout mon possible pour faciliter ton travail. Juste une heure. Nous ne sommes pas obligés de dîner si tu n'en as pas envie. Nous pouvons prendre un verre, ou juste nous asseoir au calme. Tu veux bien ?

Bon sang, quand il la regardait comme ça...

— Tu as dit un dîner. Bon, marmonna-t-elle en roulant des yeux, allons chez Julian. C'est très bon et on peut y aller à pied.

Layne ne lui adressa pas la parole de tout le trajet, et il devait avoir assez peur qu'elle change d'avis car il fit preuve de prudence et garda le silence.

Arrivés chez Julian, ils durent s'installer debout au bar en attendant qu'une table se libère. Il y avait du monde partout en ce vendredi soir de juillet.

— Tu bois toujours des margaritas ? demanda Paul.

Elle n'allait certainement pas lui donner la satisfaction d'avoir raison.

— Non, répondit-elle. Je vais prendre un martini pomme.

Il la regarda avec étonnement, puis s'adressa au barman.

— Un martini pomme et un Hennessy avec de la glace, s'il vous plaît.

Layne évitait de le regarder pour ne pas se laisser séduire. Si près de lui, elle devait lutter pour ne pas s'appuyer contre lui comme autrefois.

Le barman posa leurs verres devant eux.

— Bon, dit-elle en buvant une gorgée. Tu voulais me parler, je t'écoute. Qu'est-ce que tu voulais me dire ?

Il répondit tout bas :

— Je t'aime toujours, Layne.

Elle faillit s'étrangler avec sa gorgée de martini.

— Quoi ? répliqua-t-elle avec un regard incrédule.

— Je n'ai jamais cessé de t'aimer.

Il s'approcha d'elle et lui parla presque à l'oreille.

— J'ai été trop bête pour me rendre compte de ce que je faisais. Au début, je n'envisageais pas une seconde d'accepter la proposition de Deanna. Jusqu'au moment où je me suis rendu compte qu'elle me permettrait de me rapprocher de toi. Je me suis mis à rêver de voir notre histoire reprendre là où elle s'était arrêtée.

Elle avait toujours du mal à le croire.

— En presque trois ans, tu ne m'as pas appelée une seule fois, pas envoyé un seul message.

— C'est vrai, reconnut-il. J'étais blessé et trop têtu pour revenir vers toi. Mais chaque jour passé sans toi a été un supplice. Quand Deanna m'a fait cette offre, j'ai commencé par refuser. Puis, il y a six mois, elle m'a de nouveau contacté pour me parler des « problèmes » concernant Brett et pour me dire que s'il était licencié, elle voulait que je le remplace.

Layne secoua la tête en soupirant.

— Elle savait aussi que je travaillais dans ce but.

— Ça, dit Paul, je l'ignorais. Je pensais que si elle cherchait quelqu'un en externe, c'était que tu n'étais plus intéressée. Tu es une productrice tellement talentueuse...

— Ce n'est pas ce que tu avais l'air de penser ces derniers temps.

— À cause de ma stupidité. Bêtement, j'ai cru que si j'arrivais à te faire sortir de tes gonds, tu finirais par me parler. Ne serait-ce que pour me voler dans les plumes.

Il la regarda dans les yeux et lui caressa la joue du bout des doigts.

— Je t'aime, répéta-t-il. Je suis prêt à faire ce que tu voudras. Tout ce que tu voudras. J'ai compris que la vie sans toi n'avait aucun sens et c'est ce qui m'a décidé à accepter l'offre de WWDC.

— Votre table est prête, leur dit la serveuse qui les avait accueillis un peu plus tôt.

Ils s'assirent et consultèrent la carte en silence. Quand on lui servit sa salade au saumon, Layne se demanda si elle allait être capable d'avaler ne serait-ce qu'une bouchée. Les paroles de Paul résonnaient dans son esprit sans qu'elle parvienne à leur donner un sens. Il l'aimait toujours.

En quittant Charlotte trois ans plus tôt, elle avait eu le cœur brisé. Pour oublier sa tristesse et sa solitude, elle s'était jetée à corps perdu dans le travail, tout en se demandant chaque jour si elle avait fait le bon choix. Elle s'était entièrement consacrée à son objectif, et tout cela pour quoi ? Elle n'avait toujours pas obtenu ce pour quoi elle était venue et devait se rendre à l'évidence : ce qui comptait le plus pour elle, ce n'était pas de présenter le *DC Morning Show*. C'était d'être avec Paul et de tout partager avec lui.

— Alors, raconte-moi, dit-elle. Comment l'ont-ils pris chez WNCC quand tu leur as dit que tu partais ?

— C'était un sacré tumulte, répondit-il en riant. Ils ont tout tenté pour me retenir. En désespoir de cause, ils m'ont garanti que j'avais six mois pour changer d'avis et retrouver ma place du jour au lendemain.

— Tu es sérieux ?

— Oui.

— Deanna est au courant ?

Il acquiesça.

— Eh bien ! Tu es vraiment une rock star.

Il se pencha au-dessus de la table et lui prit la main.

— Je me suis dit que si je n'arrivais pas à te reconquérir en six mois...

— Je ne sais pas quoi dire, répondit-elle.

— Dis que tu vas y réfléchir. C'est tout ce que je te demande.

Elle prit son verre et but une gorgée, puis une autre.

— D'accord, j'y réfléchirai.

Son sourire illumina la salle et réchauffa le cœur de Layne.

— Mon trésor, murmura-t-il en déposant un baiser sur

ses doigts, je vais tout faire pour que tu retombes amoureuse de moi.

Elle ne put réprimer un frisson de délices et se demanda même si elle n'avait pas laissé échapper un soupir. Elle se revit dans ses bras, gémissant sous l'effet de ses caresses et de ses baisers. Elle eut beau chasser aussitôt ces images, le désir était là, de nouveau en elle, plus brûlant que jamais.

— Merci pour le dîner, dit Layne quand Paul l'eut raccompagnée à sa voiture.

— C'est moi qui te remercie. De m'avoir écouté.

Il posa la main sur sa joue.

— J'ai envie de t'embrasser, murmura-t-il en se penchant vers elle.

Elle devait dire non. Se dégager. Le repousser. Mais déjà...

Dès qu'elle sentit ses lèvres sur les siennes, son souffle se coupa. La carapace de glace dans laquelle elle s'était enfermée fondit instantanément et elle se cambra pour sentir contre elle le corps puissant de Paul. Il gémit en l'embrassant et passa le bras autour de sa taille. Elle s'abandonna, répondit à son baiser, puis se redressa et le regarda. D'un coup, elle se retourna et fouilla nerveusement son sac pour sortir ses clés et ouvrir sa voiture.

— Layne, s'il te plaît, attends.

Il mit la main sur son épaule pour qu'elle se remette face à lui.

— Ne pars pas comme ça. Je ne voulais pas te presser... Pardon. Je mourais d'envie de t'embrasser, de te sentir de nouveau contre moi, mais je saurai attendre. Promis. Nous ne ferons que ce que tu voudras, quand tu le voudras et comme tu le voudras.

Elle avait vu tous les personnages qui composaient Paul au fil des années : le grand professionnel, l'orateur passionnant, l'ami fidèle, l'amant sensuel... Mais cet homme humble et vulnérable, elle ne le connaissait pas. C'était la première fois qu'il la suppliait ainsi.

Elle rejeta la tête en arrière et soupira.

— Tu n'imagines pas à quel point tu m'as fait souffrir en refusant de me soutenir dans mon projet, dit-elle. Pendant toute la durée de notre relation, seule comptait *ta* vision des choses. Et le jour où j'ai enfin voulu faire quelque chose pour moi, *tu* ne l'as pas supporté et *nous* en avons payé le prix. Et après tout ce temps, tu arrives et tu me prends précisément cette chose que je voulais pour moi. Tu dis que tu m'aimes. Peut-être. Tu dis que tu as été stupide et égoïste. C'est la vérité. Tu dis que tu veux te racheter. Franchement, je ne sais pas si c'est possible.

Il baissa la tête, puis releva les yeux vers elle.

— Tu as du pain sur la planche, Paul. Je ne suis pas comme ces millions de gens qui te regardent tous les jours à la télévision et boivent tes paroles. Si tu me veux, si tu m'aimes comme tu le dis, tu vas devoir le prouver. Des baisers et des belles paroles ne suffiront pas. Cela dépend de toi, conclut-elle en ouvrant sa portière.

Elle se mit au volant et démarra. En partant, elle regarda la silhouette de Paul dans son rétroviseur et sourit. Elle était curieuse de savoir comment il allait s'y prendre.

— Arrête, tu te moques de moi, dit Tina quand Layne lui eut raconté sa soirée avec Paul.

Elles se promenaient dans la rue et regardaient les animations en mangeant une glace à l'italienne.

— Franchement, j'ai encore du mal à y croire moi-même, confia Layne.

— La question est : as-tu envie d'y croire ?

— Ce qui est sûr, c'est que je ne compte pas lui faciliter la tâche.

— J'espère bien que non. Il ne le mérite pas. Mets-le à genoux ! plaisanta Tina.

Elles rirent, puis Tina s'approcha de Layne et lui demanda tout bas :

— Et ce baiser, il était aussi bien que dans tes souvenirs ?

— Si tu savais ! dit Layne en s'esclaffant. Une seconde de plus et je ne sais pas où cela se serait terminé.

— Que va-t-il se passer maintenant ?

Layne haussa les épaules.

— Cela dépendra de lui. On verra.

Elles continuèrent leur balade et se séparèrent à 15 heures. Tina devait se préparer pour un rendez-vous avec un journaliste qui lui plaisait particulièrement, et Layne avait l'intention de rentrer chez elle et de s'installer sur son lit avec un bon roman.

Alors qu'elle sortait de sa douche, son portable sonna. *Pourvu que ce ne soit pas une urgence au travail !* songea-t-elle avec angoisse.

— Allô ?

— Layne, c'est Paul.

— Paul ? Comment as-tu eu mon numéro ?

— Il est sur la liste de contacts qui a été distribuée à toute l'équipe.

Oui, évidemment.

— D'accord. Et tu m'appelles pour ?

— Je ne veux pas nous faire perdre une minute de plus. Tu as sûrement des projets pour ce week-end, mais si jamais ce n'est pas le cas, je me demandais… J'espérais que tu accepterais de m'accompagner au festival du crabe de Baltimore. Je sais combien tu aimes l'océan et les fruits de mer. Ce serait sympa, et nous aurions l'occasion de discuter et de passer du temps ensemble. Nous pourrions regarder le feu d'artifice sur le port.

Elle ne répondit pas.

— Je conduirai pendant tout le trajet, à l'aller et au retour, ajouta-t-il. Et je paierai le péage *et* l'essence.

Elle ne put s'empêcher de rire.

— Bon, d'accord.

— Génial. Je passerai te prendre à 8 heures demain matin. Je te préviens, il risque d'y avoir beaucoup d'embouteillages.

— Ou bien… Nous pourrions partir ce soir, pour éviter la circulation. Et passer la nuit là-bas.

Bon sang, pourquoi avait-elle fait cette proposition ?

— Mais oui, très bonne idée, répondit Paul d'une voix étonnée. Laisse-moi juste le temps de faire mon sac et je me mets en route.

— Je vais chercher un hôtel pendant ce temps-là.

N'importe quoi…

— Parfait.

— Rendez-vous à 19 heures ?

— Je serai là. Si tu me donnes ton adresse.

Elle rit et la lui envoya par SMS.

— C'est bon, je l'ai, dit Paul. À tout à l'heure.

— Je t'attendrai devant l'immeuble.

Elle raccrocha en se demandant si elle avait perdu la tête.

Mais non, elle savait parfaitement ce qu'elle faisait. Et ce dont elle avait envie.

Elle ouvrit son tiroir à lingerie et en sortit ses trois ensembles préférés : un noir, un rose foncé et un blanc. Puis elle ouvrit son ordinateur pour trouver une chambre à louer à Baltimore.

Layne venait de sortir quand Paul arriva au volant de son SUV noir. Il descendit de voiture, prit le sac de Layne et lui ouvrit la portière côté passager. Il attendit qu'elle soit installée, puis mit son sac à l'arrière et revint à la place du conducteur.

— Tu es superbe, dit-il avec une nervosité évidente.

Elle le regarda et retint de justesse une remarque moqueuse. Un T-shirt de sport et un short cycliste ne constituaient pas exactement une tenue de soirée, mais elle le remercia quand même. Il faisait des efforts.

— Nous devrions en avoir pour une heure et demie environ, dit-il en démarrant. Alors… as-tu pu nous trouver un endroit où dormir ?

— Tous les hôtels du coin étaient complets, mais j'ai trouvé une maison à louer en centre-ville. Nous avons de la chance, le propriétaire m'a dit qu'il avait eu une annulation de dernière minute. Nous aurons toute la place pour nous deux et nous pourrons tout faire à pied.

Il eut un soupir admiratif.

— Tu as toujours été la meilleure pour l'organisation. Tu te rappelles le jour où le directeur de la chaîne a organisé un séminaire pour tous les employés, et quand nous sommes arrivés, nous avons découvert que la réservation n'avait jamais été confirmée ?

— Oui, quelle pagaille !

— Tu as pris ton téléphone, et en quelques coups de fil, tu as trouvé une solution de repli dans un grand hôtel. Et tu as obtenu une réduction ! Ah, oui. Et tu diriges ton équipe avec la même efficacité.

Il respira profondément.

— Un peu de musique ? proposa-t-il.

— Bien sûr.

— Tu aimes toujours les classiques du R&B ?

— Pourquoi, il existe autre chose ? plaisanta-t-elle.

Il rit et lança sa playlist. Comme autrefois, ils se mirent à chanter en écoutant Martha Reeves and the Vandellas, Smokey Robinson ou encore Earth, Wind & Fire. Ils s'étaient aperçus rapidement après leur rencontre qu'ils aimaient les mêmes groupes, bien qu'ils ne soient pas de leur génération. Cela avait grandement contribué à la complicité qu'ils avaient trouvée ensemble.

Ils chantèrent en s'amusant pendant tout le trajet et arrivèrent à l'adresse indiquée par le propriétaire. Paul se gara devant une maison en briques rouges, dans une rue calme bordée d'arbres. Le ciel était sans nuages et l'obscurité commençait juste à tomber.

— Pas mal jusqu'ici, commenta-t-il en faisant un clin d'œil à Layne.

Il sortit les sacs de la voiture pendant que Layne composait le code d'ouverture de la porte. En entrant, ils furent accueillis par un doux parfum de lavande. Layne alluma la lumière et ils traversèrent l'entrée pour découvrir un salon chaleureux, dont les meubles étaient disposés autour d'une cheminée. À droite, la cuisine donnait sur un jardin parfaitement entretenu, tandis qu'à gauche se trouvait un petit bureau.

— Il y a deux chambres à l'étage, dit Layne, et une baignoire à l'ancienne.

— Super. Je vais monter les sacs et tu me diras dans laquelle je mets le tien.

Elle le suivit dans l'escalier et sourit en l'entendant chantonner *Papa's Got a Brand New Bag* de James Brown. Les chambres étaient grandes, toutes deux équipées d'un lit double et situées de chaque côté de la salle de bains. Les trois pièces donnaient sur un long couloir.

— Je prends celle-ci, dit Layne en choisissant la chambre la plus proche de l'escalier.

Paul entra et posa son sac sous la grande fenêtre voûtée.

— Tu t'es surpassée, Layne. Cet endroit est ravissant.

Elle se tourna vers lui et se remémora toutes les nuits passées avec lui à Charlotte, le bonheur qu'elle avait ressenti chaque soir en l'entendant mettre sa clé dans la serrure.

— Merci, répondit-elle. Je suis ravie que ça te plaise.

— J'ai une petite faim, pas toi ?

— Si. Je vais faire une petite toilette et nous pourrons sortir pour voir ce qu'il y a dans le quartier.

— Très bien.

Il sortit pour rejoindre sa chambre. Restée seule, Layne respira profondément et regarda autour d'elle. Elle n'avait qu'une seule question en tête : combien de temps allaient-ils faire chambre à part ?

Bras dessus, bras dessous, ils déambulèrent dans de charmantes rues pavées, s'arrêtant çà et là pour admirer une vitrine et inventant des histoires sur les gens qu'ils croisaient. Ils trouvèrent un restaurant familial dans lequel on leur servit de délicieux plats typiques de la cuisine afro-américaine. Sur le chemin du retour, ils s'arrêtèrent dans une épicerie qui restait ouverte tard le soir et y achetèrent quelques provisions pour le week-end.

Fatigués mais heureux, ils retrouvèrent leur maison de location et s'écroulèrent sur le canapé.

— Un dernier verre ? proposa Paul.

— Volontiers.

Il sortit une bouteille de prosecco et un paquet de pop-corn de leur sac de courses et alla chercher deux verres et un bol dans la cuisine. Layne ôta ses baskets et replia ses jambes sous elle.

Quand Paul revint, il servit le vin puis s'assit à une distance respectueuse de Layne.

— C'était une bonne idée, cette escapade.

— Je trouve aussi, approuva-t-il.

Il regarda autour de lui et ajouta :

— Je ne vois pas de chaîne hi-fi. Tu veux regarder un film ?

— Non, pas vraiment. J'ai juste envie de rester assise ici, me relaxer.

Il resta discuter avec elle le temps de finir son verre et de grignoter quelques pop-corn, après quoi il se leva et lui sourit.

— Reste ici et profite, lui dit-il. Je vais prendre une douche et me coucher. Bonne nuit, Layne.

— Bonne nuit, murmura-t-elle.

Quand Paul fut parti, elle posa son verre, ferma les yeux et appuya sa tête contre le dossier du canapé. Si elle avait voulu organiser une journée parfaite, elle aurait ressemblé à cela. Tout s'était passé à merveille, y compris avec Paul. Était-ce trop facile ? Ou ne voyait-elle que ce qu'elle voulait voir ?

En sa présence, elle se sentait mieux. Elle n'éprouvait plus ce vide au fond d'elle. Mais elle avait encore du mal à comprendre comment il avait pu se comporter comme il l'avait fait, et c'est ce qui l'empêchait de s'abandonner complètement à leurs retrouvailles.

Pourquoi avait-il fait cela ? Il le lui avait expliqué. Et elle le connaissait suffisamment pour savoir ce que représentait pour lui le fait d'avoir rompu son serment de ne jamais quitter

Charlotte. Il avait abandonné sa ville natale, sa famille et son poste pour venir à Washington. Il avait fini par ouvrir son cœur à Layne, par reconnaître ses erreurs et lui promettre qu'il ferait tout pour la reconquérir. Cela signifiait qu'il avait changé. Et ce nouveau Paul Waverly, elle avait envie de faire sa connaissance.

Elle se leva et entendit un bruit de porte à l'étage. Il était presque minuit et ils avaient prévu de se réveiller tôt le lendemain pour aller passer la journée à Inner Harbor et visiter le National Aquarium.

Elle monta l'escalier. La porte de la chambre de Paul était fermée, mais elle entendit de la musique qu'il devait écouter sur son téléphone. Elle prit ses affaires de toilettes et alla dans la salle de bains. Après avoir pris une douche revigorante, alors qu'elle sortait en peignoir dans le couloir pour rejoindre sa chambre, elle faillit se cogner contre Paul.

— Désolé, dit-il, j'allais descendre pour reprendre un verre de vin. Je n'arrive pas à dormir.

Layne huma l'odeur de sa peau et le regarda. Son cœur battait à tout rompre.

— Tu es magnifique, murmura-t-il en la dévorant des yeux.

Lentement, il tendit la main pour ôter la mèche de cheveux qui barrait le visage de Layne et lui caressa la joue au passage.

— Layne, si tu savais comme j'ai envie de toi...

En voyant son regard plein d'amour et de désir, elle sut qu'elle ne trouverait ni la force, ni la volonté de résister. Son peignoir glissa lorsqu'elle leva les bras pour l'enlacer. Il prit possession de sa bouche et la déshabilla d'un geste sans cesser de l'embrasser. Elle saisit son T-shirt et le lui enleva. Les mains toujours sur elle, il se pencha pour embrasser ses seins nus, puis la souleva et la porta jusqu'à sa chambre. Quand elle fut allongée sur le lit, il s'arrêta et lui demanda avec des flammes dans les yeux :

— C'est bien ce que tu veux ?

— Oui. Oui, Paul.

Il se débarrassa de son short de sport et la rejoignit sur le matelas.

— Je t'aime, Layne. Je n'ai jamais cessé de t'aimer.

Que c'était bon d'être de nouveau dans ses bras, contre lui, de sentir la puissance de son corps et la sensualité de ses gestes...

Quand il s'étendit au-dessus d'elle, elle lui caressa les cheveux, la nuque et le dos tandis que son érection se dressait le long de son ventre. Ils prirent le temps de se toucher et de s'embrasser, savourant le plaisir de redécouvrir des sensations à la fois familières et nouvelles. Paul passa la langue sur ses seins et prit ses mamelons entre ses lèvres, lui arrachant des gémissements d'excitation. Puis il descendit peu à peu, et bientôt, elle sentit sa bouche contre son sexe. Elle s'envola au septième ciel. Il lui ouvrit les jambes et lui donna du plaisir, encore et encore, jusqu'à ce qu'elle pousse un cri d'extase. Il avait toujours pris soin de la combler.

— Dis-moi ce que tu veux maintenant, lui enjoignit-il.

— Toi !

Il revint au-dessus d'elle, lui fit sentir la pointe de son sexe durci, puis la pénétra. Le plaisir et l'émotion les firent gémir à l'unisson. Ils retrouvèrent instinctivement leur rythme, crièrent de plus en plus fort à mesure que leurs mouvements accéléraient. Layne s'abandonna finalement au va-et-vient expert de Paul et trembla de tout son être en atteignant la jouissance. La tenant par les hanches, il se laissa aller à son tour et s'effondra sur elle, haletant. Il roula sur le côté et l'attira contre lui.

— Vous commencez à faire vos preuves, monsieur Waverly, dit-elle en riant.

— Et je suis prêt à continuer autant que vous le souhaiterez, madame Davis.

Leur week-end ensemble fut magique. Ils parlèrent, chantèrent, s'amusèrent. Ils visitèrent la ville, admirèrent le feu d'artifice de la fête nationale, firent l'amour aussi souvent que possible et retombèrent follement amoureux l'un de l'autre.

Le dernier jour, Layne décida de faire usage de la grande baignoire à pieds de lion. Paul s'était mis en cuisine en promettant de préparer un excellent pique-nique à manger devant le film qu'ils avaient prévu de regarder.

Layne se glissa dans son bain chaud en respirant avec délices l'huile parfumée dont elle avait versé quelques gouttes dans l'eau. La tête appuyée contre le coussin fixé au rebord, elle ferma les yeux et profita de ce moment de détente. Les images de ces dernières heures passées avec Paul défilèrent dans son esprit et elle se demanda si elle était en train de rêver.

Elle ouvrit les yeux en entendant la porte s'ouvrir et vit Paul entrer avec un plateau dans les mains. Il était nu, à l'exception d'une petite serviette qu'il avait attachée autour de sa taille à la manière d'un tablier. Layne éclata de rire.

— Mais qu'est-ce que tu fabriques ?

— Votre encas, madame, répondit-il en faisant une petite révérence.

— Tu es complètement fou.

Il vint jusqu'à la baignoire, tira un tabouret et y posa le plateau. Il y avait des lamelles de fromage, des crackers, du raisin blanc et noir et une bouteille de vin. Il posa la bouteille sur le sol carrelé.

— Je suis ici pour vous servir, madame.

Sur ces mots, il dénoua sa serviette et la laissa tomber par terre. Layne se mordit la lèvre. Elle avait beau l'avoir vu nu des centaines de fois, connaître son corps par cœur, elle était toujours aussi sensible à sa beauté.

— Je crois que madame a besoin d'un massage et que je suis en mesure de la satisfaire.

Il lui adressa un sourire malicieux et entra dans le bain en s'asseyant derrière elle. Il attrapa un grain de raisin et le mit entre les lèvres de Layne, puis il glissa les mains sous ses seins et la caressa langoureusement. Pendant de longues minutes, il lui fit ainsi déguster ce qu'il avait apporté tout en la massant, jusqu'au moment où ses mains descendirent vers le bas de son ventre, puis entre ses cuisses. Elle gémit et sentit son érection contre le bas de son dos. Bougeant le bassin sous l'effet du plaisir, elle s'abandonna contre lui et ouvrit les jambes. Il inséra un doigt en elle, puis un autre, et la mena jusqu'à l'orgasme.

Elle mit quelques instants à retrouver son souffle. Mais son excitation se réveilla bientôt et elle se retourna pour s'asseoir à califourchon sur lui. Elle prit son sexe dans sa main et commença par le caresser. Des flammes brillaient dans les yeux de Paul. Quand il prit ses fesses dans ses mains et la souleva, elle mit la pointe de son érection à l'entrée de son sexe. Il la pénétra en poussant un soupir rauque.

Leur étreinte fut longue et intense. Ils prirent plaisir à changer de tempo, s'arrêter puis repartir, se retenir le plus longtemps possible pour que la délivrance soit encore meilleure. Finalement, ils perdirent le contrôle et leur bain ressembla à un océan déchaîné. La jouissance fut aussi forte qu'une tornade.

Quand ils revinrent à la réalité, Paul regarda autour d'eux et murmura :

— Qui va nettoyer ça ?

Layne constata le désastre. C'était une véritable inondation.

— Oh ! mon Dieu.

Le week-end s'acheva sur un fou rire.

Le retour fut bien différent de l'aller. Désormais ils se tenaient la main, se souriaient et échangeaient des regards complices. Ils étaient de nouveau à l'aise ensemble et enivrés par le plaisir qu'ils s'étaient donné. Mais hélas, il allait falloir revenir à la réalité.

— Bon, dit Layne, comment allons-nous gérer la situation ?

— J'y ai réfléchi, répondit Paul. Et je n'ai pas envie de refaire comme avant. Je ne veux plus que nous nous cachions. Bien sûr, il ne s'agit pas de se sauter dessus dans les couloirs de

WWDC ou de faire l'amour dans le local technique, mais au moins de ne pas avoir peur d'être vus ensemble. Qu'est-ce que tu en penses ?

Elle rit en imaginant des scènes torrides avec lui au bureau, puis reprit son sérieux et réfléchit.

— J'aimerais bien que nous puissions nous afficher ensemble, répondit-elle. Mais je ne veux pas qu'on croie que j'ai eu mon poste par favoritisme. Et... tu sais, je vise toujours cette place de présentatrice. Rien n'a changé de ce côté-là. Je suis une bonne productrice, mais je sais que je serai une présentatrice phénoménale.

Il fronça les sourcils.

— Qu'est-ce que cela implique pour moi, pour nous ? demanda-t-il.

— Écoute. Tu as un contrat de six mois. Je vais me démener pour que cette émission soit la meilleure que tu puisses imaginer – en travaillant à ma façon. Et dans six mois, nous parlerons des prochaines étapes de notre vie personnelle et professionnelle.

— Ce que tu peux être dure en affaires ! plaisanta-t-il. Allez, marché conclu.

— Et puis, l'avantage, c'est que cela te laissera du temps pour continuer à faire tes preuves.

— Pour ça, ma chérie, je suis à ta disposition.

7

— À demain au bureau, dit Paul quand ils se séparèrent devant chez Layne.

Elle fut tentée de l'inviter à monter, mais ils avaient besoin d'un peu de distance pour s'éclaircir les idées avant de reprendre le travail.

— Oui, à demain.

— Ça va être dur de me réveiller sans toi demain matin, dit-il en l'embrassant sur le front. Allez, je te laisse sinon je ne partirai jamais. Bonne soirée.

Elle rentra sans se retourner, de peur de changer d'avis et de se retrouver à préparer un petit déjeuner pour deux le lendemain matin. Ce week-end avait été un premier test concluant ; ils s'entendaient toujours aussi bien, y compris au lit. Mais le plus dur restait à venir.

Son portable se mit à vibrer au moment où elle entrait dans son appartement. Elle rit en voyant que c'était un appel de Tina.

— Dis donc, tu m'espionnes ? lui demanda-t-elle. Tu m'as vue passer la porte de chez moi ?

Elle posa son sac, enleva ses baskets et alla s'asseoir dans le salon.

— Écoute, répondit Tina, je t'ai laissée tranquille tout le week-end. Mais maintenant, je veux tous les détails. J'imagine que tu as beaucoup de choses à me raconter si tu viens juste de rentrer.

Layne revit le corps de Paul allongé sur le sien, sa tête entre ses seins, ses mains sur ses hanches…

— Tina, donne-moi une heure et viens dîner. Nous commanderons quelque chose.

— J'arrive dans une demi-heure.

Elle raccrocha sans laisser à Layne le temps de protester. Layne secoua la tête en riant, puis se leva pour aller ranger ses affaires.

— C'est vrai ? Dans la baignoire ? s'exclama Tina. J'ai toujours rêvé de faire ça. Mais il faut qu'elle soit grande.

— Mais nous avons fait d'autres choses, tu sais, souligna Layne en mordant dans sa tortilla.

— Peut-être, mais c'est beaucoup moins intéressant.

Tina but une longue gorgée de thé glacé avant d'ajouter :

— Plus sérieusement, comment te sens-tu et comment vois-tu les choses maintenant avec Paul ?

— Ce que nous avons partagé ce week-end m'a rappelé pourquoi j'étais tombée amoureuse de lui, mais je n'oublie pas pourquoi je suis partie. Ce qui est étrange, c'est qu'à Charlotte, c'était lui qui tenait les rênes, et aujourd'hui, c'est moi. Je ferai ce qui est bien pour moi. J'espère que nous pourrons rester ensemble, mais cette fois, je ne compte pas rester assise sur la banquette arrière et laisser quelqu'un d'autre prendre le volant. Que je sois amoureuse de lui ou pas.

À la fin de l'émission, Paul retourna dans son bureau. Deux mois s'étaient écoulés depuis son week-end à Baltimore avec Layne et tout se passait à merveille entre eux. Au travail, la paix était revenue et ils travaillaient en parfaite harmonie, et à l'extérieur du bureau, ils se voyaient autant que possible. Ils se retrouvaient chez l'un ou chez l'autre, sortaient en amoureux quand leur emploi du temps le permettait. Mais Paul voulait aller plus loin. Et Layne disait qu'elle n'était pas prête.

Il posa sa veste et son téléphone de bureau sonna.

— Paul, c'est Deanna. Tu es libre pour dîner ce soir ?

— Pour dîner ?

— Oui. Cela pose problème ? J'aimerais parler de l'avenir. De *ton* avenir.

Il s'éclaircit la voix.

— Je pensais faire livrer un repas dans mon bureau, poursuivit-elle. J'ai trop de rendez-vous dans la journée, je n'aurai pas le temps de te voir avant 19 heures. C'est bon pour toi ?

Comment refuser ? Deanna avait récemment été promue directrice des programmes en charge des émissions d'information. Elle détenait le pouvoir sur toute la grille, de jour comme de nuit.

— 19 heures, c'est noté, répondit-il.

— Parfait, à tout à l'heure.

Il raccrocha et se passa la main sur le visage en soupirant. Ces dernières semaines, Deanna s'était curieusement impliquée dans la gestion quotidienne du *Morning Show.* Maintenant c'était elle qui contrariait Layne à force d'être sur son dos.

Depuis quelques jours, Layne commençait à s'en inquiéter. Elle s'interrogeait sur les motivations de Deanna. Elle avait parfois l'impression que celle-ci souhaitait son échec pour se débarrasser d'elle, mais ne comprenait pas pourquoi. Et puis, Layne sentait aussi que Deanna était attirée par Paul. Il essayait de la rassurer, mais en réalité, il percevait quelque chose qui le mettait mal à l'aise. Deanna lui téléphonait de plus en plus souvent sous n'importe quel prétexte, elle lui envoyait des messages en dehors des heures de travail et lui proposait régulièrement de déjeuner avec elle après les séances de débriefing. Il espérait avoir l'occasion ce soir de mettre les choses au clair, mais vu les inquiétudes de Layne, ce n'était pas la peine qu'elle sache qu'il allait dîner avec Deanna.

Il reçut justement un message de Layne :

Je rentre chez moi. On se voit ce soir ?

Il hésita un instant avant de taper sa réponse :

Pas ce soir ma chérie. Je vais me coucher tôt. Demain ?

Bien sûr, à demain. Repose-toi bien.

Bonne soirée.

Je t'aime.

Il prononça ces mots sans les écrire. Un affreux sentiment de culpabilité l'envahissait tout à coup. Il allait faire aussi vite que possible avec Deanna, abréger le dîner et s'enfuir à toutes jambes.

— Merci d'être venu, dit Deanna, quand Paul entra dans son bureau. J'ai libéré tout le monde pour que nous puissions parler tranquillement.

Paul regarda avec méfiance la table dressée pour deux avec une nappe blanche, une bouteille de vin et plusieurs plats surmontés de cloches en argent.

— Tu n'aurais pas dû te donner tant de mal, lui dit-il. Je n'ai pas très faim.

— Voyons, un homme doit se nourrir.

Elle le fit asseoir et lui proposa du vin.

— Non, merci, je préfère de l'eau. Tu as dit que tu voulais parler de mon avenir, dit-il en se servant un verre d'eau gazeuse.

— Oh ! Est-ce qu'on ne peut pas au moins manger la salade avant de parler affaires ? Vas-y, sers-toi, dit-elle en soulevant l'une des cloches.

Il prit un peu de salade composée, puis elle fit de même et s'assit à côté de lui.

— Quand nous nous sommes rencontrés à cette conférence, dit-elle, j'ai su que tu n'étais pas comme les autres. Que tu avais quelque chose en plus. Et que je ferais tout mon possible pour te faire venir ici. J'ai dû tirer beaucoup de ficelles pour rendre cela possible, mais tu le sais déjà, poursuivit-elle en buvant une gorgée de vin. Et je n'ai pas été déçue. Pour l'instant.

— J'ai une bonne équipe et une productrice formidable.

Le regard de Deanna s'assombrit.

— Mais depuis un moment, rétorqua-t-elle, tu n’es plus la star que tu étais à ton arrivée.

— C’est-à-dire ?

— Tu n’as plus autant de brio, tu te ramollis. Le journaliste féroce est en train de devenir trop gentil.

— Je ne crois pas. Je suis toujours le même à l’écran.

— Je pense qu’il est temps de nous réveiller un peu. C’est la rentrée, il faut être au rendez-vous.

— Mais encore ?

— Eh bien, j’ai décidé de changer ta productrice de poste.

— Pourquoi ? demanda-t-il, la mâchoire serrée.

— Layne Davis a du talent, devant et derrière la caméra. Je veux lui offrir l’occasion de faire pour les informations du soir ce qu’elle a fait pour le *Morning Show*, et lui donner plus de temps d’antenne. C’est ce qu’elle a toujours voulu, non ?

— Tu le sais sans doute mieux que moi, Deanna.

— Avez-vous travaillé en lien direct à Charlotte, elle et toi ?

— Non.

— Ah. Mais que penses-tu de mon idée ?

Il regrettait maintenant d’avoir refusé le vin.

— Je pense que tu fais une erreur.

Elle se leva, s’approcha de lui et s’appuya contre le rebord de la table.

— Je ne fais pas d’erreurs. C’est pourquoi je suis là où je suis. Et je compte bien continuer sur cette voie et devenir directrice de la chaîne.

Elle posa la main sur l’épaule de Paul et se pencha vers lui.

— Nous formerions une équipe formidable, toi et moi, murmura-t-elle d’une voix grave.

— Je croyais que c’était déjà le cas.

Elle sourit.

— Mais ce n’est rien en comparaison de ce que nous pourrions faire si nous étions ensemble, *vraiment* ensemble. Je pourrais faire franchir un cap à ta carrière. Avec mon aide, tu pourrais atteindre des sommets.

Il leva le regard vers elle. Ses yeux brillaient comme des émeraudes.

— Ton dîner va être froid, lui dit-il.

Puis il recula sa chaise et se leva.

— Et il faut vraiment que j'y aille.

Elle le rattrapa et mit la main contre son torse pour l'empêcher d'avancer.

— Réfléchis à ma proposition, Paul, insista-t-elle d'un ton séducteur en saisissant les revers de sa veste.

Elle se hissa alors sur la pointe des pieds et plaqua un baiser sur sa bouche. Pas un petit baiser amical mais un baiser plein de désir et de pouvoir.

Il recula. Elle avait les joues rouges et les yeux brillants.

— Bonsoir, Deanna.

Il la contourna et sortit.

Tous les jurons qu'il connaissait lui passèrent par la tête tandis qu'il se pressait vers son bureau. Il avait su que c'était une mauvaise idée d'accepter ce rendez-vous, et pourtant, comme un idiot, il l'avait fait quand même. Et le pire, c'était qu'il avait menti à Layne.

Il s'enferma à clé et alla dans sa salle d'eau privée pour s'asperger le visage d'eau fraîche. En se regardant dans la glace, il se rendit compte qu'il avait du rouge à lèvres au coin de la bouche. Heureusement qu'il n'avait croisé personne !

Il se nettoya, puis vérifia l'état de son col de chemise et de sa veste. Il n'y avait pas d'autre trace, par chance.

Que faire à présent ? Deanna était très influente et prête à tout pour réussir. Il ne pouvait qu'imaginer ce qu'elle ferait à quiconque se mettrait en travers de son chemin. Et s'il signalait le comportement qu'elle venait d'avoir, qui le croirait ? Mieux valait qu'il garde cela pour lui et attende la suite des événements.

Il prit aussitôt son portable pour téléphoner à Layne.

— Ma chérie, j'ai changé d'avis, je meurs d'envie de te voir. Tant pis pour mon sommeil, dit-il avec un rire forcé. Je peux te rejoindre dans une petite heure ?

Ce soir-là, il fit l'amour à Layne comme si c'était la première et la dernière fois. À chaque caresse, à chaque baiser, à chaque soupir de plaisir, puis dans le silence quand il la tint serrée contre lui, il lui promit intérieurement de devenir tout ce dont elle avait besoin.

— Alors, qu'est-ce que tu vas faire ? demanda Eric.

Paul faisait les cent pas dans son appartement en parlant à son frère au téléphone.

— Je ne sais pas encore, répondit-il en s'arrêtant devant la fenêtre.

La scène de Deanna datait de deux semaines. Pour l'instant, Layne était toujours à son poste, mais cela risquait de changer bientôt.

— On dirait que cette Deanna a un grand pouvoir de nuisance. Tu es protégé parce que tu es la star de son émission, mais si elle veut se rapprocher de toi et pense que Layne la gêne, c'est Layne qui en pâtira.

— Oui, je sais bien.

Paul fit une pause et ajouta :

— J'ai toujours l'option de retourner chez WNCC.

— Tu es sérieux ?

— Je pourrais arrêter les dégâts, protéger Layne, rentrer à Charlotte...

— Et te retrouver au point de départ, à des centaines de kilomètres d'elle, ce qui ne marchera sûrement pas plus que la première fois. Tu veux un conseil ?

— Je t'écoute.

— Dis la vérité à Layne. Ne la laisse pas dans le noir. Elle ne te le pardonnerait pas.

— Tu as sans doute raison.

— J'ai raison. Crois-en un homme marié. Les femmes savent. Je ne sais pas comment elles font, mais elles savent.

— D'accord, je vais lui dire. Justement, je vais la chercher dans une heure pour sortir dîner. Cela fait un moment que nous n'avons pas eu une vraie soirée pour nous deux. Ce sera l'occasion d'aborder le sujet.

— Je te recommande un lieu public, c'est mieux pour éviter un esclandre.

— Ah, merci !

— Bonne chance, frérot. Tu me raconteras.

— Merci. Embrasse Tricia de ma part.

— Sans faute. À bientôt.

Paul raccrocha et tenta de s'armer de courage.

La température était exceptionnellement élevée pour une fin septembre. Les terrasses étaient encore bondées, des couples et des familles marchaient dans la rue en vêtements d'été et des touristes faisaient les boutiques. De l'extérieur, on entendait la musique qui venait des clubs de jazz et des bars. C'était un samedi soir typique dans le quartier de Georgetown.

Le taxi déposa Layne et Paul devant Blues Alley Jazz sur Wisconsin Avenue. Blues Alley était un établissement réputé pour sa programmation qui savait alterner entre musiciens confirmés et stars montantes du jazz.

— J'ai réservé pour le concert de 21 heures, dit Paul. Je me suis dit que nous pourrions prendre un verre et dîner dehors avant le spectacle.

— Excellente idée, répondit Layne en l'embrassant.

— Tant mieux.

Il l'enlaça et l'attira contre lui. À cet instant, il vit un taxi s'arrêter au feu rouge et crut reconnaître Deanna à l'intérieur. Elle était tournée vers eux et semblait les regarder, mais la voiture repartit sans qu'il soit certain de ce qu'il avait vu. Pensant qu'il se faisait sans doute des idées, il renonça à en parler à Layne.

Ils s'assirent et commandèrent deux verres de vin avec une assiette de calamars frits à partager.

— À nous ! dit Paul en levant son verre.

Ils trinquèrent et burent une gorgée.

— C'est drôle, dit Layne en regardant autour d'elle, depuis le temps que j'habite à Washington, je n'étais jamais allée à Blues Alley. Tina m'a proposé une fois d'y aller avec elle et son petit ami, mais je n'avais pas envie de tenir la chandelle alors j'ai décliné.

— Et toi, tu n'avais pas de petit ami ?

Il détestait l'imaginer avec un autre homme, mais il aurait été idiot de penser qu'elle n'avait eu personne après leur rupture.

— Non, répondit-elle. Je suis sortie de temps en temps, mais il n'y a rien eu de spécial. J'étais et je reste concentrée sur ma carrière. Et toi, je ne t'ai jamais demandé si tu avais eu quelqu'un après... nous.

— Il n'y a pas grand-chose à dire. J'ai eu quelques aventures passagères, rien d'intéressant.

— Aucune vraie relation ?

— Non, aucune. Loin de là. La vérité, confia-t-il en lui prenant la main, c'est que je ne voulais personne d'autre que toi, mais j'étais trop orgueilleux pour l'admettre. Et plus le temps passait, plus c'était difficile. La porte qui s'est ouverte ici a été le signal dont j'avais besoin. Alors j'ai répondu.

Une serveuse vint prendre leur commande pour le repas. Quand elle fut repartie, Layne soupira légèrement.

— Même si je suis folle de joie que nous soyons de nouveau ensemble, dit-elle, je dois être honnête avec toi.

— Vas-y.

— Eh bien... Le fait que tu sois là anéantit toutes mes chances d'obtenir la place de présentatrice.

Voilà, elle l'avait dit. Elle avait beau tenir à lui, peut-être même l'aimer, une part d'elle continuait à lui en vouloir et rien de ce qu'il pourrait faire n'y changerait quoi que ce soit.

— Mais je fais avec, ajouta-t-elle. À vrai dire, j'apprécie mon travail de productrice, plus que je ne le pensais. Et je le fais bien. J'ai tous les avantages : je travaille pour le *Morning Show* et je te vois tous les jours.

Elle sourit.

— Je veux seulement que tu sois heureuse. Et si ma présence t'empêche de l'être complètement...

— Non, non. Pas du tout.

La serveuse revint avec leurs assiettes.

— Ça a l'air délicieux ! s'exclama Layne.

Paul la laissa commencer son poisson avant de reprendre la parole.

— Ma chérie, j'ai quelque chose à te dire.

— Ah, c'est sérieux, apparemment. Je t'écoute.

— Tu te souviens du soir où tu m'as proposé de venir chez toi et où je t'ai répondu que j'allais rentrer me coucher tôt ?

— Oui. Mais finalement tu es venu quand même.

— Oui, en fait je ne t'ai pas tout dit sur cette soirée.

Elle posa sa fourchette.

— Quoi que tu aies à me dire, vas-y. Sois direct, s'il te plaît.

— Deanna m'a invité à dîner dans son bureau, en tête à tête.

— Quoi ?

— Attends, laisse-moi finir.

Layne écouta son récit sans l'interrompre. Quand il eut terminé, elle ne dit qu'une chose :

— Tu m'as menti.

— Oui, c'était stupide de ma part. J'ai eu peur de t'inquiéter ou de te mettre en colère. Je...

— Tu m'as menti. Puis tu t'es couché dans mon lit et tu m'as fait l'amour comme si rien ne s'était passé. Si tu as pu faire ça...

Elle jeta sa serviette sur la table et ouvrit son sac pour prendre son téléphone.

— Attends, qu'est-ce que tu fais ?

— J'appelle un VTC. Tu devrais peut-être accepter l'idée de Deanna. En tout cas, nous allons prendre nos distances, toi et moi. Si elle me confie une autre émission, j'accepterai volontiers pour m'éloigner de toi. Parce que si tu as pu me mentir sur ce sujet, quel autre mensonge serais-tu capable de me raconter ?

— Layne, tu te trompes.

— Tu sais quoi ? Ça m'est égal.

— Je n'ai jamais eu l'intention de te mentir. J'aurais dû tout te dire dès le début.

— Oui, tu aurais dû.

— Je ne l'ai pas fait et j'en suis désolé. Tu dois me croire. Layne, je t'aime. Je ne voulais pas te faire de mal. J'essayais de te protéger.

Elle se leva, regarda son téléphone, puis la rue. Sa voiture arriva.

— Je te le répète, ça m'est égal, dit-elle.

Et elle s'en alla.

Les deux semaines suivantes, Layne s'efforça de se concentrer sur son travail en pensant à Paul le moins possible. Hélas, il était très difficile d'ignorer les regards furtifs qu'il lui lançait et les messages d'excuses qu'il lui envoyait et auxquels elle refusait de répondre.

Peut-être aurait-elle dû accepter, comme il l'avait souhaité, de vivre leur relation au grand jour. Alors rien de tout cela ne serait arrivé.

Elle finissait sa maquette préparatoire pour la semaine quand Cherie fit irruption dans son bureau sans frapper.

— Tu es au courant ?

— Quoi ? demanda Layne.

— La sécurité vient d'accompagner Paul à la sortie.

Layne laissa tomber sa tablette sur son bureau.

— Hein ? Qu'est-ce que tu racontes ?

— Je revenais de ma pause déjeuner et je l'ai vu de mes propres yeux. Tout le monde ne parle que de ça, mais personne ne sait ce qui s'est vraiment passé.

Layne mit les doigts sur ses tempes. C'était insensé.

Son téléphone sonna. Elle lança un regard à Cherie et décrocha. C'était la secrétaire de Deanna.

— Oui, d'accord, je monte tout de suite.

Elle raccrocha et dit à Cherie :

— Deanna veut me voir.

— Tu en sais plus ?

— Pas encore, mais dès que ce sera le cas, je te le dirai. Et n'alimente pas les rumeurs !

Sur ces mots, Layne sortit dans le couloir et prit l'ascenseur pour aller voir Deanna. Elle passa par sa secrétaire, qui la fit entrer dans le bureau de celle qui était maintenant directrice des programmes pour les tranches d'information.

Deanna était assise à sa table de travail, impeccable comme toujours. Elle leva les yeux du dossier qu'elle avait devant elle, adressa à Layne un sourire crispé et lui fit signe de prendre place en face d'elle.

— Tu dois être au courant pour Paul.

— Pas exactement, répondit Layne. Que s'est-il passé ?

— Il a été suspendu dans l'attente d'une enquête.

— Une enquête ? À quel sujet ?

— Je ne peux pas te le dire, c'est confidentiel.

— Pour combien de temps ? Et qui va présenter l'émission ? C'est de la folie.

Elle secoua la tête avec dépit. Cette situation était incompréhensible.

— Sa suspension durera aussi longtemps que nécessaire. Quant à l'émission, Cherie est promue productrice et tu remplaceras Paul en plateau à partir de demain.

Elle sursauta sur son siège.

— Pardon ?

— C'est ce que tu as toujours voulu. Je suis désolée que cela arrive dans ces circonstances. Mais, c'est un essai. Nous verrons comment tu t'en sors. Je pense que cela peut être une force pour nous d'avoir une femme aux commandes, tu ne trouves pas ?

Layne se cramponna aux accoudoirs de son fauteuil. Elle avait l'impression d'être dans une essoreuse.

— Il faudra que je vous voie, Cherie et toi, pour discuter de la transition. En attendant, va voir les costumières pour qu'elles s'occupent de toi.

C'était surréaliste. Deanna parlait de tout cela comme si renvoyer le présentateur vedette et remanier une équipe entière était une chose qui arrivait tous les jours.

— Bien sûr, si tu as des inquiétudes, tu peux toujours t'adresser à moi. Mais je ne pense pas que ce sera le cas, conclut Deanna avec un sourire.

Layne se leva machinalement.

— Je sais que tu seras excellente, Layne. Tu t'es donné tellement de mal pour en arriver là. Enfin, tu es récompensée de tes efforts.

Bien que ses paroles ressemblent à des compliments, Layne sentit qu'elles étaient pleines de mauvaises intentions.

— Tu peux laisser la porte ouverte, dit Deanna.

Dans le couloir, Layne croisa Cherie.

— Alors, que se passe-t-il ?

— Nous en parlerons après. Viens me voir quand tu auras fini.

Dès qu'elle fut dans son bureau, Layne appela Paul et tomba directement sur sa messagerie. Elle lui envoya un SMS qui resta sans réponse. Elle eut le cœur serré en imaginant l'état de choc dans lequel il devait se trouver.

Qu'est-ce qui pouvait bien avoir provoqué sa mise à pied ? Deanna était difficile, oui. Elle pouvait être votre meilleure alliée un jour, puis vous jeter plus bas que terre le lendemain. Mais à ce point-là ? C'était la deuxième fois en moins d'un an qu'un présentateur était renvoyé. Serait-ce bientôt au tour de Layne ?

La journée fut des plus agitées. L'incertitude régnait et tout le monde essayait de connaître le fin mot de l'histoire. Layne se prépara à endosser son nouveau rôle, mais au fond, elle n'avait qu'une hâte : que la journée se termine pour qu'elle aille chez Paul et qu'il lui explique tout.

Enfin, elle put quitter le bureau et se rendre directement chez lui. Mais le concierge lui annonça qu'il s'était absenté.

— Savez-vous quand il rentrera ? demanda-t-elle. C'est très urgent et je n'arrive pas à le joindre.

— Hélas, non. Je peux seulement vous dire qu'il est parti avec une valise.

— Ah, d'accord. Merci.

Où était-il ?

Elle essaya à nouveau de l'appeler. En vain.

S'il ne s'arrêtait pas en route, Paul arriverait à Charlotte dans six bonnes heures. À 22 heures, 23 heures au plus tard. Quand il avait appelé Eric pour le prévenir qu'il rentrait à Charlotte, son frère avait insisté pour qu'il dorme chez Tricia et lui, au moins le premier soir.

Paul ne comprenait toujours pas ce qui lui était arrivé ce matin. En arrivant au bureau, il avait trouvé un message lui demandant de se rendre au service des ressources humaines dès la fin de son émission. Il s'était demandé pourquoi mais n'avait à aucun moment imaginé ce qui allait suivre. On lui avait seulement signalé qu'en raison d'allégations portées contre lui, il était provisoirement suspendu de ses fonctions et avait interdiction d'entrer dans les locaux jusqu'à nouvel ordre.

Des heures plus tard, il n'avait toujours pas d'explications. Des *allégations*.

Son téléphone posé à côté de lui se mit à vibrer. C'était Layne, encore. Il rejeta l'appel. Il n'avait pas le cœur à lui parler pour l'instant. Et puis pour lui dire quoi ? Il se doutait que Deanna était derrière cette affaire, mais il ignorait à quel degré.

Quand il arriva chez son frère, il avait mal à la tête et des courbatures dans tous les membres.

— Nous t'avons gardé une assiette de poulet rôti, dit Eric. Elle est au chaud dans le four. Tu dois avoir faim.

— Comme tu dis, oui. Je n'ai rien avalé depuis ce matin.

— Va t'installer dans la chambre d'amis, je vais mettre le couvert. Je mangerai un morceau avec toi.

— Merci.

— Hennessy ?

— Tu me connais trop bien.

— Je t'en sers tout de suite un verre.

Tricia descendit à cet instant.

— Salut, Paul. Il me semblait bien avoir entendu ta voix.

— Désolé, je ne voulais pas te réveiller.

— Non, je ne dormais pas.

Elle vint vers lui pour l'embrasser affectueusement.

— Je vous laisse entre frères. Bonne nuit, les garçons.

En passant près d'Eric, elle posa la main sur son bras et lui fit un baiser dans le cou.

Paul alla poser son sac dans la chambre du rez-de-chaussée. Il alluma la lumière, regarda autour de lui et se demanda un instant comment il en était arrivé là. À ce moment dans sa vie. Deanna Mitchell. Elle avait le pouvoir de détruire tout ce qu'il avait bâti, et pour quoi ? Elle s'était peut-être intéressée à lui, mais il n'y avait rien de sentimental là-dedans. Elle avait seulement l'habitude de prendre ce qu'elle voulait.

Layne s'était endormie sur le canapé. En se réveillant, elle massa sa nuque endolorie puis regarda aussitôt son téléphone. Rien. Paul ne lui avait toujours pas fait signe.

Elle se leva lentement et s'étira. Elle avait encore envie de l'appeler, mais de toute évidence, il n'avait pas envie de lui parler et elle avait une journée importante devant elle.

Le cœur serré, elle se prépara et se rendit au bureau en luttant pour se concentrer sur ce qui l'attendait. Chez WWDC, tout le monde parlait encore des événements de la veille et certains plaisantaient sur la précarité du poste de présentateur. Elle ignora ces commentaires et s'installa en plateau. Elle avait suffisamment confiance en Cherie et en toute l'équipe pour ne pas s'affoler, malgré le peu de préparation qu'elle avait pu avoir.

Au signal de départ, elle salua les téléspectateurs et leur annonça le sommaire de l'édition d'aujourd'hui. Les deux heures se déroulèrent sans le moindre problème. À la fin, elle passa par la régie pour remercier les techniciens, puis sortit dans le couloir où elle rencontra Deanna.

— Layne, justement, je voulais te voir.

— Tout va bien ?

— Je t'ai regardée, tu m'as impressionnée. J'aurais dû te mettre à cette place beaucoup plus tôt, cela nous aurait évité ce nouveau désastre. Juste une chose, ajouta-t-elle en chuchotant, tu devrais faire quelque chose avec tes cheveux. Les lisser, par exemple. Pour avoir une allure plus raffinée.

Sur ces mots, Deanna lui adressa un sourire faux et s'éloigna. Layne passa la main sur ses cheveux frisés, qu'elle avait rassemblés en chignon haut. Elle pesta tout bas et poursuivit son chemin.

8

Paul fut réveillé par la délicieuse odeur de café qui venait jusqu'à sa chambre et il mit quelques secondes à se rappeler où il était. Puis les événements de la veille lui revinrent en mémoire et il eut envie de se rendormir pour ne pas avoir à affronter la réalité.

Il se leva tout de même, s'habilla et se rendit dans la cuisine. La maison était silencieuse. Il était 9 heures passées. Depuis quand n'avait-il pas dormi aussi tard un jour de semaine ? Il ne s'était pas rendu compte qu'il était aussi épuisé.

Sur la table, il trouva un mot de son frère.

Le café est prêt, le frigo est plein. Sers-toi. J'ai dû partir tôt mais nous aurons du temps pour parler ce soir. E.

Paul sourit, se servit une grande tasse de café et alla s'asseoir dans le salon pour regarder les informations. Alors qu'il passait d'une chaîne à l'autre, il tomba sur WWDC et eut le souffle coupé. Le *DC Morning Show* commençait tout juste et était présenté par… Layne Davis.

Figé, il la regarda, installée dans le fauteuil qu'il avait occupé la veille encore. Ce fauteuil qu'elle avait toujours voulu. Elle était excellente. Il sourit, mais son sourire s'effaça progressivement.

La réalité, c'était que sa mise à pied avait profité à Layne. Elle réalisait enfin son rêve. Était-elle à l'origine des allégations dont on lui avait parlé ? Avait-elle manigancé pour récupérer sa place ? Si c'était le cas, Deanna avait dû être ravie d'avoir un prétexte pour se débarrasser de lui, puisqu'il refusait de jouer avec elle.

Plus son esprit imaginait de scénarios improbables, plus il était en colère et déboussolé. Il éteignit la télévision, retourna dans sa chambre et enfila une veste pour aller marcher. Un peu d'air frais et d'exercice l'aideraient sans doute à y voir plus clair. En chemin, il acheta le journal et s'arrêta dans un café pour commander un petit déjeuner copieux. Quand la serveuse vint le lui apporter, elle le regarda et sourit.

— Attendez... Ce n'est pas vous qui présentiez les informations à la télévision ? Paul Waverly ! Oui, je vous reconnais ! Vous faisiez le journal du soir ! Je peux avoir un autographe ?

— Euh... Oui, bien sûr.

— Je m'appelle Sylvia, dit-elle en lui tendant son carnet de commandes.

Il griffonna quelques mots et le lui rendit.

— Que vous est-il arrivé ? demanda-t-elle. Je ne vous vois plus sur WNCC.

— Merci pour le petit déjeuner, Sylvia.

Elle rougit.

— Oh ! pardonnez-moi. Je ne voulais pas être indiscrète. Faites-moi signe si vous avez besoin de quoi que ce soit.

Paul se replongea dans son journal et mangea ses œufs brouillés en lisant les nouvelles du monde. C'était pour cela qu'il vivait depuis des années. L'actualité était sa passion. Que deviendrait-il s'il ne pouvait plus exercer son métier ? En théorie, il pouvait toujours retourner chez WNCC, mais toutes les portes risquaient de se fermer quand on saurait qu'il avait été renvoyé de WWDC.

Sylvia, la serveuse, venait de parler de lui à l'imparfait. Comme s'il faisait déjà partie du passé.

Il posa un billet de vingt dollars sur la table et sortit sans attendre sa monnaie. Le ciel se couvrait mais il faisait encore bon. Il se mit à marcher en se demandant ce qu'il allait faire.

Ce qu'il faisait tous les matins avait un sens. Pour les gens qui le regardaient, mais aussi pour lui. Ce travail faisait partie de lui. Seulement il l'avait perdu, et de toute évidence, il avait aussi perdu Layne. Que devenait-il sans les deux choses qui comptaient le plus dans sa vie ? Un homme du passé.

Quelques gouttes de pluie se mirent à tomber. Il accéléra le pas et rentra.

— Donc, si je comprends bien, dit Eric, cette mise à pied est tombée de nulle part ?

Ils étaient installés dans la véranda et discutaient en buvant une bière.

— Je ne l'ai absolument pas vue arriver, surtout après tout ce que Deanna avait fait pour me débaucher. Tu sais, ajouta-t-il après une pause, j'ai regardé les infos ce matin. Layne a récupéré ma place.

— Ah.

— J'ai d'abord été heureux de la voir là. Elle était parfaite. Mais ensuite, j'ai commencé à me poser des questions sur elle. Elle n'a jamais caché qu'elle visait précisément ce poste de présentatrice, alors elle pouvait aussi bien être à l'origine de mes ennuis...

Eric lui lança un regard incrédule.

— Tu plaisantes, j'espère ?

— Maintenant je n'y crois plus du tout, mais sur le moment, j'avoue que j'ai eu un doute. Je pense que j'étais encore sous le choc.

— Eh bien, j'espère que tu es remis parce que c'est du grand n'importe quoi. Layne est peut-être aussi ambitieuse que toi, mais de là à la soupçonner d'un tel coup de poignard dans le dos !

— Je sais, tu as raison. C'était ridicule.

— Elle sait que tu es ici ?

— Non. Elle a essayé de me joindre mais... Je ne suis pas encore prêt à parler. J'ai besoin d'un peu de temps pour décompresser et retrouver mes esprits.

Eric laissa passer un silence, puis demanda :

— Qu'est-il arrivé au journaliste qui présentait l'émission avant toi ?

— Il a été licencié à la suite d'une enquête interne.

— Tu sais ce qui lui était reproché ?

— Pas vraiment. J'ai entendu dire qu'il avait utilisé sa carte bancaire professionnelle pour des achats personnels. On a parlé d'*allégations*. Mais je ne le connais pas et je n'ai jamais cherché à en savoir plus. Je considérais que cette affaire ne me regardait pas.

— Je me demande juste, en tant qu'avocat, s'il n'y a pas comme une histoire qui se répète.

— Difficile à dire.

— Il faudrait faire des recherches de ce côté-là. Quelle est exactement l'accusation portée contre toi ?

— « Comportement inapproprié sur le lieu de travail ».

— Pourraient-ils être encore plus vagues ? Bon, je vais faire en sorte d'obtenir la véritable plainte.

— Je ne te demande pas de t'impliquer.

— Je *suis* impliqué. Je suis ton frère et je ne vais pas les laisser se débarrasser de toi sans motif.

Paul mit la tête en arrière et ferma les yeux. Il n'avait pas l'habitude de s'épancher, mais pour une fois, il en avait besoin. Il n'avait jamais ressenti cette angoisse de l'avenir.

— Layne. Mon travail. Voilà ce qui me définit. Tu sais comme j'étais mal quand elle est partie.

— Oui, et je sais aussi que tu étais trop fier pour l'admettre. Vous auriez pu rester ensemble si tu avais fait un petit effort.

— Je croyais que tu étais de mon côté, grommela Paul.

— Je suis du côté de ce qui est juste. Mais je crois que tu te trompes sur un point : ce ne sont pas les choses ou les gens que tu aimes qui te définissent. Ni l'argent que tu gagnes ou la maison dans laquelle tu habites. C'est l'homme que tu décides d'être. Ta façon de te comporter avec les autres. Voilà ce qui compte vraiment.

Paul regarda son frère en souriant.

— Depuis quand es-tu philosophe ?

— Comment ça ? s'insurgea Eric en riant. Maman a toujours dit que j'étais un beau parleur.

Ils se turent et passèrent de longues minutes à regarder le ciel étoilé d'octobre.

— Tu devrais l'appeler, dit finalement Eric.

— Je le ferai dès que j'y verrai plus clair. Je ne veux pas lui parler tant que je suis dans cet état de confusion. Il y a eu suffisamment de malentendus entre elle et moi.

— Quoi que tu fasses, sache que tu peux compter sur moi.

— Merci, grand frère.

Un peu plus tard, allongé dans son lit, Paul regardait son téléphone en espérant recevoir un message de Layne, mais il n'y avait toujours rien. Elle n'avait pas cherché à le joindre de toute la journée. Il voulut l'appeler mais se retint de justesse. Il n'était pas prêt. Ce qu'il n'avait pas dit à son frère, c'était que s'il avait peur de parler à Layne, c'était parce qu'il avait honte. Honte du mal qu'il lui avait fait, honte de ce qui lui arrivait. Il avait besoin de réfléchir sur lui-même afin de repartir sur des bases solides.

Layne était dans son bureau quand Cherie frappa à la porte entrouverte.

— Entre !

— Layne, tu as été géniale ce matin.

— Merci. Et tu as endossé le costume de productrice avec une aisance déconcertante.

— Nous devons aller boire un verre pour fêter ça.

— J'adorerais, mais j'ai déjà quelque chose de prévu en sortant du bureau, et ensuite je rentrerai pour travailler encore un peu et me coucher tôt. Une autre fois avec plaisir.

— Je comprends. Je crois que je suis encore sous l'effet de l'adrénaline. As-tu des informations officielles à propos de Paul ? Tu connais la durée de sa suspension ? Tu sais s'il reviendra ?

Layne sentit son estomac se nouer.

— Je ne sais pas, répondit-elle. On ne m'a rien dit.

— Bon, nous verrons bien. Tu sais, Layne, je tiens encore à te remercier de m'avoir prise sous ton aile et d'avoir fait décoller ma carrière.

— Tu ne le dois qu'à toi-même, assura Layne en toute sincérité.

— Non, Layne, je te dois beaucoup et je te suis très reconnaissante. Sache-le. Allez, je te laisse tranquille, à demain !

Layne sourit en regardant Cherie s'en aller avec son énergie habituelle. Dès qu'elle fut seule, elle regarda son téléphone pour voir si elle avait des nouvelles de Paul. Rien. Elle soupira. Cela faisait seulement deux jours. Il avait sans doute besoin d'air, tout simplement. Mais s'il ne la contactait pas d'ici à la fin de la semaine, elle passerait à l'action.

Layne retrouva Tina dans leur café préféré pour lui raconter ses débuts en tant que présentatrice du *DC Morning Show*. Elles s'assirent et commandèrent deux margaritas.

— Alors, c'était bien ? demanda Tina avec excitation. Comment te sens-tu ?

— C'était... génial. Encore plus palpitant que je l'avais imaginé. Il n'y a eu aucun problème technique, je n'ai pas bafouillé et Cherie a été fantastique. Vraiment, tout s'est bien passé.

— Je suis très contente pour toi. Vraiment. C'est ton rêve depuis que je te connais ! J'espère seulement que... tu trouves que cela en valait la peine.

— Qu'est-ce que tu veux dire ?

— Que ce soit bien clair, je ne remets pas une seconde en question ton talent ni les sacrifices que tu as faits pour en arriver là. Mais le fait est que tu dois ta victoire à la défaite d'une autre personne. Une personne que tu aimes.

— Tu sous-entends que je n'ai pas les qualités requises ? Que je suis là par défaut ?

— Pas du tout. Je veux dire qu'il n'est jamais bon d'obtenir quelque chose grâce à la chute de quelqu'un d'autre. Ne t'énerve pas, ajouta-t-elle quand Layne voulut protester, mais réfléchis plutôt à la manière dont les choses se sont passées. Deanna commence par te mettre en avant chez WWDC, puis elle recrute Paul pour le poste que tu visais. Puis elle se met à te faire des reproches et menace de te rétrograder. Et brusquement, des « allégations » sortent de nulle part, Paul est renvoyé et tu le remplaces. Tu m'as dit toi-même qu'elle avait un faible pour lui. Tu l'avais déjà senti et elle a fini par lui faire des avances.

— J'ai du mal à croire que Deanna a orchestré toute cette affaire, dit Layne. Cela dit, c'est vrai que Paul lui a plu dès qu'elle l'a rencontré. Elle s'est arrangée pour le faire venir à Washington, mais quand il a refusé d'exprimer sa « gratitude » envers elle, elle l'a poussé dehors et m'a mise à sa place pour le punir. C'est une théorie qui se tient. Mais comment le prouver ?

— C'est là qu'intervient ta meilleure amie, répondit Tina avec un sourire.

Layne finissait sa deuxième semaine en tant que présentatrice et n'avait toujours pas de nouvelles de Paul. Comme chaque jour, Deanna était passée la voir après l'émission pour la féliciter, mais aussi lui donner des conseils que Layne ne lui avait pas demandés.

— Quelles sont les nouvelles concernant Paul ? demanda Layne.

— Je suis sûre qu'il ne reviendra pas, répondit Deanna.

— L'enquête a-t-elle abouti à quelque chose ?

— À ta place, rétorqua Deanna en plissant les yeux, je me concentrerais plutôt sur mon travail. Bon week-end, conclut-elle avant de partir.

Layne soupira. Quel était le but de cette femme ? Était-elle à ce point obsédée par son propre pouvoir qu'elle se débarrassait de tous ceux qui la dérangeaient ou ne lui donnaient pas ce qu'elle voulait ? En entendant le récit de Paul sur ce qui s'était passé ce fameux soir, Layne avait été trop blessée et trop furieuse pour analyser cet événement avec lucidité. Maintenant, Deanna lui apparaissait de plus en plus comme une grande manipulatrice.

Depuis leur conversation, Tina avait annoncé à Layne avoir confié à une brillante journaliste une enquête fouillée sur WWDC. Cela risquait de prendre du temps, mais son amie lui avait assuré que la vérité finirait par éclater.

Layne n'était pas prête à attendre des semaines. Elle avait besoin de parler à Paul, de vive voix. Elle le connaissait suffisamment pour savoir qu'elle avait de fortes chances de le trouver à Charlotte.

Ce vendredi après-midi, elle rentra directement chez elle, fit son sac et se mit aussitôt en route. Son seul plan d'action était de le chercher et de le trouver.

Elle arriva à Charlotte un peu après 21 heures. Maintenant qu'elle était là, elle ne savait pas par où commencer. Il était trop tard pour aller demander l'hospitalité à ses anciennes amies, il fallait donc d'abord trouver un endroit où dormir. Elle pensa aussitôt au Grand Bohemian Hotel, qu'elle aimait beaucoup et dans lequel elle avait de beaux souvenirs.

— Bonsoir, vous avez une réservation ? lui demanda la réceptionniste.

— Non. Je viens d'arriver en ville et j'espérais que vous auriez une chambre libre.

— Pour combien de nuits ?

— Deux.

— Je peux vous proposer la chambre Queen au deuxième étage.

— Ce sera sûrement parfait. C'est encore possible de faire appel au service d'étage ?

— Oui, jusqu'à 23 heures.

— Formidable.

Elle paya, prit la clé de la chambre et se dirigea vers

l'ascenseur, non sans émotion. Elle avait séjourné ici avec Paul au début de leur relation et ce décor lui rappelait de merveilleux moments. À la fin d'une semaine de travail, il l'avait trouvée en salle de pause, et après s'être assuré qu'ils étaient seuls, il lui avait chuchoté qu'il avait une petite surprise pour elle, qu'elle devait préparer un petit sac pour le week-end et qu'il passerait la prendre chez elle à 18 heures.

Il l'avait conduite ici, au Grand Bohemian Hotel. Ils avaient dîné dans le restaurant de l'hôtel, s'étaient prélassés sur le toit-terrasse et baignés dans la piscine, et avaient passé le reste du temps à faire l'amour et à se faire livrer leurs repas dans leur chambre. Le dimanche après-midi, au moment de partir, leur engagement l'un envers l'autre était scellé.

Layne prit une douche et commanda un burger et des frites. Tout en dînant, elle fit défiler les contacts enregistrés dans son répertoire. Elle était presque sûre d'avoir le numéro du frère de Paul.

Oui ! Elle ne s'était pas trompée. Elle espérait seulement qu'il était toujours valable.

Elle le contacterait demain à la première heure. Si quelqu'un savait où se trouvait Paul, c'était forcément Eric. Avant de se coucher, elle téléphona à Tina pour lui dire qu'elle était bien arrivée et lui expliquer ce qu'elle comptait faire le lendemain. Tina lui apprit que la journaliste qu'elle avait chargée d'enquêter sur WWDC commençait à faire des découvertes alarmantes et qu'elle la tiendrait au courant.

Layne dormit à peine et se leva en même temps que le soleil. Elle se fit du café et attendit une heure raisonnable pour envoyer un message à Eric Waverly. À 8 heures, incapable de patienter plus longtemps, elle lui écrivit.

> Bonjour, Eric. C'est Layne Davis. J'ai besoin de voir Paul et j'ignore où il est. Pourriez-vous me renseigner ? Il ne répond ni à mes appels, ni à mes messages. Je suis à Charlotte.

J'espère sincèrement que vous pourrez m'aider et vous en remercie d'avance.

Elle regarda fixement son téléphone, mais au bout d'une heure, elle n'avait toujours pas de réponse. Que faire si cette piste ne donnait rien ? Allez chez WNCC ? Quelqu'un l'avait peut-être vu.

Mais elle n'était même pas sûre qu'il se trouvait à Charlotte. Elle aurait dû se renseigner avant de quitter Washington au lieu de se précipiter comme cela.

Elle sursauta en entendant son téléphone et vit avec soulagement qu'Eric lui avait répondu.

Layne, vous avez bien fait de m'écrire. Paul est chez moi. Je n'y suis pas pour l'instant, mais appelez-moi vers 18 heures et je lui passerai le téléphone. Je lui ai dit qu'il devait vous parler, mais vous savez comment il est parfois. À plus tard. Eric.

Merci infiniment ! À tout à l'heure.

Enfin, elle pouvait respirer. Il était ici. Elle allait lui parler ce soir et ensemble, ils trouveraient une issue à cette situation insensée. Elle avait hâte qu'il soit 18 heures.

Elle descendit prendre son petit déjeuner au restaurant de l'hôtel, puis sortit se promener dans les rues qu'elle n'avait pas vues depuis des années. Presque tout était comme avant. Quelques enseignes avaient changé, mais dans l'ensemble, Charlotte était restée la même.

Alors qu'elle reprenait le chemin de l'hôtel, elle reçut un appel de Tina.

— Alors, tu as pu joindre Paul ?

— J'ai eu une réponse de son frère, Eric. Paul est chez lui. Eric m'a dit que si je l'appelais aujourd'hui à 18 heures, je pourrais parler à Paul.

— Très bien. Alors tu pourras lui dire que j'ai du nouveau, même si nous avons encore besoin de confirmer certaines informations. Il semble que Deanna Mitchell ait eu un comportement douteux avec plusieurs hommes passés chez WWDC.

— Mais encore ?

— Apparemment, ces prétendues « allégations » sont de pures inventions qu'elle a utilisées à plusieurs reprises pour se débarrasser d'hommes qui avaient refusé ses avances.

— C'est vrai ?

— Oui.

— En d'autres termes, Paul n'est pas sa première victime. Mais comment se fait-il qu'elle s'en soit toujours sortie ?

— Grâce aux accords de confidentialité que ces hommes avaient signés lors de leur embauche. Nous en avons découvert au moins cinq. Et le conseil d'administration semble avoir fermé les yeux en raison de ses excellents résultats.

— Ça alors… Et maintenant, que va-t-il se passer ?

— Nous allons continuer à enquêter jusqu'à ce que nous ayons les preuves nécessaires et les réponses à toutes nos questions. Je dois te laisser. Tiens-moi au courant quand tu auras parlé à Paul.

— Oui, bien sûr. Merci mille fois, Tina.

— Je t'en prie.

Layne n'en revenait pas. Deanna était-elle donc narcissique au point de briser la carrière de tous les hommes qui lui disaient non ? C'était pire que ce qu'elle avait imaginé.

Layne avait fait son sac à la hâte, sans prendre le temps de choisir une tenue sexy. Elle n'avait rien de mieux qu'un pull blanc et un pantalon noir. Heureusement, comme elle aimait la lingerie fine, elle portait toujours de jolis sous-vêtements. Mais les choses n'iraient peut-être pas jusque-là…

Après s'être douchée, coiffée et habillée, elle s'assit près de la fenêtre et surveilla l'heure sur son téléphone. Elle se força à laisser passer quelques minutes après 18 heures pour ne pas paraître grossière, puis composa avec angoisse le numéro d'Eric. Il décrocha après la deuxième sonnerie.

— Bonjour, Eric, c'est Layne. Paul est-il avec vous ?

— Je vais le chercher.

— Vous lui avez dit que j'allais appeler ?

— Non. Je n'avais pas envie qu'il me dise de me mêler de mes affaires, répondit-il en riant. Ne quittez pas.

Layne entendit des voix étouffées. Son cœur battait si fort qu'elle avait du mal à respirer.

— Layne...

Le son de sa voix lui fit autant de bien qu'une pluie après la sécheresse.

— Salut, murmura-t-elle. Comment te sens-tu ?

— Difficile à dire. Cela dépend des moments. Et toi ? Tu me manques.

— Tu me manques aussi. Nous avons tellement de choses à nous dire. Est-ce que Eric t'a dit que j'étais ici, à Charlotte ?

— Hein ? Non. Tu es là, vraiment ?

— Oui, et tu ne devineras jamais où.

— Où ?

— Au Grand Bohemian Hotel.

— Notre premier week-end romantique.

— Oui, je n'ai que de beaux souvenirs ici. Veux-tu me rejoindre ? Nous pourrons parler autour d'un bon dîner.

— Volontiers. Cela te va si j'arrive dans une heure ?

— Je t'attendrai dans le hall.

— À tout à l'heure.

— À tout à l'heure.

— Layne ?

— Oui ?

— Je suis heureux que tu sois venu.

Elle raccrocha et serra son téléphone contre son cœur.

Layne était aussi nerveuse qu'une adolescente en attendant Paul dans le hall de l'hôtel. Elle voulait avoir l'air détendue quand il arriverait, mais cela ne l'empêchait pas de sursauter à chaque fois que quelqu'un passait la porte d'entrée.

Elle allait regarder l'heure pour la centième fois quand elle sentit sa présence avant même de le voir. Elle se leva aussitôt et il avança vers elle. Comme dans un film, sans prêter la moindre attention aux gens qui passaient, il la prit dans ses bras et l'embrassa langoureusement. Elle entendit des chuchotements et quelques rires.

— Nous devons leur paraître scandaleux, plaisanta-t-elle tout contre ses lèvres.

— Je m'en moque. Ma chérie, dit-il en lui caressant le visage, je te demande pardon.

— Moi aussi.

Il l'embrassa encore, puis la regarda dans les yeux.

— Je suis tellement heureuse de te retrouver. Viens, j'ai réservé une table.

Quand ils furent installés dans la salle du restaurant, Paul lui prit la main en la serrant fort.

— Comment vas-tu ? demanda-t-il.

— Bien. Un peu stressée. Et je m'inquiétais pour toi.

— J'ai eu tort de te laisser sans nouvelle, c'était injuste. J'étais tellement chamboulé par toute cette histoire... Et je m'en voulais terriblement de ne pas t'avoir dit la vérité plus tôt à propos de Deanna... Alors j'ai décidé de m'en aller pour faire le point. Et quand je t'ai vue à la télévision, assise à ma place, je me suis d'abord senti infiniment fier de toi. Mais...

— Mais ensuite, tu t'es dit que ça tombait très bien pour moi. Peut-être un peu trop bien. Tu t'es demandé si j'avais joué un rôle quelconque dans ton éviction.

Elle respira profondément et le regarda dans les yeux. Il la fixait avec stupéfaction.

— Franchement, poursuivit-elle, j'aurais sans doute pensé la même chose à ta place. Puis je serais rapidement revenue à la raison.

— Oui, c'est exactement ce qui s'est passé.

— Rien n'est arrivé par hasard, dit-elle en baissant la voix. Tina a mis une journaliste sur l'enquête. Elle a découvert des choses incroyables sur Deanna.

— Ah oui ? Quoi ?

Ils se turent le temps que la serveuse pose leurs assiettes

devant eux, puis la remercièrent et attendirent qu'elle s'éloigne. Layne expliqua alors à Paul ce que Tina lui avait dit.

— J'avais compris que Deanna avait un problème, mais à ce point-là ?

— Oui, c'est fou, reprit Layne. D'après Tina, il manque encore quelques éléments pour compléter l'enquête, mais elle sera bientôt bouclée.

— Tant mieux. Et… à propos de nous ? demanda-t-il prudemment.

Layne inclina la tête et se passa la langue sur les lèvres.

— Je me suis dit que si tu avais un peu de temps, puisque je suis là, nous pourrions peut-être raviver quelques souvenirs.

— Oh ! avec plaisir. Et en créer de nouveaux.

Layne prit Paul par la main et le conduisit jusqu'à son lit. Il s'arrêta, se mit face elle et prit son visage entre ses mains.

— Merci de ne pas m'avoir laissé tomber, dit-il. Merci d'être la femme passionnée et déterminée que j'ai toujours connue.

— Je t'aime, susurra-t-elle. J'ai tout fait pour cesser de t'aimer, j'y ai mis la même énergie que dans tout le reste, mais je n'ai jamais réussi. Rien n'a de sens si je ne le partage pas avec toi. Je veux que nous soyons ensemble.

— Moi aussi.

Il se pencha pour l'embrasser, d'abord tendrement, puis avec de plus en plus de passion et d'urgence. Elle noua les bras autour de son cou et entremêla sa langue avec la sienne. Sans cesser de se dévorer de baisers, ils se déshabillèrent mutuellement avant de s'étendre sur le matelas. Elle sentit sa langue se promener partout sur son corps, comme s'il ne voulait pas en oublier le moindre recoin. Puis il mit la tête entre ses cuisses et prit son clitoris entre ses lèvres. Elle se mit à gémir d'excitation, de plus en plus fort. Lorsqu'il fit entrer sa langue dans son sexe, elle atteignit aussitôt l'extase et ne put retenir un long cri rauque.

— J'ai envie de toi, dit-il en se dressant au-dessus d'elle.

— Montre-moi à quel point.

Il ne se fit pas prier et la pénétra d'un mouvement à la fois doux et puissant. Après être resté un instant immobile, il commença à aller et venir en elle. Ils ondulèrent au rythme de leur plaisir, d'abord lentement, puis de plus en plus vite. Les yeux dans les yeux, ils jouirent ensemble et retombèrent dans les bras l'un de l'autre.

Comme la première fois, ils passèrent le reste du week-end à faire l'amour et à se faire livrer des repas dans leur chambre.

9

— Je te préviendrai dès que j'aurai du nouveau sur l'enquête du *Post*, promit Layne au moment de se séparer de Paul.

Il l'avait accompagnée à sa voiture et lui ouvrit sa portière.

— Tu pourrais venir avec moi, suggéra-t-elle avec un sourire aguicheur.

— Ce serait si bien, susurra-t-il en l'embrassant. Mais nous devons nous en tenir à notre plan d'action.

Il la prit par les épaules et la regarda dans les yeux.

— Ce que nous faisons est important, dit-il. Nous seulement pour moi, mais aussi pour tous les employés de la chaîne.

— Oui, tu as raison. C'est juste que... je recommençais à m'habituer à me réveiller dans tes bras.

— Moi aussi.

— Bon, il faut que j'y aille, dit-elle en soupirant. Je me lève tôt demain.

Quand elle fut assise au volant, il se pencha pour l'embrasser une dernière fois.

— Bonne route, sois prudente. Et n'oublie pas de me prévenir quand tu seras arrivée.

— Bien sûr.

— Je t'aime.

— Je t'aime aussi.

Il referma sa portière et la regarda partir en lui envoyant des baisers avec ses mains.

— Tiens, c'est le retour du fils prodigue, plaisant Eric quand Paul passa la porte de la maison.

— Très drôle.

Paul posa son sac à dos et rejoignit son frère dans le salon.

— Tricia n'est pas là ? demanda-t-il en s'asseyant sur le canapé.

— Non, elle est sortie, répondit Eric. Alors, comment ça s'est passé ? Bien, j'imagine, sinon tu n'aurais pas disparu pendant deux jours.

Il rit et ajouta :

— Ce que je me demande, c'est si vous avez pris quelques minutes pour parler.

— Dis donc, tu es hilarant aujourd'hui ! Oui, pour ton information, nous avons parlé. Merci beaucoup.

— Et ?

Paul se pencha en avant et posa les coudes sur ses genoux.

— Et il se passe des choses vraiment étranges chez WWDC. Des choses qui sont apparemment manigancées depuis le début par Deanna Mitchell. D'après l'enquête commandée par l'amie de Layne qui est journaliste au *Washington Post*, figure-toi que...

Tandis que Paul expliquait tout ce qu'il savait à son frère, celui-ci se mit à faire les cent pas en affichant une mine sidérée.

— En général, dit Eric quand Paul eut fini son récit, ce sont des hommes qui adoptent ce genre de comportements. Des tyrans qui exercent leur pouvoir sur leurs subordonnées, en particulier les femmes. Cette histoire-là est pour le moins originale.

Paul acquiesça.

— Si ces informations sont confirmées, poursuivit Eric, la chaîne va avoir affaire à la justice. Mais les dirigeants trouveront certainement le moyen de conclure un arrangement pour que le scandale ne s'ébruite pas. Si tu ne l'as pas encore fait, il faudrait que tu notes tous les événements sur papier, avec les dates et les heures. Tu auras sans doute besoin de ces informations au cours de la procédure.

— Tu as raison, je vais regarder mon calendrier pour être sûr de ne pas me tromper.

— Bien. Maintenant, si nous faisions griller des steaks au barbecue, puisque le temps s'y prête ?

— Excellente idée !

— Je suis content que tu sois là, dit Eric. Et encore plus content que tu te sois réconcilié avec Layne. Elle te fait du bien. Elle te rend meilleur.

— Cela ne fait aucun doute.

Layne arriva épuisée après six heures de route, mais cela n'enlevait rien à son bonheur. Elle savait maintenant que Paul et elle étaient faits l'un pour l'autre et que plus rien ne les séparerait. Ils avaient discuté en profondeur des problèmes qu'ils avaient pu rencontrer par le passé, et cet échange sincère leur avait fait le plus grand bien. Ils s'étaient juré que, quelles que soient les difficultés, à l'avenir, ils ne se cacheraient plus rien. Et s'ils n'avaient pas envie de la même chose au même moment, ils se parleraient et réfléchiraient ensemble jusqu'à ce qu'ils trouvent une solution équitable.

Pleine d'optimisme, Layne posa ses affaires, se déshabilla et se doucha. Puis elle ouvrit son réfrigérateur en espérant y trouver un repas rapide à préparer. Son espoir fut vite déçu. C'est alors qu'elle entendit la sonnerie de son Interphone.

— Oui ? dit-elle.

— J'espérais que tu serais rentrée.

— Tina ! Ce n'est pas possible, tu m'espionnes vraiment !

— Ouvre-moi, il faut qu'on parle. Et je suis passée chez le traiteur chinois.

Quelques minutes plus tard, elles étaient installées à table et Tina lui racontait les dernières découvertes de son enquêtrice. Les sources étaient désormais vérifiées et ils prévoyaient de publier le papier d'ici quelques jours.

— Deanna Mitchell a utilisé le sexisme et l'intimidation

contre tous les hommes qui se sont opposés à elle ou n'ont pas cédé à ses avances. Nous avons six témoins vérifiables.

Layne fut écœurée par cette nouvelle. Elle savait désormais ce qu'elle avait à faire.

— Voilà comment nous allons procéder, commença-t-elle.

Et elle expliqua son idée à Tina.

Le lundi matin, Layne se rendit chez WWDC et commença sa journée comme d'habitude. Tina lui avait dit que l'article serait prêt pour le lendemain, et Paul jouait aussi sa partition de son côté.

À la fin du *Morning Show*, Layne quitta le plateau et alla trouver Cherie.

— Il faut que je te parle, lui dit-elle.

— Bien sûr. Il y a un problème ?

— Plus pour longtemps.

— D'accord. Je peux te rejoindre dans ton bureau dans dix minutes ?

— Parfait.

En se rendant dans son bureau, Layne aperçut Deanna et se sentit encore plus motivée pour aller au bout de son projet.

Cherie arriva à l'heure dite.

— Pourquoi ce regard décidé ? demanda-t-elle avec amusement. Que se passe-t-il ?

— Pour l'édition de demain, nous suivrons le programme que tu as prévu. Cependant, je ferai une interruption pour une information de dernière minute.

— Une information de dernière minute que tu connais déjà ? demanda Cherie en fronçant les sourcils.

— Oui. Désolée, je ne peux pas tout te révéler maintenant. Mais je voulais te dire de ne pas paniquer lorsque j'arrêterai de suivre le conducteur. Cette nouvelle va déclencher un scandale qui aura de lourdes conséquences et je ne veux pas que cela retombe sur toi. Moins tu en sauras, mieux ce sera pour toi. Au moins pour l'instant. Je te promets de tout t'expliquer dès que possible.

— Quel suspense ! s'exclama Cherie. J'adore. Et j'ai confiance en toi, je suivrai tes instructions.

— Merci beaucoup.

— Tu sais bien que je ferais n'importe quoi pour toi. Alors, tu n'as toujours pas d'informations sur Paul ?

— Euh, non.

Cherie la fixa pendant quelques secondes.

— D'accord. Bon, à demain alors.

— À demain.

Une fois seule, Layne se demanda soudain si sa stratégie était vraiment la bonne. Cela allait forcément mettre un terme à sa carrière ici, et peut-être ailleurs aussi. Elle risquait d'être perçue comme quelqu'un qui voulait créer du trouble et non plus comme une journaliste sérieuse. Tina lui avait confirmé que l'enquête serait partiellement mise en ligne demain matin, puis imprimée dans le journal le jour suivant, et enfin publiée en intégralité dimanche dans un dossier spécial.

Sa nervosité était à son comble. Bien sûr, une fois la nouvelle diffusée, tous les médias se jetteraient dessus. Layne devait être prête à répondre aux questions, y compris à propos de son propre recrutement. Mais Deanna avait été si lunatique avec elle qu'on ne pouvait pas vraiment la soupçonner d'avoir profité d'un quelconque favoritisme. D'autant plus que ce n'était pas Deanna qui avait voulu l'engager au départ. Toutefois, il ne fallait pas non plus qu'elle ait l'air de mener cette campagne contre Deanna par esprit de vengeance.

C'était finalement une bonne chose que personne ne soit au courant de sa relation avec Paul. Cela n'aurait fait que compliquer la situation et nuire à leur crédibilité. Tina avait également eu raison de confier l'enquête à quelqu'un au lieu de s'en charger personnellement.

Mais le plus important était que les accusations qu'ils allaient porter étaient fondées. L'enquêtrice avait des preuves tangibles en sa possession.

Layne respira calmement. Tout était en ordre, elle n'avait pas de raison d'avoir peur.

Layne avait prévu de se coucher tôt pour être en pleine forme demain matin, mais elle passa la majeure partie de la nuit les yeux ouverts, à écouter les battements de son cœur. Quand elle se leva, ses yeux la piquaient et elle avait des courbatures comme après une longue séance de sport.

Une douche chaude et deux tasses de café l'aidèrent à se sentir mieux. La styliste et la maquilleuse se chargeraient du reste.

En arrivant au bureau, elle laissa des instructions au guichet de la sécurité : elle tenait à être informée lors de l'arrivée de ses invités et demandait qu'on les accompagne aussitôt jusqu'au studio.

Après un passage par son bureau, elle alla se faire habiller, coiffer et maquiller. Au grand regret de Deanna, elle avait renoncé à dompter sa chevelure et s'était même décidée à la mettre encore plus en valeur. Chaque jour, elle essayait une nouvelle coiffure qui soulignait la texture naturelle de ses cheveux. C'était devenu une sorte de signature visuelle. Les réactions des téléspectateurs avaient été mitigées au début, mais ils semblaient s'être habitués et certains la félicitaient même de contribuer à décomplexer les femmes noires.

Elle regarda Stacy, la coiffeuse, dans la glace, en songeant que ce petit rituel allait lui manquer. Mais c'était pour des journées comme celle-ci qu'elle avait voulu devenir journaliste, alors si ce devait être son dernier journal, elle tenait à le présenter avec panache.

Avant d'entrer sur le plateau, elle passa voir Cherie en régie et lui donna une vidéo sur clé USB et un programme annoté, avec les changements dont elle lui avait parlé.

— À mon signal, lui dit Layne, lance cette vidéo et suis ce conducteur, d'accord ?

— Oui, compte sur moi.

— Merci.

Layne lui fit un signe de tête et alla s'installer en plateau. Un technicien vint installer son micro et son oreillette. Une fois assise face à la caméra, elle eut un moment de panique et se dit qu'elle commettait une folie. Mais le simple fait d'avoir Deanna dans son champ de vision lui rappela que ce qu'elle allait faire était important et même nécessaire.

Elle respira, se redressa sur son siège, écouta le générique et attendit le signal du réalisateur. 3, 2, 1...

— Bonjour, bienvenue pour cette nouvelle édition du *DC Morning Show* présenté par Layne Davis. Ce matin, les femmes manifestent pour leurs droits dans les rues de la capitale. Nous allons tout de suite rejoindre notre envoyée spéciale, Della Bryant, qui se trouve sur place.

Pendant le reportage, Layne révisa ses notes.

Elle introduisit ensuite la page géopolitique et lança le reportage de Simon Fields, reporter de guerre. C'est là qu'on lui annonça dans son oreillette l'arrivée de ses invités. Les tempes battantes, elle but une gorgée d'eau fraîche et lutta pour garder son calme.

— Merci, Simon. Chers téléspectateurs, restez bien avec nous, nous serons de retour juste après cette courte page de publicité.

Elle demanda aux techniciens d'apporter deux chaises à la table ronde autour de laquelle elle menait ses interviews. Elle s'y installa et Stacy eut juste le temps de retoucher son maquillage avant qu'elle soit de nouveau à l'antenne.

— Chers téléspectateurs, comme vous le savez, tous les jours à cette heure-ci, j'ai l'honneur d'accueillir des invités prestigieux venant de tous horizons. Personnalités du monde politique ou économique, philanthropes, militants, artistes... Bien que je sois ici depuis peu, j'espère avoir su à la fois vous informer et vous divertir lors de cette séquence que vous appréciez particulièrement. Aujourd'hui encore, nous avons voulu que cette interview ait une réelle utilité.

Je commencerai par vous faire part de cette information exclusive de nos confrères du *Washington Post*.

Elle fit un discret signe de tête à Cherie, qui lança la vidéo qu'elle lui avait confiée. Le texte s'afficha sur l'écran :

ACCUSATIONS DE HARCÈLEMENT
ET DE LICENCIEMENTS ABUSIFS CHEZ WWDC.

La lumière aveuglante des projecteurs l'empêchait de voir ce qui se passait derrière les caméras, mais elle imaginait facilement les visages décomposés.

— Il est rare de devoir révéler de telles informations sur son propre employeur, poursuivit-elle, mais malheureusement, c'est ce que nous allons faire aujourd'hui. Grâce à l'enquête de Brenda Walker et Lisbeth Grover du *Post*, toute la lumière va être faite sur les pratiques délétères de certains responsables de cette chaîne. Brenda Walker, lauréate du prix Pulitzer, est ma première invitée.

Layne savait que Cherie assurait ses arrières et allait donner les bonnes instructions aux caméramans. Sur le papier qu'elle lui avait donné, elle avait écrit en gros :

Ne laisse pas Deanna t'en empêcher.

Brenda Walker apparut dans le cadre avec Layne.

— Bonjour, Brenda, merci d'avoir accepté notre invitation. Étant moi-même journaliste d'investigation, je suis consciente des heures de travail et de recherches et des nombreuses vérifications nécessaires avant la publication d'une enquête comme celle-ci. Pouvez-vous nous raconter comment tout a commencé et ce que vous avez découvert ?

— Merci de me recevoir, répondit Brenda. Il y a quelques mois, nous avons publié un article sur Paul Waverly à l'occasion de son arrivée chez WWDC. Il avait été accueilli comme une star, et moins d'un an plus tard, il a disparu de l'écran. Cela m'a paru étrange. J'ai cherché à le contacter en passant par votre chaîne, en vain. Cela n'a fait qu'attiser ma curiosité et j'ai voulu savoir ce qui s'était passé.

— Et qu'avez-vous découvert ?

— Que plusieurs hommes ayant travaillé pour Deanna Mitchell avaient subi le même sort par le passé, et qu'ils avaient comme autre point commun d'avoir signé une clause de confidentialité leur interdisant de s'exprimer sur leur ancien employeur ou sur les termes de leur contrat de travail.

— Quels ont été les motifs de licenciement invoqués ?

— Mes recherches portent sur les cinq dernières années, car c'est il y a cinq ans que Deanna Mitchell a accédé à de hautes responsabilités en devenant directrice de production.

— Comment avez-vous fait pour contourner ces clauses de confidentialité ?

— À ce jour, nous comptons déjà six victimes de ces licenciements abusifs. Lorsque j'ai dit aux témoins interrogés qu'ils n'étaient pas seuls et que le nombre leur donnerait de la force, ils ont accepté de me parler.

— Et deux d'entre eux sont parmi nous aujourd'hui, annonça Layne. Tout d'abord, nous accueillons Brett Conway par liaison vidéo, dit-elle en regardant l'écran où apparaissait le visage de Brett. Brett, merci d'être avec nous aujourd'hui. C'est vous qui présentiez cette émission avant Paul Waverly. Pouvez-vous nous parler de votre situation ?

Brett raconta que, un an après son recrutement, Deanna avait commencé à sous-entendre qu'une relation avec elle pourrait l'aider dans sa carrière. Au début, il s'était senti flatté et l'avait plusieurs fois invitée à sortir. Mais au fil du temps, elle était devenue de plus en plus exigeante, voire agressive. Elle avait fini par le mettre mal à l'aise, et quand il le lui avait dit, il s'était mis à recevoir des appels du service comptabilité signalant des anomalies dans l'utilisation de sa carte professionnelle. Finalement, il avait été suspendu, puis licencié.

— Je comprends aisément que ce ne soit pas facile d'en parler et que vous ne puissiez pas tout nous dire. Je vous remercie d'avoir bien voulu témoigner, dit Layne.

— Je vous en prie.

L'écran s'éteignit et Layne se mit de nouveau face à la caméra.

— À présent, dit-elle, nous allons être rejoints sur le plateau par un autre témoin.

Le caméraman filma Paul en gros plan tandis qu'il venait s'asseoir avec Brenda et Layne.

— Soyez le bienvenu, Paul Waverly. Je suis sûre que nos téléspectateurs sont ravis de vous revoir. Merci d'être là.

— Merci de me recevoir.

— Vous avez accepté de répondre aux questions de Brenda Walker dans le cadre de son enquête sur Deanna Mitchell et WWDC. Contrairement à Brett, vous n'avez pas signé de clause de confidentialité, mais comme lui, vous avez été suspendu pour une durée indéterminée et ne pensez pas retrouver un jour votre poste. C'est bien cela ?

— Exactement.

— Pouvez-vous nous parler de votre expérience chez WWDC ?

Paul raconta sa rencontre avec Deanna deux ans plus tôt, puis son arrivée chez WWDC et le comportement qu'elle avait eu avec lui. Les messages tard le soir, les sous-entendus, les invitations à dîner… Il révéla même qu'à son avis, elle avait développé une jalousie à l'égard de Layne.

— Par souci de transparence, intervint Layne, je tiens à préciser que Paul et moi sommes effectivement liés. Parenthèse refermée. Veuillez continuer, Paul.

— Le jour où j'ai clairement repoussé ses avances, les choses ont changé.

— De quelle manière ?

— Elle est devenue très critique à mon égard. Elle prétendait que j'avais régressé, tout en me rappelant que c'était grâce à elle si j'étais là aujourd'hui. Puis j'ai été suspendu pour « allégations de comportement inapproprié ». J'ai perdu ma place et vous m'avez remplacé.

— Merci d'être venu nous apporter votre témoignage, Paul.

Layne se tourna de nouveau vers la caméra et conclut :

— Nous avons hélas pris l'habitude d'entendre parler de femmes subissant les abus des hommes. Voici un cas différent des autres, comme vous le découvrirez dans l'enquête détaillée du *Washington Post*, signée Brenda Walker et Lisbeth Grover. Restez avec nous, nous nous retrouvons juste après la publicité pour une visite du nouveau site créé par Montgomery Grant.

Dès le lancement de la publicité, Deanna entra en trombe sur le plateau et se dirigea droit vers Layne. Elle était rouge de rage.

— Pour qui tu te prends ? lança-t-elle. Tu penses vraiment t'en tirer comme ça ? Tu confonds journalisme et diffamation, ma pauvre ! J'aurai ta peau et tu ne trouveras plus jamais de travail dans ce métier, tu m'entends ? Plus jamais.

Layne sourit avec satisfaction.

— Je n'ai rien à ajouter, dit-elle simplement.

Les agents de sécurité arrivèrent pour forcer Deanna à quitter le plateau.

Les effets de l'interview intervinrent rapidement. Le conseil d'administration se réunit en urgence et commanda une nouvelle enquête interne.

Layne fut convoquée dans le bureau du président de la chaîne, Gabe Fitzpatrick. En trois ans et demi, elle ne lui avait jamais été présentée, ne s'était même jamais trouvée dans la même pièce que lui. C'était un homme imposant, sanglé dans un costume sur mesure, qui avait des cheveux blancs et des yeux bleus perçants.

— Veuillez entrer et vous asseoir, madame Davis, lui dit-il. Je peux vous offrir quelque chose à boire ?

— Non, merci.

Il s'approcha du bar aménagé dans un coin de la pièce et se servit un petit verre de whisky. Puis il revint s'asseoir à son bureau, en face d'elle.

— Ce que vous avez fait aujourd'hui a causé beaucoup d'ennuis à cette chaîne, dont je suis le président, déclara-t-il. Mais nous nous en remettrons. Si ces accusations portées contre Deanna Mitchell sont vérifiées, nous entamerons contre elle les poursuites qui s'imposent. Et je peux vous assurer que vous ne subirez pas de représailles. Ce n'est pas du tout notre politique.

Il but une gorgée et posa son verre.

— Il fallait beaucoup de cran de votre part pour faire cela en direct, dit-il en esquissant presque un petit sourire. C'était du vrai journalisme.

— Je le prends comme un compliment.

— C'en est un.

Il se leva et elle en fit autant.

— Merci de m'avoir reçue et de m'apporter votre soutien, monsieur. Mais je vais donner ma démission.

Il ne répondit pas.

Elle le salua et sortit. Une fois dans le couloir, elle se rendit compte qu'elle tremblait comme une feuille.

Les jours suivants, tous les médias évoquèrent le scandale chez WWDC et lancèrent une grande réflexion sur leur fonctionnement interne.

— On dirait que nous n'avons pas fait tout ça pour rien, dit Paul en lisant le journal au lit tandis que Layne était blottie dans ses bras.

— J'ai arrêté de répondre aux demandes d'interview, dit-elle. Nous avons fait notre part du travail.

— Je suis d'accord. Tu sais ce dont j'ai envie ?

— Quoi ?

— De grandes vacances. Un voyage, loin de toute cette agitation. Pour décompresser, voir du pays, organiser notre mariage.

— Notre mariage ?

— Oui, bien sûr. Je t'aime, et je sais que tu m'aimes aussi. Nous avons perdu suffisamment de temps, et le diamant que je t'ai offert il y a quatre ans commence à peser lourd dans ma poche.

Elle plaqua la main contre sa bouche.

— Quoi ? s'exclama-t-elle. Tu as toujours la bague ? Tu ne l'as pas vendue ?

Il se tourna doucement et s'appuya sur un coude pour la regarder dans les yeux.

— Je n'en ai pas eu la force. Tu vas me prendre pour un fou mais j'avais beau être furieux contre toi, une partie de moi persistait à croire que nous finirions par nous retrouver.

Layne cligna des yeux pour retenir ses larmes et caressa la joue de Paul.

— Je t'aime, murmura-t-elle. Lançons-nous cette fois, complètement et pour toujours.

Elle s'approcha de lui pour embrasser tendrement l'homme têtu, intelligent, séduisant, sexy et aimant qu'elle adorait. Et qui était tout à elle.

Paul et Layne fuirent la lumière des projecteurs pendant six magnifiques semaines. Ils commencèrent par louer un bungalow à Hawaï pendant deux semaines et en profitèrent pour apprendre à surfer, puis ils s'envolèrent pour le Bélize. Ce séjour fut fait de visites, de repas délicieux, de danse et de fêtes. Ils rentrèrent tard et firent l'amour toutes les nuits jusqu'au lever du jour.

Layne n'avait jamais été aussi heureuse, aussi comblée que durant ces six semaines. Ce fut comme un pré-voyage de noces, et elle demanda à Paul ce qu'il prévoyait pour leur véritable lune de miel.

— Ça, répondit-il, c'est une surprise. Ne perds pas ton passeport, c'est tout ce que je peux te dire.

— Tu ne peux pas me donner un indice ? demanda-t-elle d'une voix enjôleuse.

Elle embrassa son torse nu, puis se mit à cheval sur lui.

— Ce ne serait pas aussi amusant.

Il leva la tête et passa la langue sur la pointe de son sein. Elle frissonna d'excitation, se cambra et prit son sexe durci dans sa main pour le faire entrer en elle. C'était si bon... Jamais elle ne se lasserait de son corps, de ces moments de volupté et d'intimité absolue ou plus rien d'autre ne comptait que l'amour et le désir qu'ils avaient l'un pour l'autre.

En tant que demoiselle d'honneur, Tina prit en charge l'organisation de la cérémonie à l'Essex House. Et bien sûr, elle fit venir des journalistes de la rubrique mondaine du *Post* pour couvrir l'événement. Layne se serait volontiers contentée d'un mariage dans l'intimité, mais son amie n'avait pas voulu en entendre parler.

— C'est un jour que tu ne vivras qu'une fois dans ta vie ! J'espère, avait ajouté Tina en riant. Alors nous allons en faire un jour mémorable.

En réalité, Layne était infiniment reconnaissante à Tina de s'occuper de tout. Grâce à elle, elle pouvait passer tout son temps à organiser son avenir avec Paul et à aménager la maison qu'ils avaient achetée à Georgetown en rentrant de voyage. Ils avaient l'intention de s'y installer après leur lune de miel – dont Layne ignorait toujours tout.

Entre ses essayages de robe et ses achats de meubles, elle avait appris que la séquence au cours de laquelle elle avait dévoilé l'affaire Deanna Mitchell était en lice pour une prestigieuse récompense, et que Paul et elle avaient été nommés pour recevoir un prix d'excellence du journalisme.

L'année passée avait été jonchée d'obstacles, créés autant par eux-mêmes que par des éléments extérieurs. Mais ils les avaient surmontés grâce à une chose : leur amour. Ils avaient reconnu leurs fautes et leurs faiblesses et avaient appris qu'elles ne les empêcheraient jamais de s'aimer, car c'était ensemble qu'ils devenaient meilleurs et plus forts.

Quand la porte de la grande salle de réceptions de l'Essex House s'ouvrit et que les trois violonistes entamèrent la marche nuptiale, le cœur de Layne se gonfla tant l'instant lui parut magique.

Plus de cent invités s'étaient rassemblés en ce jour pour

célébrer leur union. Ils se levèrent tous en la voyant apparaître et elle avança entre eux d'un pas solennel, sur l'allée parsemée de pétales de roses, en direction de son avenir. Le regard d'adoration dont Paul l'enveloppa la guida jusqu'à lui, et lorsqu'elle lui prit la main et accepta l'alliance qu'il lui offrait, ils firent le serment de passer le reste de leur vie aux côtés l'un de l'autre et de rendre chaque jour plus beau que le précédent.

La réception fut une totale réussite. Le dîner était une création d'Alonzo Grant en personne, et le groupe fit danser les convives jusqu'au milieu de la nuit. Paul et Layne furent photographiés sous toutes les coutures, ce qui ne les empêcha pas de profiter de la fête.

Quand approcha la fin de la soirée, ils étaient épuisés mais ivres de bonheur. La musique se fit plus douce et Paul prit Layne dans ses bras pour danser un dernier slow.

— Tu es sublime, lui susurra-t-il à l'oreille. Et je n'ai même pas les mots pour te dire combien je t'aime. Nous aurons la plus belle vie possible. Je te le promets.

— Je suis prête à commencer ma lune de miel, dit-elle en le regardant dans les yeux. Et notre nouvelle vie ensemble.

— Tu veux connaître le conseil que m'a donné mon frère ? « Si ta femme est heureuse, ta vie sera heureuse. » Alors tes désirs sont des ordres, mon amour.

Il sourit et déposa un baiser sur le bout de son nez.

— Et je pense que nous ne manquerons à personne si nous sortons discrètement pour rejoindre notre suite nuptiale à l'étage, chuchota Layne. Tina nous a prouvé que nous pouvions lui confier les clés de la fête.

— Excellente idée.

Paul jeta un regard autour de lui et ajouta :

— Allons-y.

Il prit la main de Layne et ils s'enfuirent en direction de l'ascenseur privé qui menait à la plus belle chambre de l'hôtel. Ils y arrivaient quand ils furent arrêtés par un homme petit et trapu vêtu d'un costume sombre.

— Pardon de vous déranger en ce jour si particulier, leur dit-il.

Il sortit une carte de visite de sa poche et la leur tendit.

— Je m'appelle Evan Miles, poursuivit-il. Je suis…

Paul et Layne l'interrompirent pour dire en chœur :

— Nous savons qui vous êtes.

— Le patron de MSCBS, ajouta Paul.

Evan rit et reprit :

— Je ne serai pas long. Je vous demande juste de m'appeler dès que vous aurez une minute à me consacrer. Je souhaite vous faire une offre qui, je pense, pourrait vous intéresser.

Il leur sourit et Paul prit sa carte.

— Toutes mes félicitations, conclut Evan.

Puis il leur fit un signe de tête et s'en alla.

Paul et Layne se regardèrent. Paul mit la carte dans sa poche et Layne appela l'ascenseur.

— Je me demande bien ce qu'il veut, dit-elle.

Ils entrèrent dans l'ascenseur et la porte se referma. Aussitôt, Paul se mit face à elle et la plaqua doucement contre la cloison.

— Tu sais quoi ? dit-il en lui chatouillant le cou du bout des lèvres. Ce qu'il veut, je m'en fiche complètement.

Elle rit tout en frissonnant d'excitation.

— Moi aussi.

Elle noua les bras autour de son cou pour un baiser qui dura jusqu'à leur arrivée dans leur suite.

Six mois plus tard

— Bienvenue dans *Roundtable in the Morning* présenté par Layne Davis, commença Layne.

— Et Paul Waverly, compléta Paul. Nous sommes en direct de nos studios de Washington et avons un programme alléchant à vous proposer ce matin.

— Le sénateur Abrams, très impliqué dans la lutte pour

les droits des minorités, viendra nous parler de la loi qu'il défendra bientôt au Congrès, dit Layne.

— Il nous la présentera dans le détail et nous ne manquerons pas de l'interroger sur les oppositions parfois violentes auxquelles il doit faire face. Puis nous recevrons la célèbre autrice Celeste Graham, qui publie ces jours-ci un roman palpitant sur ce que pourrait devenir une société constamment sous surveillance.

— Un livre captivant, qui a aussi le mérite de nous faire réfléchir sur notre réalité.

— Ne bougez pas, nous nous retrouvons juste après cette pause avec le sénateur Abrams.

Quand ils étaient rentrés de leur voyage de noces à Maui et s'étaient installés dans leur nouvelle maison, Paul était retombé par hasard sur la carte de visite d'Evan Miles. Il l'avait prise et était allé dans la cuisine, où Layne préparait des œufs au bacon.

— Dis-moi, ma chérie ?

— Oui ?

— Nous n'avons jamais appelé Evan Miles.

— C'est vrai. Tu veux le faire ?

— Cela ne coûte rien d'écouter ce qu'il a à nous proposer.

— Tiens, tiens. Je sens que ça commence à te démanger, non ? avait-elle dit en riant.

— Pas toi, peut-être ? Tu crois que je n'ai pas remarqué que tu dévorais les journaux et analysais dans le détail le travail de tous les présentateurs de journaux télévisés ?

— Arrête ! Tu exagères !

— À peine.

— Bon, et alors ?

— Alors je répète, ça ne coûte rien d'écouter ce qu'il a à nous proposer.

Elle avait pris le temps de poser les assiettes sur la table, de s'asseoir et de prendre une première bouchée avant de répondre avec un léger sourire :

— C'est vrai, ça ne coûte rien.

Ils avaient donc appelé. Deux mois après leur retour, ils avaient rencontré Evan Miles, qui leur avait proposé un contrat de rêve. Une offre impossible à refuser. Ils auraient leur propre émission, décideraient de son contenu et du choix des invités, et pourraient y traiter aussi bien de politique que de culture et de divertissements.

Leur duo fonctionnait à merveille et ils étaient déjà devenus les chouchous du public. Le jour où ils avaient signé leur contrat dans les locaux de MSCBS, ils avaient su qu'ils embarquaient pour une nouvelle aventure commune et qu'ils seraient désormais partenaires pour la vie, à l'écran, en privé, tous les jours et à chaque seconde. Et rien ne pouvait les rendre plus heureux.

RESTEZ CONNECTÉ AVEC HARLEQUIN

Harlequin vous offre un large choix de littérature sentimentale !

Sélectionnez votre style parmi toutes les idées de lecture proposées !

www.harlequin.fr

- **Découvrez** toutes nos actualités, exclusivités, promotions, parutions à venir…
- **Partagez** vos avis sur vos dernières lectures…
- **Lisez** gratuitement en ligne
- **Retrouvez** vos abonnements, vos romans dédicacés, vos livres et vos ebooks en précommande…

L'application Harlequin

- Des **ebooks gratuits** inclus dans l'application
- **+ de 50 nouveautés tous les mois !**
- Des **petits prix** toute l'année
- Une **facilité de lecture** en un clic hors connexion
- Et plein d'autres avantages…

Téléchargez notre application gratuitement

Télécharger dans l'App Store

DISPONIBLE SUR Google Play

SUIVEZ-NOUS !

facebook.com/HarlequinFrance
twitter.com/harlequinfrance

Harlequin® est une marque déposée du groupe HarperCollins France – 83/85, Bd Vincent Auriol – 75646 Paris cedex 13. SA au capital de 1 149 680€ – R.C. Paris. Siret 31867155100069/APE5811Z.

Vous aimez la romance et souhaitez découvrir nos collections ?
Abonnez-vous dès maintenant, c'est sans engagement !

Recevez tous les mois (ou tous les 2 mois) vos romances préférées directement chez vous et offrez-vous un véritable moment de détente. En plus, le premier colis est à prix réduit !

Votre 1er colis à **-60%** (incluant 3€ de frais d'envoi) contenant :
2 livres de la collection choisie + en cadeau
le 1er tome de la saga *La couronne de Santina*

8 tomes en tout sont à collectionner !

COCHEZ la collection choisie et renvoyez cette page au
Service Lectrices Harlequin – CS 20008 – 59718 Lille Cedex 9 – France

Collections	Prix 1er colis	Réf.	Prix abonnement (frais de port compris)
❑ **AZUR**	5,00€	AZ1406	6 livres par mois 31,50€
❑ **BLANCHE**	7,12€	BL1603	3 livres par mois 25,20€
❑ **PASSIONS**	7,52€	PS0903	3 livres par mois 26,79€
❑ **BLACK ROSE**	7,60€	BR0013	3 livres par mois 27,09€
❑ **HARMONY***	5,99€	HA0513	3 livres par mois 20,97€
❑ **LES HISTORIQUES**	7,12€	LH2202	2 livres tous les deux mois 17,80€
❑ **SAGAS***	7,68€	SG2303	3 livres tous les 2 mois, 29,46€
❑ **VICTORIA**	7,52€	VI2115	5 livres tous les 2 mois 42,59€
❑ **GENTLEMEN***	7,20€	GT2022	2 livres tous les 2 mois 18,00€
❑ **NORA ROBERTS***	7,52€	NR2402	2 livres tous les 2 mois prix variable**
❑ **HORS-SÉRIE***	7,44€	HS2812	2 livres tous les 2 mois 18,65€

*Livres réédités / **Entre 18,80€ et 19,00€ suivant le prix des livres

F24PDFM

N° d'abonnée Harlequin (si vous en avez un) ❑❑❑❑❑❑❑

Mme ❑ Mlle ❑ Nom : ________________
Prénom : ________________ Adresse : ________________
____
Code Postal : ❑❑❑❑❑ Ville : ________________
Pays : ________________ Tél. : ❑❑❑❑❑❑❑❑❑❑
E-mail : ________________
Date de naissance : ________________

Date limite : 31 décembre 2023. Vous recevrez votre colis environ 20 jours après réception de ce bon. Offre soumise à acceptation et réservée aux personnes majeures, résidant en France métropolitaine, dans la limite des stocks disponibles. Prix susceptibles de modification en cours d'année. Vous pouvez demander à accéder à vos données personnelles, à les rectifier ou à les effacer. Il vous suffit de nous écrire en nous indiquant vos nom, prénom et adresse à : Service Lectrices Harlequin CS 20008 59718 LILLE Cedex 9. Service Lectrices disponible du lundi au vendredi de 9h à 17h : 01 45 82 47 47.